suhei

你能告訴我，人為何要把相愛變成傷害？
這世界真的沒有無辜的人？

——原麻木

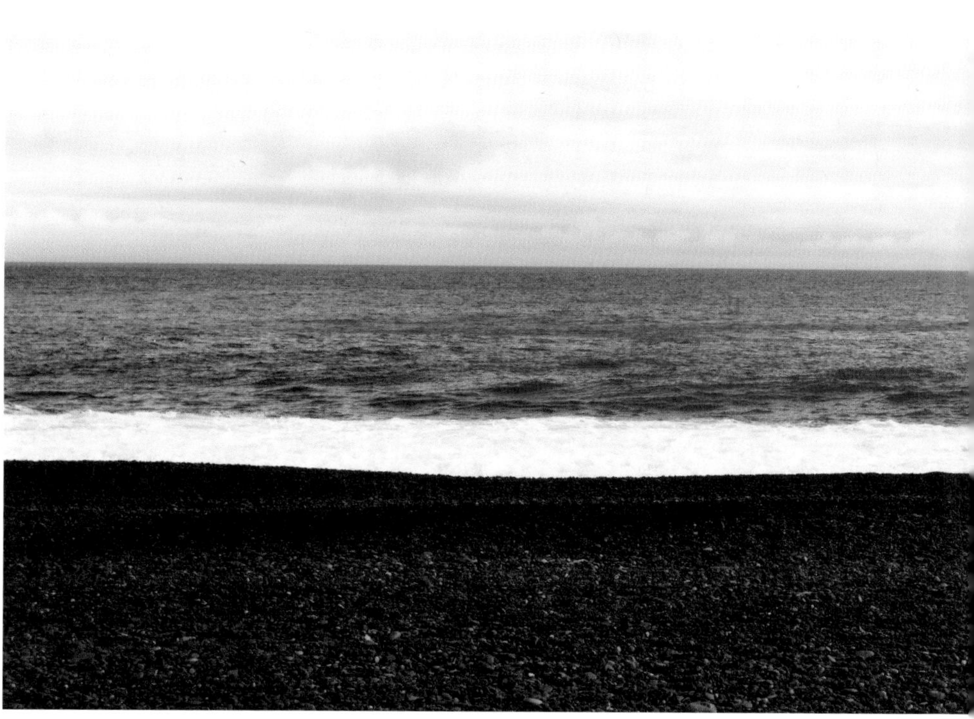

目錄

序

漫長的剖割

韓麗珠　著名小說作家

曾經有人問，寫作具有療癒的功效嗎？

實在，寫作像一柄刀，可以成為剖開水果的器物，也可以把它插進一個人的心臟；只看到刀子劃破皮膚，會以為那是一種傷害，可是在某種情況下，只有透過這樣的傷害，才可清除藏在表皮之下的腫瘤，再把傷口縫合。能否通向療癒，不在於寫作或別的行為，而在於肉眼無法看見的用心和意圖。

治療本來就是一件非常殘忍的事，就像出生總是帶著鮮血。

而愛，就是一場漫長的剖割，只有極少數的人具有足夠的定靜和智慧，洞悉那終將是一個為了癒合生命創傷而出現的手術，還是業力所驅使的掠奪和襲擊。《麻木樹·療傷茶館》就像一柄刀，在皮膚上拖出一道血痕。

小說作為形式和距離，使人物有足夠的餘裕作出詰問，而不必有一個既定的答案。作為治療師的主角原麻木的問題是：為何愛會換來傷害？

每一個問題的背後，都意味著無法放下的執著。愛人的背叛，使麻木從一直以來的表面的成功醒來，覺察到生命的溫度，她打開了心眼，看到別人身體上的受傷區域，不僅是肉體和物理層面，也是心靈的記憶。對於前來求助的人，她往往能一針見血地指出問題癥結和求助者不願面對的陰暗面，可是對於自身的陰影，麻木就像一個不願看進鏡子裡去的人，所以她一直感到不解的是：我的責任在哪裡？

主角的盲點，敘事者也一直沒有點破，因此，在小說裡，眾生都有個性的缺陷，唯有麻木和 Te 這一對主角，像一個平滑的面，沒有凹陷。不管是敘事者還是主角，始終沒有勇氣面對自己最大的陰霾，同時也難以放下追尋答案的執著，這源於無法直視答案的虛怯。

一對男女，一對伴侶，同時也可以解讀成一個人內在，圓融自足的兩個面向，陰性和陽性。Te 跟麻木不同的是，他也有被情人欺瞞的痛苦經歷，但他自行離開後，就沒有苦苦追問：為什麼？也因為這樣的差異，他才能給她送上許多理解體諒和溫柔。

人心就是深不見底的井，挖掘的動作，艱巨，有時甚至接近苛刻。小說裡，麻木和貓的對話，引出了青蛙背著蠍子過河的典故，蠍子哀求青蛙背牠過河，承諾不會咬牠，可是，在河的中央，牠還是狠狠地咬下去，青蛙問為什麼，蠍子告訴牠，那是我的本性。素黑卻引用禪師的話，把這典故的層次提升到要做一個怎樣的人，而不是單單停留在恐懼：「禪師回答：刺人是蠍子的天性，而善良是我的天性，我豈能因為它的天性而放棄我的天性？我們的錯誤都在於因為外界過多地改變了自己。」

青蛙不一定象徵女性，蠍子也不一定是男性的角度，畢竟，每個人的內在都是雌雄同體，與不同的人互動，就被牽引出不同的面向，誰都是，有時是青蛙，有時是蠍子，有時是加害者，有時是受害者，要是仍然忿和不解，那是因為，仍然停留在二元對立，非黑即白的層面。

令麻木放下問題的，不只是因為她能追尋原生家庭留下的創傷，解開兩代的糾結，更重要的是，她遇上了一個人，令她放下原來緊捏不放的問題：「為什麼像我這樣的人，會遭受這樣的對待？」窮追不捨地發問，是因為無法接受當下。然而，Te 的出現，使她不再苦苦追問。他無法給她答案，但他令她放下。正如，單以智慧，有時並不足以解決生命的困境，只有慈悲才能破除一切的纏繞人心幻相——關係的得到和失去、善和惡、傷害和拯救，畢竟，有開始，便會出現終結，所有的快樂，慢慢就會變成苦難，然後，再逐漸轉向平靜，黑暗吞噬了光明，然後再出現光。

只要有足夠的耐性和盼望，相信生命會把人帶往更美好的方向，再深的撕裂，都會結痂，痂褪去後，就會長出，新生的皮膚。

出走是結束一切最赤裸的選擇

陸以心　電影編劇、導演、作家

每當我聽到自己在問：「我他媽的在幹什麼？」，我就知道，又到了出走的時候。對於出走，在普世價值觀裡，都被冠上不負責任、任性等標籤，但在《麻木樹・療傷茶館》裡，在閱讀原麻木的心路歷程中，我們明白到，人要真誠的面對自己時，最佳的辦法就是出走。小說裡提到「出走是結束一切最赤裸的選擇」，我認為能夠豁出去出走（不是消失）的人，比留在爛攤子裡自怨自艾的人勇敢太多了。與其每天慢慢被痛煎熬，倒不如壯士斷臂的主動求變。而出走，我認為是最有效的改變。

如受傷野獸要找地方舔傷口一樣，原麻木帶著看不見的沉重傷痛遠走冰島，在旅途中遇到改變一生的Te與專屬她的蛻變茶「初心」。無獨有偶，在一次又一次的出走期間，長期佔據我行李箱一個角落的，就是茶。就像根據天氣穿衣一樣，每天我都會根據自己的心情來選茶。「每個人一生總會遇上和自己當下的人生歷程匹配的茶」，命中註定的那一口茶，喝完以後能把心眼打開，把傷痕撫平的茶，我有幸喝過，那是最平凡又最難煮的北非薄荷茶，也是我重新邂逅愛的異地緣。所以，當我看到原麻木喝完「蛻變茶」後，心裡激起的共鳴，讓我不由得佩服素黑對滲透痛和蛻變的細膩描寫。

在素黑過往的著作裡，她的文字是一針見血的銳利和溫柔，而在她這首部個人小說創作裡，是無處不在的纖細意象和直入心坎的文字功力。能寫得出那些裝載得起最深的傷痛的文字是才華，更是她深度的閱歷和修行。難怪她在自序文裡說：「只有小說能承擔得起的文字，才能承擔得起那些痛。」我相信她是把「痛」寫得最入心脾的華語作家之一，因為痛到極處，真的就如小說中所描述的，每個人自帶「紅印」，無論吃喝睡覺，一天不面對，一天就得發痛。真正的難過，根本連哭的慾望都沒有，所以原麻木經歷的痛，不止是素黑曾經經歷的，也是所有曾經因為愛而傷害或被傷害的人所經歷過的。

《麻木樹·療傷茶館》裡，我特別喜歡的一幕，是原麻木與 Te 在冰島黑沙灘的岩洞裡「觀音」。在全黑的空間，用不可能看見的眼睛看海浪，本來就是一件浪漫到離譜的事，結果連極光也出現，更令原本心灰意冷的人，重燃希望。「黑暗的存在，是為了看到光明。」命運，就是在不可能中，讓我們發現無盡可能。要是麻木從來沒有出走，她就不可能遇見這一切。被小說情節牽動的我，更由衷喜歡這一雙在愛裡吃盡苦頭，但是沒有放棄人生的靈魂伴侶。沒有曾在黑暗中抱擁，就不會珍惜光明的一剎那。正如生命沒有經歷苦楚，我們就不會長大一樣的道理。

在現實生活裡，這樣天造地設的一對，我未曾遇見，但我相信，要是世界上真的有一家「麻木樹」，無論它開在哪裡，我都願意去，相信它是很多傷透絕望的人等待已久的療傷桃源。作為熱衷出走的過來人，我深深明白只有「走」，才能「回」。出走的終點，就是當初出發的起點。但願在你的出走旅途，也找到讓你蛻變的那盞茶。

心田上的洞

李家麟　榕光社中醫顧問，為不同弱勢群義診、
2015 感動香港年度人物，自命怪人醫師

想不到竟有緣在這女子的書中留下一言半句。

認識她，是在我的心剛炸開了個殞石坑的時候。這麼多年後才發現，人的緣分，無非透過這一個一個心田上的洞連起來。

這女子，這本小説，喚醒我挖洞和撒種的意義。

耕種，先挖個洞，種子放進去，灌溉施肥曬太陽，種瓜得瓜，種豆得豆。

我們都是被宇宙耕作著的土地，生命不由得你鐵了心腸，再硬也會把你挖開，你愈硬他愈用力，識趣點還是早投降吧，嘻。

唯一自主的選擇，是洞挖開了以後，我們要接受甚麼種子。

那天，我挖了個洞，把逝去的貓葬在咖啡樹下，他的血肉和靈魂，將化為咖啡的果子。

又有那一天，我挖了個洞，把悄然離去的她種在我的良知樹下，她的靈魂，一直承托著我的良知。

子的洞。生老病死、悲歡離合，人生所歸不過如此，何苦種下仇恨和傷害的種子，讓好好的心田長出會吃人的魔樹？

素黑在《麻木樹．療傷茶館》裡最關懷的正是這些洞。在她的療癒世界裡滿是播了種子的洞。生老病死、悲歡離合，人生所歸不過如此，何苦種下仇恨和傷害的種子，讓好好的心田長出會吃人的魔樹？

強大的魔樹看似比柔弱的小草更能保護自己：保護自己，為了能活下去。可是魔樹處處的魔境地獄，活下去又是何等痛苦？這，正是小說裡談到「傷愛」的源頭。

小說裡還談到人要追求變得強大的慾望，譬如，要從小魚變鯨魚，不過是心魔。到底是小魚還是鯨魚、小貓還是老虎，都無關宏旨，強大與否，相對浩瀚的宇宙，只是一點小塵埃，和一點沒那麼小的塵埃的分別而已。

有快樂的小魚，也有快樂的巨鯨；有能相愛的小貓，也有能相愛的老虎。問題不在品種的強弱，只在一心的取捨。

回到爸媽的懷抱，也就是天地大自然中，回復嬰兒的初心，「能在一起就好」。

素黑說，寫這本小說是她療傷的路。有幸先睹為快的我，也被療癒的能量感染，邊看、邊哭、邊發呆、邊微笑、邊回憶、邊想像、又邊抱抱身邊人。

然後，泡壺茶，滴滴茶湯從茶壺中流出，因為步伐的不同，先後出來的每一滴茶湯，味道氣韻也不同，但聚在茶杯中，成為一個整體，甘苦與共。

書中的茶，有幸大部分也嚐過，茶的性質因著大作家的查詢，我多口參了幾句，甚至連結上中醫的理論。雖是小說，但寫作的仔細和認真卻不容小覷。

盡力把自己修好，是謙虛地為世界付出吧。

我想，這樣已很不錯。

心中的黑洞，只有善良的光能照耀，在《麻木樹·療傷茶館》中，會找到善良、會發現善良的光不是憑空出現，卻是當一個人願意面對自己和別人的黑洞，從那還帶點迷惘卻立定意願的眼睛中發射出來。

若你心中結了冰，她會令你絲絲發暖；若你心中太火熱，她會令你漸漸沉靜。人走向極端，終會傷人傷己，這十三萬字，會撫平那錐心刺骨的痛：自己的、別人的。

中醫最重視的「中庸」和「平衡」，若只有針和藥，沒有從心靈的核心開始，那只是一時的掩眼法，成就不了平安和健康。作為小小醫師，我讀《黃帝內經》替別人治療身體；心裡的痛要療傷，我讀了《麻木樹·療傷茶館》。

謝謝素黑，謝謝小魚鯨魚小貓老虎，謝謝石頭大海土地太陽空氣和樹，謝謝眼前人。

沒有天衣無縫的惡，沒有徒勞無功的善。一個人只要發心和堅持，世界當下已改變了，即使表象看不見什麼不得了的光輝，即使是那麼的一點點螢火，我們的心也是世界的一部分。

願世界和平，祝福戰亂中的每個傷痛靈魂。

對治痛苦與無知的能耐

薛嘉弢　人間世茶會館主理人、
　　　　資深茶人、文化學者、評論家

認識素黑，不能避免被她的名字所吸引，而對她細視；也自然地因為她溫柔的性格，所以仍感到人間有愛。讀完她的小說《麻木樹·療傷茶館》，最令我觸動的句子，也跟她名字的意象有關：

「原來黑不是什麼也沒有的，我開始看到一些像光的閃動，看到不同的層次，看到風，看到聲音，看到一個陌生但深層的世界。」可真有點十九世紀法國天才詩人蘭波的感覺；

「夕陽怎樣看也不可能不美，所以你看到的美，總能說服你她是最美的。這是夕陽的愛。都快圓寂了，還要給出最燦爛的紅光，叫人難忘。」；

「夕顏的花語是：易碎易逝的美好，暮光中永不散去的容顏，生命中永不丟失的溫暖。」；還有這些句子：

「天呀，那天開始我確實相信白日夢其實是現實這回事！」；

「把愛拖垮了，把生命浪費掉的原來不是恨，而是把自己活埋於自閉中的空等待。」；

「需要理由，便無法真正原諒……」……

真的，愛和原諒，都不需要（也沒有）真正的原因。

緣於對幸福的不捨，素黑悲心地寫了兩個結局；同樣，也為了對追求美好的不棄，她亦忍心地說出了她預設的答案：命運也許總是不能預知……

緣，是一切結果的因由；緣，也是偶然和未知。我們能做的，不就是去看清楚，痛苦和快樂都從來是歸結到自己那裡？我們面對自己的命運與人生，還不就是應該寬容、謙卑再謙卑？

其實回到小說中每個個案的故事內容，包括麻木自己的，不也本來是一個又一個的不幸？而最終卻是一個又一個的，都被轉化成解脫與吉祥？假如一定要去選擇待在痛苦、不幸那邊廂，生命便被設定如個案中的主人翁最初的狀態：悲傷、苦惱、埋怨、迷惘……然而麻木傳遞的並不只是配方、藥方，而是激發起傷痛者「自己」對治痛苦與無知的「能耐」：一切勢必要回歸到自己那裡去尋求。故此看完小說之後，透視與實行改變負能量的竅門，已經在「那裡」了，至於是迎前應對，還是沉溺過去，則存乎其人。

堅實美滿的人生，都是從變幻無常中建立的，也是在夢幻泡影中成就的。客觀的際遇，就算怎樣算計、安排，恐怕亦無法保證什麼「永久的幸運」，而永久幸運這樁事兒，卻有可能存在於我們應對變幻的主觀能耐。

人類都想要追求幸福，但荒謬的是，絕大的多數都也同時患上「幸福恐懼症」。這是「法爾自然」，也是人類之所以能實在地感受、和終會得到「無限幸福」的原因。

至於貫串整部小說的「茶」，素黑自是「老婆心切」。且引一則公案饒舌饒舌。我不想引那早已俗化的《吃茶去》公案，而是下面一則，好以呼應她借茶安放人生的喻意：

有僧問趙州：「如何是祖師西來意？」
趙州曰：「庭前柏樹子。」
僧曰：「和尚莫將境示人。」
趙州曰：「我不將境示人。」
僧問：「如何是祖師西來意？」
趙州曰：「庭前柏樹子。」
……

茶桌的自白

大紅　茶修者、設計師

你好，我是一張茶桌。正確點來說，我就是《麻木樹·療傷茶館》中，療癒工作室「麻木樹」內茶吧的那張茶席桌子。不用懷疑，我絕對是一個關鍵角色！因為我從一開始，已經見證著傷痛、療癒和蛻變三部曲。

老實說，我最初並不明白人類哪來這麼多的煩惱。直至我從百年樹人變成了一張桌子，盛載著種類繁多的茶，我才有了一點點的頭緒……茶是一面倒影，能夠忠實反映泡茶人、喝茶人的內在世界。在小說中，許許多多的影子將在我身上遊走。從混沌到澄明，自提起到放下，由苦澀到甘甜……在在都是人必經的道路，只要是有感情的人，都無一倖免。透過小說兩位主人翁——原麻木的循循善誘、古樹的觸覺與巧手，一次又一次的衝擊、再生，就像泡茶一樣，苦盡甘來。讀著這些故事，可能你會發現這或多或少也是你自己的影子。也許，你會讀到心有戚戚焉？沒關係，先喝杯茶吧。

茶，是這本書的配樂。先喝喝小說中受療者選的茶，感受他們內心的苦澀，慢慢的，你也會在茶湯中看見你自己。試著面對這個自己，接受泡出來的任何味道。沒關係的，我是無處不在的，只要有茶，我就會陪在你的跟前，伴著你找出專屬的「蛻變茶」，直至茶湯都在口腔圓融，化作甘甜。

感謝素黑讓我在這裡大放厥詞。素黑也在我跟前下過不少苦功呢！化身成為嘗百草的神農氏，以最謙卑的心，親身試了多種迥然不同的茶。甚至能夠從中感悟出不同的人生況味。要驚醒那些沉睡、隱隱的痛，到底需要多大的勇氣才能做到？反正素黑就是做到了，成為了許許多多人的「蛻變茶」。先讓你認清苦，最終找到了甘甜。

小說中提到，人生就像三起三落的山谷。然而，最終能否嘗到甘甜，那是你自己的選擇。對了，我這張茶桌為什麼會說話？這不重要。只要你願意用心去泡一杯茶，我就是你的茶桌，包容你的一切苦與甘。

這裡沒有故事，只有經歷

自序

終於，做一件只為自己做的事。

十三年前，曾經寫過一本小說，寫作的初衷，原是因為經年為別人寫太多文字，遺失了自己。很想為自己寫一點屬於自己的東西，寫一個關於出走冰島的故事。

可事情後來變複雜了，即使心懷良善的意願，卻不一定能結良好的果實。結果，故事和作品已不再是自己的事，心裡留下一個洞。

一生只做過極少數後悔、不想再提起的事，那小說是其中之一，傷口到今天還在隱隱痛。

什麼叫做陰影，我很明白。然後，十三年便失蹤了，連影子的尾巴也留不住。

十三到底是個怎樣的命數誰曉得？只知道，命運的巨輪把我和一些人緣圈上了，我得和他們一起經歷痛到要死的難關。他們說，很希望和我一起面對，不只是因為我細心、善良或者願意聆聽，而是因為我能明白，我懂。

因為懂，也就得經歷，大概是這樣吧。

一個又一個個案，其中有些刻骨銘心的，一直不敢記起，也不願提起，因為，太痛。

除了他們的，也有我自己的。

這些年，經歷了好幾次無法用任何說話或文字向誰透露哪怕只是其中一小段的創傷，都化孤魂了。待累到痛到磨難到連出走也絕望的某一天，我告訴自己，需要停下來，為自己療傷，方法是，找一個素黑來治療自己。

心裡那些洞在呼喚我，必須把所知道和經歷過的痛，以小說的形式安放好。因為，只有小說能承擔得起的文字，才能承擔得起那些痛。

這是創作《麻木樹·療傷茶館》的緣起。2015年的決定，2016年底完成。寫完後，那些洞到底是否還在已不再重要了，能為那許多於人海浮游的傷痛孤魂立碑，肯定它們存在過，給它們一個深深抱，原是對傷痛的尊重，替它們善後和安魂。沒有讓它們白傷過，那就夠了。

小說出版時，我應該剛過四十八歲，以前沒想過能活到的超現實年齡。這小說算是送給自己的慶生禮物。立碑與慶生原是一迴圈，互不相見卻生死同體的彼岸花。假如能看破的話，便沒什麼好執著。生死愛恨悲歡離合，輪流裡循環，沒有單獨的人，只有一起同行。還活著，已經很好了。

小說裡有很多段傷愛經歷。不管你是否重視愛，是否需要愛，是否還信任愛，在這裡，我們好好地、認真地對待愛一次，好嗎？

別輕率地瞧不起愛，待人生走到最後，你會後悔的。別假裝事不關己，管你是偉人還是小人，都逃不開躲不了最難纏和困擾的親密關係，那些家事感情事：與身邊人的糾纏、瓜葛和矛盾、對不在身邊的最愛的思念、對情慾的放縱和逃避；那些愛理不理的後遺症，撕裂一生的傷害；那些面子的執著，無可挽回的悔疚，原是懦弱卻充當愛的虛怯；那許許多多的來不及、難開口、錯過了、愛無力和等來世……都是遺憾，都是渴求，都是難堪，都是假如可以再來一次的冀盼，牽絆終身，人有，你有。

這小說是關於在愛裡能發生和不能發生卻發生了的一些最深的傷痛經歷。

曾經多次在寫作途中不得不停下來，傷到不得了。停頓過幾個星期，也停頓過幾個月，才能重組足夠的勇氣，繼續寫下去。

這小說需要深呼吸到最後才能讀完，有人讀不到一半必須停下來歇一會，因為擊中了自己隱藏的傷痛；有人必須重讀好幾遍才能釋懷和參悟，像泡茶，每一泡都是多一重的體驗和驚醒，細品的是杯中茶，還有你自己。杯放下，才是面對自己的開始。

痛是好的，提醒自己距離愛和自由還有多遠。

小說裡沒有我的個人私故事，但都是我的深刻經歷。你也經歷過的話，會明白，你們都是主角。這裡沒有故事，只有經歷，戲劇從來不過是人生。

我在小說裡嘗試為幾個由傷痛引發的人生問題尋找出口：人為何要把相愛變成傷害？世上真的沒有無辜的人？善良的人為何總是被傷害？人要為自己的痛負上什麼責任？

知道經歷過連番重大的傷痛後，我最深的感受是什麼嗎？

不是更大的痛，而是更大的愛，希望任何人包括最邪惡的人再也不要經歷不必要的磨難了。寫這小說的初心，也是為了這個心願。女主角原麻木說過：「面對過太多受傷的個案，漸漸懂得對愛最大的祝福，莫過於但願能停止一切傷痛，期許真心去愛的人不再受苦。」

有時對自己和人性存疑時，不得不拿好朋友李家麟醫師說過的話來安慰自己：「沒有天衣無縫的惡，沒有徒勞無功的善。一個人只要發心和堅持，世界當下已改變了，即使表象看不見什麼不得了的光輝，即使是那麼的一點點螢火，我們的心也是世界的一部分。」

本來，醫者能為活著的人帶來最深層的治療，不過是這個信念，別傻到去問是真是假，執著求證，那你將會失去更重要的東西。

原麻木說：「原諒是最大的愛。成長是充滿傷害的歷程，我們已沒有更多去錯過。體諒和寬恕能化解緣分的詛咒，也能終止因果循環，終止錯過。」

但願，但願我們都有這種慈悲和力量去面對傷痛，不再傷愛，只有相愛。

小說裡有一些內容，想多說幾句。

關於神秘機場女子高樹梵那段，是回應和延續十三年前的小說《出走年代》其中一個重要的脈絡。不過絕對可以單獨閱讀，也算是安置好《出走年代》裡的三個角色，沒有讓他們白活過。

關於茶的出場是一面鏡，療癒各種傷痛的重要「藥引」，也是我對這些年有幸結緣的幾位茶老師和茶朋友的深深謝意。他們有點傻，有點堅持，有點靈氣，同在修。書裡出現過的一些茶都是我的摯愛。選擇茶，是因為茶先選擇了我。在療癒創傷的日子裡，茶和這些茶人的出現，給了我救贖的安慰。願能借茶的千年智慧和它對身心的惠澤，道出修養是什麼一回事、愛是什麼一回事、歷練又是什麼一回事。對於不明白的事情，去問老茶，茶樹會告訴你。此書也是我向茶和樹的敬禮。

關於尺八、鋼琴音樂和歌曲，像沒有一道茶是隨便寫進去一樣，都有她們獨特的故事和經歷。哪位演奏家、哪位歌手、哪個演繹版本，也盡量考究細緻，感染屬於那個情節的氛圍和畫面。願音樂的謎樣力量帶領你探進角色的情感狀態，體驗他們的傷和愛。

關於會說話的貓，不用多說，懂貓的人，自然懂。

最後，要感謝一些美好的人。

感謝好好朋友陸以心多年來鼓勵我重回小說的創作，成就了這本小說的動筆。謝謝數位茶啟蒙者和茶愛者包括李天安、劉可盈、余文心、呂沐真、草祭、薛嘉弢、蘇惠雯、馬紹禮等老師們，讓我看到茶人合一承傳的謙卑和修養。謝謝我其中最喜愛的作家兼多年朋友韓麗珠的貓樣鼓勵和支持。謝謝好好醫師朋友李家麟不時聆聽我，跟我分享只有醫理傷痛者才明白的心路歷程共勉勵。謝謝深深交陳偉光尺八式的支持和指導，兼替女主角的爸爸吹奏了兩首尺八樂曲。謝謝暖男好友項明生送我的冰島能量小黑石，圓滿了冰島那段的故事。謝謝多年好好友馮偉恩、熱情的伊妮，分別為小説創作了淒美的鋼琴原創音樂，還有比好人還要好的羅偉興協助專業錄製和混音。謝謝迷離的葉破那些細説冰島二三事的愉快下午和分享冰島的攝影。謝謝陽光燦爛的好友王賢詠自薦擔任冰島攝影自願者。謝謝曾敏之拍下素白如她的絕美茶席照。

謝謝小説裡所有出現過的人和貓，即使有些已以不同的方式和意願離去了，謝謝你們一直在，給了我活著的勇氣和啟示。

素黑

2017年1月

01

那夜，他們遇見極光

冰島最南端的 Vik 維克小鎮。

Te 駕著他向鄰居借來的 4x4，帶麻木來到 Reynisfjara 黑石灘。

沒有人會傻到在這個時段來這種地方碰黑的，荒野裡的黑暗比黑暗還要黑。踏在漫灘的小黑卵石上有踏浪的錯覺，錯置了三維空間的巨浪聲響湧進耳朵裡澎湃，聽不到鞋子與石頭碰撞的細碎聲。

這夜的海浪特別大，有點漲潮，有點危險，如 Te 說，是帶麻木來探險的。

麻木可不知道，他已悄悄地等了五個月，終於如願把她帶來了。

「好黑啊，我看不到路。」麻木還未習慣走進全然的黑暗裡，雖然，一起探黑的歷驗已不是他們的第一次。

「沒事，我能看見。浪是兇的，聽我話，千萬別像小貓一樣鬆開我的手跑走，好嗎？」Te 緊緊地拉著麻木的手。

「我不會放開你的手，不會。」說罷麻木居然有點心跳，幸好 Te 看不到。他們掌心相印地把手。她知道，心跳，是因為親密。

Te 安心地對麻木笑，雖然在黑暗裡她未能看清楚，他已心滿意足了。事實上，平時他找不到跟她拉手、開口叫她不要放開他的理由。感謝這個黑夜這個海。

Te拉著麻木靠在岩壁下慢走。壁上是一條條多棱的柱體，是由沿著峭壁快速往下流的火山岩漿迅速冷卻和凝固後形成的奇景。他讓她撫摸那些岩柱條，感覺真好。

「我們來到外星球了嗎？」麻木像什麼都是第一次嘗試的小女孩一樣好奇，充滿對未知的興奮。

「對啊，是冰島星。」

「怎麼我覺得好像在踏浪呢，腳浮浮的。」

「親愛的，這翻兇浪的岩岸邊確實是有點危險的。浪聲大，談話要揚聲，會費勁和分心的，先小心慢慢走好嗎？」

「嗯！」

麻木變回乖巧的小女孩，Te緊拉著她的手走了一會便停下來，把她拉近，輕輕地扶她爬到一處離地稍高的小岩洞去。真沒想到峭壁上會有小岩洞。洞雖然淺，但能擋風，呆在那裡較長時間也不會冷死。他們坐下來，Te緊緊地摟著她的肩膀，給她溫暖。

四周沒有任何光源，無盡漆黑，只聽到高浪翻起的拍岸聲，近得就在腳底拍打一樣。浪花不白，是黑的。

「別閉上眼睛，要張開眼睛觀浪聲。」

「我好像什麼也看不到呢！」

「定下來，慢慢地，你會看見浪要給你看的東西。」

洞穴裡的迴響如雷聲，千丈巨浪的威力打向巨石和灘邊的小黑石，高低頻的交疊直懾入心，麻木全身的毛管在震動，剛才的輕心跳已跟隨海浪的節奏在狂舞，不由自主，怦然心動。平生第一次跟海浪融合為一。在全黑的天地裡，沒有了自己，只有在一起。

海浪拍打到柱狀岩石上的聲音太震撼，是沒來過的話不可能想像的浩瀚，麻木第一次感受到海浪的巨大力量，足以清理一切。她相信，在這個神聖的洗禮場地，巨浪聲能把罪業與傷痛一洗而空。

「怎麼我覺得，是海借浪在哭。」麻木幽幽地說。

「怎麼我覺得，是你借浪想哭。」Te柔柔地說。

黑天黑海黑風浪。可能已過了半小時，忽然，麻木認出了黑的輪廓，分辨出天和海、海和浪、浪和石、石和風、風和冷、冷和身邊緊靠的體溫。浪聲走到哪，哪裡便能被看見。追隨聲音的景象是神奇的體驗，在大片聲音的板塊上畫出的音符，是麻木聽過最震撼靈魂的音樂。

「這聲音太療癒了。沒有界限，沒裡沒外，到處都被充滿著，我們就在所有之中，被聲音環抱，在下方，在上方，在四周，在無極。實在太奇妙！」麻木讚歎。

「這是『觀音』的力量。」

麻木第一次具體地明白「觀音」二字的傳奇。原來，聲音真可被觀看，是無極的空間，不只是音波。

「記得我剛來冰島時……」Te說：「一個人來到這裡，呆到晚上，紮了營，就在這裡聽海浪聲。風浪大到像要隨時捲走一切。那時心很傷，但很平靜，整個人像被徹頭徹尾淘洗過一次一樣。我想，是黑和海的洗禮治癒了我……」

話還沒說完，眼前突然出現了異象，一絲絲流動的微弱綠光在地平線上浮現。

「我的天，是極光！」Te訝異地說。

長久逗留在全黑中，突然出現光，才發現原來眼前這個天和海是那麼寬大，原來光一直藏在黑暗裡。在絕對的黑裡走出來的光是加倍的壯美。

Te本來是帶麻木來看黑，結果意外地遇見極光。

「你相信嗎？我來了三年，從來沒能遇上極光，都是緣分。謝謝你麻木。」Te感動到要落淚了，激動地把麻木攬進懷裡。

麻木被夢幻的一切震撼到無法說出一句話，他們都被眼前的幻景震懾了。

極光很快便消失，世界又返回極致的黑。沒有留戀，因為沒有失去過。全黑和極光本是同一體。

「我懂了。」麻木的眼睛閃出小極光：「黑暗的存在，是為了看到光明。」

「嗯。黑和光本來就是陰陽同體。」

「Te，謝謝你讓我看見黑暗的真面目，我想，現在我沒有什麼需要害怕了。」

夜已深，他們不知在黑暗裡靠著待了多久，麻木冷到微顫抖。

「該回去了。」Te說。

「嗯。」

當他們正要起身離開小洞穴時，麻木不經意地低頭，竟然看見肚臍處浮現了一塊小紅印。天呀，是紅印，不會有錯的，她終於能看到自己的紅印了，沒想到傷痛的根源，原來就在肚臍上形狀像冰島的那塊小小的胎記上。

Te原是帶麻木來療傷的。

兩年前，麻木經歷過一次極沉重的創傷。創傷後的她突然擁有一種不可思議的異能：能一眼看到別人身體上某個位置透現一塊小紅印，那是他的痛點，深層的傷痛根源。自那天開始，在她眼裡，所有人身上都呈現了大大小小的紅印，從此她的世界、她的人生便徹底改變了。可離奇的是，她卻看不到自己身上有紅印，看不透導致她創傷的深層源頭在哪裡。為此，她一直感到不安。

這個夜，無量的全黑、震撼的浪聲、意外的極光，終於為確認出麻木的傷痛根源帶來了曙光，也是她來到冰島後最神秘的一次體驗。她緊拉著 Te 的手，不用他提醒，她也不想放開他。這個男人，總能為她締造驚喜，在最意想不到的時刻為她挑燈，帶來迷離的啟示。

遇見 Te 是她一生的傳奇。半年前，她在折騰了六百天的創傷後，決心放下一切，出走冰島，替自己療傷，就在冰島的第十天，謎樣地遇上謎樣的 Te，改寫了他倆的一生，也為彼此打開了重生的出口。

而他們其中一個重生的經歷，是後來回去一起創立了「麻木樹」。

02

關於「麻木樹」

大玻璃窗外隱隱傳來海浪的聲音，今天罕有地翻起大風。相比下，原本已經很安靜的療癒室便分外平靜。麻木看著窗外搖晃的樹葉，念起冰島的大風。想起出走冰島，已經是一年前的事了。

她習慣每天早上回到「麻木樹」後一邊喝茶一邊工作，茶是Te為她親自沖泡的。今早接過他遞來的白瓷茶杯後，她笑著説：「啊，現在才發現，這麼多年我的早飲，來來去去都是墨黑的。以前是Espresso，現在是熟普洱。」

Te笑咪咪地步出麻木的房間，連嗯一聲也沒有。靜默是他令人安心的存在方式。他在想：「她之前喝的Espresso啞淡無光，現在的老樹普洱茶可是暗裡發亮，如她這一年來的蛻變。」

Te是個非比尋常的造型師，他擁有天賦的閱人眼光，能替人脱胎換骨，幫人發掘原本屬於自己的美麗。他還擁有特殊的「茶療讀心術」，可一眼看出你正在經歷的內在蛻變，匹配跟你同頻的茶，讓你在茶人合一的體驗中，平靜地感受重新和自己對碰上的驚喜，生命從此不再一樣。

這，正是麻木一年前在冰島剛認識Te的那天親身體驗過的奇蹟：換上她從沒想過能與自己匹配的髮型和面貌，在鏡前與自己對望了足足三分鐘也無法説出話來，幾近震驚。當她稍為回過神來時，Te已端上一杯剛泡好的「蛻變茶」到她跟前。看著茶湯在古董小黑茶杯裡裊裊冒煙，淚水都要跑出來了。

創傷前，麻木是一位知名的精神科醫生，被業界譽為「全城最冷艷的年輕心理名醫」。她處理過很棘手的精神困擾個案，每每觸及病人最深層的痛處。那個時候的她會細心聆聽他們的個案，一針見血地作學術的分析，讓每個病人離開時取走大包藥物，彷彿已是她能給的最好的治療。現在想起來也感到臉紅和羞愧。人生的傷痛、複雜的心理，怎能只靠藥物治癒？那些死結，都是由無數千絲萬縷的際遇和心念一點一滴糾結而成的。每個人一生都經歷過大大小小不同的傷痛，人都是從傷痛中成長過來的。

「麻木樹」是麻木和 Te 三個月前從冰島回來後一起創立的療癒工作室，或者叫療傷茶館更貼切，由二人的中文名字合併而成，是結合療傷、造型和茶療的工作室。

麻木特意在工作室設置了一個「茶吧」。她特別喜歡「吧」，原來自小便有個心願，希望在酒吧當「吧」女，只因她喜歡聽故事。那些在酒吧流連的青春歲月裡，令麻木動容，離開家不像家的怨氣世界，來到黑黑的密室，音樂和煙酒混賬的異域，對於那個年紀的她而言，世上應該沒有比酒吧更傳奇的國度，能排解回家的死寂和空虛感。每一個走進來買醉的人都確實帶來了大大小小的故事，即使跟她無關，有時甚至有點沉悶，也是好聽的故事。說穿了，不過是因為聽者和說者都活得太空虛。

那些年頭，麻木的心裡只有讓她心跳加速的酒，提醒她還擁有能運作的器官，至於茶，應該是和世界關係很好的人才喝的水，平淡到像沒有活過一樣。本來，在激情與平淡之間，哪個年輕人會追求後者？待真正和茶結下不解緣，該是她和 Te 在冰島的第一次相遇。

在「麻木樹」，麻木和 Te 有清晰的分工：麻木負責療傷，發掘受療者深層的傷痛根源，引導身心療癒；Te 負責為療傷後的客人從髮型到妝容重新設計造型，並量身訂「泡」屬於他們的茶，洗滌身心。他相信，每個人一生總會遇上和自己當下的人生歷程匹配的茶，他叫作「蛻變茶」。他笑稱提供的服務是重「頭」再來，洗「心」革「面」。麻木裝作有點不滿：「重頭戲好像都落到你那兒了，我都不重要啦！」其實她心裡萬分感恩：

洗心革面能內外兼善，一直是麻木希望完善的整合治療方向。難得遇上對的人成全了她這個心願。說白了，沒有 Te 便沒有「麻木樹」，和重新上路的自己。

這個大風的早上，麻木一邊喝 Te 為她溫柔地泡的甘草老樹熟普洱茶，一邊處理一個準客人的療傷預約。突然手機的留言提示聲音響起，是一個月前結案的客人 Angel 傳來的信息：

> Angel：麻木早安，很想告訴你，這個月我平靜地感受到脫胎換骨的重生體驗，衷心地感謝你和 Te 為我帶來的一切。

麻木感動地微笑。像 Angel 這種願意重新上路、真心改善自己的個案，在麻木的臨床療癒經驗裡，屬於少數。來找她求助的人很多，多到需要嚴格地篩選。麻木為希望到「麻木樹」尋求治療的人定下了接見的條件：必須下定決心重頭再來，承諾付出具體的努力，徹底重組和改革人生。沒有比這更堅定的自愛決志。

對於還未準備好，或者被她看穿骨子裡不是真心願意為洗心革面而付出的人，有時也不得不狠心地回絕或終止見面。時間有限，心力有限，緣分有期。這是她三十二歲的人生裡其中一個深切的醒悟。

03

Angel的痛

Angel第一次到「麻木樹」是三個月前療癒工作室剛開業不久的一個早上，在她殺夫失敗後的第十四天。

麻木接見客人前，會先讓他們填寫一份詳盡的提案表格。她有一種本能，就是能看得出哪些內容是真的、哪些是捏造的、哪些是主觀、哪些是客觀。Angel的個案有點特別，表面上是因為丈夫要離開她，負了她的青春和愛，可他罪不至死。但她的確計劃過並進行了殺夫行動，只是失敗了，事後丈夫離開得更乾乾淨淨，對她毫不留戀。

麻木閉目透視了Angel的提案，發現她的案情不只是殺夫，更涉及一處被深埋的傷痛：另一宗命案。因為案情有點複雜，而Angel願意面對問題，麻木決定幫助她。

Te曾對麻木説他需要對客人留有一個治療前的第一印象，所以要求客人都由他先接待和侍茶。他是視覺主導的人，擅長用視覺思考和感受。而麻木是理性和聽覺主導的人，能看穿説話的弦外之音，分辨出説者的真實想法和意欲；哪裡有隱藏、哪裡有難言之隱，她都能一一透視。

工作室助理Candy把Angel從接待處引入全海景落地玻璃大窗和種滿鮮花的茶吧，Te已在微笑歡迎，待她坐下來後，遞給她一份雅緻的茶單，讓她點想喝的茶。Angel掃了茶單一眼，不花一秒鐘便點了炭焙鐵觀音。Te友善地説：「好的，稍後送上。」然後帶她到麻木的療癒房間，把門輕輕關上。

Angel走進麻木光線充足的房間，眼前一亮，沒想過傳説中傳奇的原麻木醫師是帶著從容的笑容，一點也不像想像中的嚴肅、權威和冷艷。

「歡迎你，坐下吧！」她示意窗旁一張非常柔軟舒適的米白色單人沙發。Angel像幾乎所有的客人一樣，本能地把沙發上放著的毛毛靠墊抱進懷裡。

「哇，好棒的cushion啊！」Angel情不自禁地讚美，忘記原是帶著沉重的心情而來。這是麻木的本領之一：能預知客人的心理狀態，想見到什麼，需要什麼，什麼能令他感到舒服和安全。只有在這樣的模擬環境下，客人才能產生安全感，願意打開心扉，把連自己也沒想過願意透露的秘密、潛藏的想法或需要都一一解封。

麻木首先輕敲一個小巧的黑銅磬，讓Angel閉上眼睛聆聽。這是非一般的銅磬，日式的內向型磬口設計發出異常集中、內斂和清澈透亮的聲音，能洗滌心靈，令人定心。幾下磬聲安頓舟車勞碌前來的客人，這是麻木設計的定心步驟，幫助回收客人散亂的能量，為穩定對方的紊亂思緒和清理心結做好準備。

當Angel睜開眼睛時，Te已經悄然地把炭焙鐵觀音放在她面前了。茶杯是日式的小樂燒杯，不太規則的形狀帶點任性的藝術風味。茶香馬上飄滿一室。

Angel喝了一口茶，狀態還在磬聲後的催眠沉定中。

「磬聲舒服嗎？」麻木問。

「很好聽啊，好舒服呢！這是什麼東西？這兒有售嗎？多少錢？」Angel問。

麻木笑了，說：「先關心自己的身體如何跟磬聲交融，哪裡有售，多少錢，不是現在我們應該關心的事情呢。回歸身體，先享受磬聲就夠了。」

Angel有點不好意思地說：「啊啊，是的，我就是這樣，喜歡問價錢，買東西，因為很喜歡啊。其實剛才我已想問這 cushion 在哪有售，只是有點不好意思罷了！」

麻木安靜地一笑，要離開這話題了，隨後遞給她看她的提案表格副本，把她填寫的以下內容以黃色熒光筆標記出來：

傷痛的因由：

被丈夫傷害。我和他十年了，他要離開，想自己一個人。這是荒謬的理由，不管他是否有了新歡抑或已不再愛我了，我已為了這段感情付出所有的青春和感情。我不甘心。他承諾過會照顧我一世，不會離開我的。是男子漢便應該兌現說過的話！

你的反應是：

我告訴他我不願意分手，除非他死了，只有死才能補償他對我的傷害和我的損失。他說我瘋了，就是因為我這種性格和品格令他受夠了。他不想再和我生活下去。我知道他去意已決，但我氣難下。想他死的意氣高漲，把心一橫，我在他上班前每天都喝的咖啡裡下了大堆安眠藥，當是他服藥自殺吧。只要他死去，一切都可以被原諒。人死了才算還了債，起碼他不會再做出對不起我的事了。

可惜，他死不了，是藥不夠還是上天沒聽我？總之他死不了，只是大大地嘔吐，還自行下樓找車去醫院。我故意不在家，不想看著他死去，也不想讓他知道是我幹的。回家後看到地上大灘嘔吐物惡臭通天，人不在，才知道他沒有死。晚上收到他的電話留言，告訴我他在哪家醫院。我的心一沉，他活過來了，那我該怎麼辦？還是去醫院看他，他直接說知道是我幹的，說我夠狠。他說：「再找不到任何理由和你一起了，希望你看到自己有多狠毒，別再老是嘴裡掛著其實很愛我的假話了。假如我有欠過你什麼，這次你對我的絕和狠，已經夠償還有餘了。」面對吊著藥包、臉色不像人形的他，驚訝自己居然沒有預期的心涼，才知道即使他死了，我其實也不會好過一點。我沒什麼想說，腿有點軟，走到醫院外邊的小花園哭了。他出院後很快便搬走了東西，徹底的離開我，我也崩潰了。

事件對你的影響：

我還是很不甘心。他沒有死，我卻感到有點慶幸，這是出乎意料之外的。我還以為真心想他死。可是，在醫院看他躺在床上面無血色，雙唇泛白，一下子老了很多歲的樣子，我動搖了。對他還是捨不得。相伴十年的男人，差點死在我手裡。想到這也覺得可怕。

他徹底地把東西搬走後，我開始做噩夢。不到幾天便做類似的夢，夢到自己血淋淋地被追殺。而可怕的事情也發生了，我最愛的狗，和他一起養了多年的狗突然急病死了，就在他被毒後的第七天。我心寒了，想到假如當天他真的死去，狗狗死的那天正好是他的頭七。

尋求自療的原因：

五歲的女兒問我爸爸在哪兒，看到她我便失控。很想把那沒良心的爸爸拉回來，要他對女兒負責任，但又開始害怕自己，因為我會對女兒兇，發脾氣，曾經說過她再不乖便餓死她。聽到自己說出這種話好心寒。我覺得自己很失敗，最疼我的爸爸很早便死了，媽媽很恨我，因為小時候我帶弟弟出外玩時他交通意外死了，怎麼所有人都怪我呢？是他們欠我的，沒有給我愛啊！

我只想找個客觀和專業的人來評評理，告訴我到底我的際遇為何這麼不堪，真的是我自己的問題嗎？其他人的責任又在哪？他們不是應該得到報應的嗎？

當Angel進入療癒房間時，麻木不得不承認，馬上被她清白單純的美貌深深吸引著，是那種只能悄悄地抽一口氣的驚歎。面前這個瘦小純美的女人，眼神帶著迷人的魔力，你怎能想到，她會是個冷靜地計劃親手殺死丈夫的惡魔？女人的心裡到底可以有多狠多毒，都不會掛在面容上給你看見。容易被傷害的柔美外表，最容易自欺欺人。

見到Angel後，麻木更確定事前對這個案的評估和判斷。

麻木給她補充說明的機會。她重複地說了很多對丈夫和母親的怨恨。十五分鐘後，麻木終止了她。

「Angel，不好意思，容我先停你一下。我想，你還有很多話要說，很多問題想問。不過，能容我先問你一個問題嗎？」

「當然可以。你是專家。」Angel點頭說。

「我只是來讓你看清你自己，你當我是一面鏡子好了，是不是專家都不重要，就當我們是朋友間的聊天，輕輕鬆鬆就好。我想知道，關於你過去發生過的很重要的事情，你想想，還有什麼沒有告訴我呢？」

Angel流露了被問起的表情，麻木沒有忽略她的瞳孔微微地擴大的生理變化細節。她的聲音開始轉沙啞，是有很多久被埋藏、未說出的話一息間湧現到咽喉，想衝出來時卻被壓抑著，同時也是害怕把真話說出來，以致潛意識馬上壓抑了咽喉通道的心理反應。

「沒有吧。關於我這段婚姻，我受過的傷害，和家人的不和等等都已詳盡寫給你了。你覺得是否還有哪裡不清楚，我再詳述一次都沒問題。」

麻木依然微笑，問：「你寫給我的內容我沒有覺得有問題。剛才你也重複了。反而是，我看到你應該有一件往事沒有寫出來。請別介意我直接問你。」

「你問吧！」Angel揚了一下眉頭。

麻木眼睛直望著Angel，靜默了三十秒。這是足夠的喚醒時間，能勾起Angel潛意識裡隱藏的秘密。

麻木開口：「你的弟弟不是交通意外死的，是嗎？」

Angel的瞳孔放大了起碼三倍，明顯地感到非常驚訝，又無法當麻木的話是瘋話來反應，因為她被說中了要害。那個她巧妙地令自己「忘記」了二十多年的真相，沒料到在這個來尋求公平地審判丈夫的早上，在神秘的定心磬聲的淨化後，在喝了一般人也不會在早上喝、帶點苦澀的炭焙鐵觀音的回魂下，居然冷不防被一下子翻起波瀾舊賬。

Angel最初聽說關於麻木這個療傷怪醫，是從網絡上廣傳的一些文章和專訪。她是從來不相信任何醫生或心理輔導員的，覺得他們根本沒用，人不可能幫助另一個人看透自己的問題，尤其是隱藏很深的根性。而且，她也不相信人應該改變自己，也不認同所謂自我改善這回事。人要怎樣做都是當時覺得最適合的決定，配合當時的能力、意願和想法。事情出來後即使不完美，也是註定的結果。人是怎樣便是怎樣，沒必要改變自己，扭曲自己。對她來說，這才合乎自然定律。

可是，發生了殺夫不遂事件後，Angel的心態起了一點變化。當她不能再以任何方法去改變丈夫，左右他的意願和決定時，她感到非常無助和渺小，更在差點殺掉丈夫的關口上，感到自己陌生和可怕。原來自大到從不接受別人勸導和幫助的她，在面對小女兒純真的臉龐，一條生命在等待她去愛護和保護時，自然會想起小時候曾經同樣等待被愛的自己。突然，她感到很需要被幫助，找到出路。

找上麻木，正是她感到絕望的一個下午，褓母送她女兒回家時向她投訴女兒在幼兒園偷同學的筆套。她為此狠狠打了女兒一頓。當自己的手大力打在女兒身上時，同等的力度反饋竟令她感受到女兒相同的痛楚，瞬間萬念俱灰，閃出輕生的念頭。「怎麼我的命那麼苦？為何我怎麼努力也無法守住一個幸福健全的家？」就在這時候，手機發出響鬧通知，是她唯一的閨蜜轉發給她的一篇題為「一眼看穿你的痛——專訪怪醫原麻木」的訪問文章。那句「一眼看穿你的痛」非常奪目。以前的她是不可能對這種誇張式的媒體用語產生好感，那一刻她的反應是：「正是我需要的能力，我需要有人告訴我該怎麼走下去。」

閨蜜是麻木的專欄粉絲，也讀過她幾本作品，都是關於痛症的背後原來大大隱藏了深層的故事。她曾經向Angel推薦過麻木的書，不過都被Angel不屑地拒絕。「我不喜歡看書，也不需要看書。我不喜歡被誰影響，也不想聽誰說三道四裝專家。」

「迷路的時候，得放下自尊和面子，這是成長中教曉人放下自我的第一步。」就是這句出現在原麻木專訪裡的話，令Angel緊閉的門畢生首次打開，連她自己也不相信居然下載了預約療癒申請的App。更沒料到麻木超音速的助理Candy會馬上傳送提案表格給她，溫馨地提示她詳盡地填好後寄回去，原麻木醫生會視乎個案衡量是否接受她的申請。

Angel心裡想：「不是吧，還要等候被篩選嗎？不是約好時間就可去的嗎，怎麼這麼麻煩，到底她是否開門做生意的呢？」感到很不爽，想到可能會被拒絕時心情便冷了大截。不過，也只能被動地等待著，反正現在是自己求人家，不是相反。

三天後，Angel收到回覆，約見成功，並且在赴約後不到三十分鐘的光景，便被意外地挖出活埋了幾個世紀的創傷。

Angel的深層傷痛，源頭是仇恨。

在麻木發問完後的一分鐘裡，Angel由瞳孔放大到眼睛下垂，手指開始輕微抖震，努力地尋找回應的字句，掙扎著需要掩飾還是放棄，是否要繼續說謊。那一刻，她經歷著人生其中一個最大的難關：要不要埋沒良心。關於「要不要埋沒良心」這個問題，當你作出任何一個選擇後，都能決定你下半生的命運、你將以怎樣的心境面對死亡，和從今以後如何面對你愛著的人的眼睛。

對Angel而言，這是極度艱難的一刻。兩條路，逃不了，必須選擇。反正是自己走上來的，上天總有整頓壞人的惡作劇。

在Angel不知所措的時候，麻木不知何時開始已悄悄地走到她背後，以比羽毛還要輕的溫柔，把雙手放在她的雙肩上，輕得不得了，是輕到沒有任何生物能抗拒的溫婉。Angel的心馬上融化，淚涓然滾下。

麻木輕輕地提起雙手，遞給她抹淚的紙巾。Angel還是靜靜的，只是淚不自主地流出來，好不容易吐出一聲：「是的，不是交通意外。」

說完後，Angel的心口近胃的位置驟然鬆開，是說不出的神奇體驗。多少年了，她的心臟和腸胃都不好，總是抽搐，堵塞住，呼吸不順，無故胃痛，長期便秘，易生口瘡。原來那個地方鬆開後，感覺是這樣輕鬆的，真不可思議。隨即，麻木注意到她的太陽穴位置的肌肉開始微微地拉開。

「嗯，不要感到意外，不是我猜中了，而是你的眼睛告訴我的。容我再多問一個問題可以嗎？」麻木溫柔地問。

Angel點點頭。

「你有婦科問題嗎？譬如經期的問題。」

Angel再度睜大了眼睛，說：「有。經期來時血崩一樣。很多年了，慣了。」

「有照過超聲波嗎？你母親或她的親人也有類似的病徵嗎？」麻木問。

Angel以畢生從沒有過的乖巧態度回答：「沒有。我從不相信醫生，也不看醫生。我媽去年確診子宮癌，做了化療，現在情況稍為穩定，但剛發現肝有點硬化。你說，我會像我媽的下場一樣嗎？是遺傳的嗎？媽已花了很多錢就醫啊！」

麻木依然微笑，問：「你很缺錢嗎？」

Angel再度被問起：「不是缺錢，只是告訴你醫那病要花很多錢而已。」說罷才覺得自己有點無聊，為何要告訴麻木這些呢？她不可能不清楚醫病的費用，她是醫生啊。自己真的不是沒有錢，當然她沒有告訴麻木的是她本來便很有錢，丈夫辦離婚時也承諾過會給她一半身家，那是一筆頗豐厚的錢，說難聽一點，足夠她醫幾次癌病了。

「你的下場會不會像你媽一樣，要視乎你是否願意原諒她。」麻木說。

「原諒？」Angel不很相信自己的耳朵。

麻木繼續說：「現在，你應該可以告訴我，你弟弟是怎樣死去的。發生過血案嗎？」

Angel沒想到正想作出不能原諒媽媽的反擊時，倒被先反擊了。還沒開口，她已心裡明白，好勝的她今回徹底輸了，輸給了自己。繞了一個大圈，以為負她的是丈夫，是媽媽，是全世界，原來不過是一場果報。她才是要為自己的命運負上全責的人。她，不得不承認一切：

「原來真的逃不過你的眼睛。我以為已忘記了這件事。那年我才九歲，妒忌弟弟被媽寵愛，即使沒有親手推他出馬路，也是間接誘導他走出馬路拾回我故意碰跌的皮球。當時真的沒想過要他死，只是想到他可能就這樣不會再受寵了。雖然心裡沒有要他死的意念，不過事實上就是朝那方向計劃行動。可能那時我只想傷害他，結果他卻真的死了。沒有人看到事情的經過，爸媽也以為是交通意外，媽尤其狠毒地詛咒那司機，要他的家人七孔流血不得好死，而他得看著家人逐一慘死、受盡折磨後才能孤獨地死去。我現在還清楚記得她說出那毒咒時的語氣，是聽到人心寒的聲調。

「結果，弟弟走後第七天，我們家養的貓在外邊吃了鄰居為杜絕流浪貓狗的噪音惡意放了毒的食物，連同兩隻流浪狗一起被毒死了，死時七孔流血，死狀恐怖。我在想，應該是媽的毒咒害死了我們家的貓，乾淨俐落地把原罪推卸給媽媽。」

「或者你可以這樣想：是你的貓代替你賠了命，不是媽媽詛咒的結果。」麻木說。

「怎麼會呢！是媽的惡念應驗在我們家的貓身上啊，代替我賠命是何解？」Angel大惑。

「既然你提過你丈夫、媽媽都應得到報應，那我假設你相信報應吧，或者你可以這樣解讀：貓以死替你贖罪，可能是報答你照顧過牠的恩德。別忘了先有毒念的是你，你卻沒有看穿上天讓貓死是給你悔過的機會，還帶著仇恨對待你的媽媽。二十多年後你重蹈覆轍，以你媽媽同樣的惡念置丈夫於死地。幸好這次他死不去，你在再次可能看著身邊人死去的場面時，勾起了還未悔過的罪疚心，開始覺得自己可怕了，重複地想害死人，卻一直埋怨是他們欠你的。你的傷痛是自己造成的，不能怪誰。再說，你的血崩現象並非偶然，或者，你媽媽的流血詛咒已在你身上暗埋了種子。」麻木說。

案情比想像中意外，峰迴路轉，令Angel一時無法消化和接受，聽起來太不科學了吧。她嘗試反駁：「雖然弟弟的死是我間接造成的，但媽媽的惡也並非無辜，怎麼都怪到我身上呢，這樣對我太不公平啊。還有，丈夫對我造成的傷害，怎能只說一句打平便了事？他為什麼要這樣對我？他就不應得到報應嗎？」

麻木徐徐地、冷靜地說：「你可還記得養了多年的狗，在你下毒後的第七天突然病死？有沒有想過，牠可能是代替你丈夫而死，像你的貓一樣，提醒你同樣的事情在二十多年後再度發生，叫你好自為之？別輕視動物的靈性。

「不要以為是我看小說太多，或者在編鬼故事，導人迷信，危言聳聽。在我的臨床經驗裡，百分之八十的人，真的要待親眼看到死人塌樓的大災難時才醒覺，可惜已經太遲。你沒有從害死弟弟的錯中得到教訓，從沒有為此懺悔過，現在再度沒有從差點害死丈夫的惡行中自省，徹底懺悔，承認自己的狠毒，你的身體將會承受自己種下的毒果。仇恨是假的，誰欠了你也是假的，只是你借來掩飾內心的惡毒。

「更重要的是，你再怎樣也沒所謂了，反正都要你自己承受。問題是，你還有年幼的女兒，單親女兒，她像當年的你在期待著被愛和幸福。現在，你的良心在發出最後的悔改呼喚，希望你能迷途知返，先救贖自己，才能救贖無辜的她。再不洗心革面的話，你的病毒只會禍延到下一代去，因為依你相信的報應論說，父母若沒有為自己的惡毒懺悔的話，上天可能會安排報應在他們的子女身上。你好好想想。」

Angel感到很難受，一來難以接受罪源來於自己，二來無法接受對女兒最大的傷害也在自己的一念之間，三來怎能放過傷害過自己的丈夫？她要受罪的話，他也應該受罪啊！混亂、放不下、執著對錯，她該怎麼辦？一時無法理性下來。

麻木看進她的心坎裡了，安慰她說：「我明白，一時間要面對殘酷的事實很困難，我很清楚現在叫你放下仇恨，馬上懺悔，承認自己的過錯很難做到，更遑論進一步處理你跟媽媽、丈夫和女兒的瓜葛。這樣吧，今天我們先談到這裡，建議你先做最急切的事情，馬上去做身體檢查，看看身體是否出毛病了。Candy會安排你到化驗所做詳細的婦科檢查。有了報告後，我再告訴你需要做什麼調校自己，扭轉重複的命運。好嗎？」

Angel點點頭，沒餘力爭辯了。人開始自省，首次面對自己的惡念時都會乏力，像戰鬥了幾個月來也沒睡好一覺那樣的疲乏和蒼白。原來無法再躲避的感覺是這樣的。她開始明白，人生真的要面對最大的難關了。丈夫離開的問題，女兒偷東西的問題和跟媽媽交惡的問題，都不再是最重要的了。更大的挑戰是面對病惡了二十多年、一直遮掩著罪惡真面目的那個自己。

Angel起來時腿都軟了，差點站不起來。麻木讓Candy幫她預約身體檢查，Te為她泡了安神的有機洋甘菊茶配有機紅棗手工餅，幫助她提升正在下跌的血糖水平。Angel都乖乖的吃了，喝了，和Candy預約後靜默地離開。

Angel離開後，麻木感到有點乏力。她沒看錯，接到這案子時已看穿Angel的問題在她自己的狠毒上，死不悔改。她一天不真心懺悔，身體很快便會出現嚴重的病，禍及的不就是她最疼和放不下的小女兒！

那些常問「為何他要這樣對我」的人最笨，因為，你很難看穿到底誰才是問題的真正源頭。

人真是笨蛋，最懂得用傷害來掩飾自己的懦弱，以種種藉口替自己洗脱罪名。

一個月後。

Angel再次出現在「麻木樹」。報告已出來，超聲波照出子宮果然有腫瘤，馬上安排入院抽取組織化驗，結果是良性，不過瘤很大，可能需要做手術切除。她在釋懷後又非常擔心。自從上次見完麻木後，她整個人變了，開始血淋淋地感受到再不改善自己的話，後果可會是她承擔不起的。

現在才明白，夢中追殺自己的那人，原來不過是自己。

Angel點了有機洋甘菊茶。Te看到她進來的面容，狀態跟上次很不一樣，於是他特意在洋甘菊裡加了點新西蘭蜂蜜。

Angel先開口跟麻木說：「驗出子宮瘤時，那刻我真的非常非常害怕，一生從沒有過的無助和絕望，原來恐懼死亡是這種滋味。腦裡一片空白，只想到一個人：我的女兒。怎麼辦？她還那麼小，她是無辜的。

「我終於聽得懂你上次說的那句話了。你說仇恨是假的，是我借來掩飾內心的惡毒。我不想將來女兒像我一樣，正如我也像我媽一樣，本性惡毒，卻覺得是人家欠了自己。我承認我一生從沒有認真地正視過自己令弟弟死亡的過錯，是我該承認的罪。我想殺害丈夫也是我的罪。我媽和丈夫都有錯，但不比我的錯大。之前殺夫，我是理直氣壯地覺得是他負了我迫我下手的，現在才看到是我自己啊，是我自己啊。

「你說，要不要有我媽的下場，視乎我是否能原諒她。我想說，我開始明白你的意思了。一切都是我自己造成的。為什麼我以前一直都沒能看透呢？」

麻木依然是那安靜的、令人安心的微笑，說：「你的潛意識以種種理由替你掩飾，製造失憶的假象，可惜潛意識也是誠實的，它會不時以自己的方式浮現出來，提醒你還沒有清理、整理和調理的暗傷。再動不了你的話，便會動你的身體，令你生病。身體的反應是最實在的，你無法說身體沒給過你反應，你只是懶得去注意罷了！

「你先喝一口茶，看有沒有不一樣的感覺？」

Te不知何時已進來為她送上熱茶。Angel啜一口後，眼睛發亮了：「啊，和上次喝的不一樣，不是同一款茶嗎？」

「茶是同一款，是你不同了。Te為你添了甘溫味厚的新西蘭麥洛加蜂蜜。洋甘菊除了安神，還能清熱，加上能補養精氣的麥洛加蜂蜜，這是你目前需要的能量。你上次點的鐵觀音偏寒，在寒的茶葉上焙火，加了一道浮游的燥熱，胃的津液被奪走便會上火，容易生口瘡和咽喉痛。知道嗎？通常客人為自己點的茶都有一個特性，就是不太適合他們的體質，可是他們卻一無所知，只按口味去點。口味，說白了，其實就是慣性，尤其是壞習慣，並非你真正需要和對你好的東西。人很笨，偏要選擇不合適的人和東西，卻以為對自己好。」麻木說。

「我已笨了很多年，不想繼續了。請你告訴我，我現在應做什麼？」Angel說。

「兩個字：懺悔。」麻木直截了當地說，一貫她的風格。

「我不是已懺悔過了嗎？我是真心悔過了。我想知道我能做些什麼，日後才不會重複犯錯，和如何調校自己的劣根性。」Angel問。

「你只懺了，還沒有悔！悔的重點是悔過，即改過、善後。要一步一步來。」麻木說。

Angel深深吸了一口氣，吐出了畢生最大的勇氣說：「好吧！」

麻木重複她的語氣說了一聲：「好吧！」詳細地告訴她要做什麼、如何做。交代得很仔細。然後，麻木帶她到另一個房間，門上掛著「靜心間」字樣。麻木讓她一個人進去，靜靜地做一項功課。房間內播放著非常安靜的、低沉的尺八單音，是Te某天向麻木推介的音樂。這是麻木特選的音樂，為Angel更生生命的伴奏。

麻木關上透明玻璃房門後，Te便走過來，給她需要的熟普洱茶。她回了他一個默契的眼神。他們坐在離靜心間不遠的沙發上，是探討療程的時候了。

Te在上次Angel來過後已大致掌握了她的情況，不過沒有多問細節，因為他知道，重要的內容麻木都會主動向他說，其他沒有交代的，代表在共同研究療癒方案上並不很重要，或者不是客人最初提交的內容，麻木在未經客人同意前，無權向其他人包括Te披露。他對麻木的專業判斷和保存客人的私隱權很尊敬，雖然在每位客人提案時，已讓他們簽署同意所有提交的內容將由他們二人共同處理。

「有一點我是好奇的，你是憑什麼線索看穿她小時有過血案呢？是異能嗎？」Te問。

麻木啜了一口茶，微甘的溫潤迅速滲進每個細胞，與她整個身心圓融交合。療癒是非比尋常的工作，所耗的能量不是一般人能想像的。每次見客人時她都會喝甘草熟普洱茶，穩定的茶氣能提升她的能量。

「是她的血崩提醒我，還有她那血淋淋的夢。她的心結就在那裡，因為在她的價值觀裡，血債沒有得到血償。所以，她的經血以反叛的方式來提醒她有未正視的傷口被壓抑著、隱藏了，也來提醒她體內流著魔性的血液。這類人，很大可能會自殺，或者去殺人。」

Te感到不可思議，能擁有這種異常的閱人能力，在他三十三歲的人生裡，未嘗一遇。

「那，她的貓和狗，真的為報恩而代替主人死嗎？」

麻木的眼睛很堅定，習慣了Te的提問，很珍惜這種認真的答問。她溫柔地笑著說：

「這個，重要嗎？我們都難以看穿每一個在身邊出現的人或動物，到底是來傳達什麼信息給自己的。這是一種緣。我們都有個心願，或者你可以叫做慾望，想為不能解釋的事情給一個令自己相信的理由才肯罷休，肯罷休才能放手。世上最艱難的其中一件事情，就是放手。

「貓狗是否『真的』代替主人死去並不重要，是也好，不是也好，不過是一種假設，一個寓言，也是我對她的良知的試探而已，但它所衍生的力量才是關鍵。某些宗教對這種因果論有特殊的解釋。不過你知道，我的治療方式並不介入宗教。但在治療的效果上我可以告訴你，它的意義在於能勾起人的良知，啟動羞恥心和悔疚心，可望令作惡的人承認自己的惡，願意改過，重新做人，最後原諒自己和別人的錯，不再仇恨。

「假如我告訴你，你所受到的傷害，不過是因為你曾經以相同的傷害加諸別人時，你聽見後若無動於衷，目中無人，毫不反省自己時，那你便真的沒救了。」

Te似乎明白了，點了頭。他知道麻木從不導人迷信，每個治療細節都有特設的效果。他開始準備他的份，下一個療癒環節將輪到他。

透明玻璃房門內的Angel，正在按麻木的指示，分別寫著兩封信給丈夫和媽媽。一邊寫，一邊想到自己五歲的女兒便哭崩。待她寫完，擦乾眼淚後，推門出來的她，居然意想不到地容光煥發。一個嶄新的自己剛剛誕生。

麻木叫她把信收好，那是她重新上路的出關護照。Te帶她到旁邊的造型間，那是滿室陽光和檜木香的偌大空間。與麻木簡約的療癒間相反，這兒種滿不同的鮮花，另一邊放置了一面人高的中古歐陸風大鏡子，鏡子前是擁有維多利亞式優雅外彎修長細腿的桌子，上面擺滿各式各樣的化妝品、梳子、吹風機等等的造型工具，放得超級井然和富美感。

Te再遞上Angel原先點的有機洋甘菊茶，待她靜飲後，溫柔地問她：「準備好了嗎？願意把自己交給我一會兒嗎？」

Angel笑著說：「好吧！」

Te先為Angel拍了一張寶麗萊，然後技巧地移開裝上滾輪的大鏡子，房間馬上變成另一個舞台。這個地方本來就是每個人洗心革面的華麗小舞台。看過現在的自己最後一眼，期待整裝後、即將誕生的新自己。

Te替Angel洗頭，修髮，微調。整個過程不發一聲，跟隨播放著的蕭邦圓舞曲鋼琴音樂一起舞動。Angel很享受，全程閉目養神。原來願意把自己交給一個可以信賴的人替自己改頭換面，作為重新起步的開端，感覺是這麼放心和釋然的。這種感覺，好像一輩子也沒有出現過。

大約兩個小時後，Te的新「作品」完成了。他問Angel：「準備好了嗎？我數到三，你便可以張開眼睛。」

Angel 帶著難掩的興奮心情，笑著說：「好吧！」

Te 純熟地把大鏡子滾回 Angel 眼前，一、二、三。她徐徐地張開眼睛，眼前一亮，面前的她是另一個人。原本隨便束起的及肩長髮現在變短了，露出了輪廓。原來自己的臉型是這樣的，好像幾個世紀也沒有發現過。臉上做了基本的皮膚護理，化了淡妝。多少日子了，沒有替自己裝扮過。鏡中全新的自己，對比先前的照片，起碼年輕了十年。

「謝謝你 Te，謝謝你。真沒想到自己可以有這個樣子，真的沒想到。」Angel 滿眼的感恩。

「你喜歡就好。」Te 說罷便領她返回茶吧，讓她在禪風茶席上坐下，他到旁邊排列整齊的茶架上選茶。麻木這時也加入了。

「歡迎全新的你！」麻木說畢，給她一個大大的擁抱。

茶席面向一片大海。當初麻木就是為了這片海景租下這單位。她說：「這片海，能給我力量，也能洗清罪與罰。」

Te 回到茶席，靜靜地泡茶，把茶遞到 Angel 跟前說：「你分段仔細喝，看如何。」

Angel 慢慢地喝了三口，感受茶從口腔溶進全身的美妙，竟有走進竹林的平靜感，隱約聽到竹子在風中搖晃的聲音。

「這茶很特別，有淡淡的竹香，有全身被清洗一遍的感覺，很好喝啊！」

「這是你的『蛻變茶』，屬於全新的你的療癒茶，名字叫『遠音』。它是中度焙火的烏龍茶。有別於一般清香烏龍茶的清脆，也沒有重火烏龍茶的直接衝擊，它能給你蕩氣迴腸的感覺，回韻卻是竹林的清風。就像你剛才在靜心間裡聽到的尺八音樂一樣。尺八是一千多年前的竹製修行樂器，有首尺八琴古流的本曲名字叫『鹿之遠音』，此茶的名字便是取自此曲目。吹奏完後，輕輕滲出回歸竹海的平靜感，正像你現在的狀態：洗淨心中的毒而後重生，微笑地歡迎輕安與平靜。」Te說。

Angel抱著手中的「遠音」，眼裡泛了淚光。

「謝謝你，謝謝你們，給了我重生的輕安與平靜。」

當你要立志變好，一切將會順著你的意願而改變，這是重寫命運的序曲。

04

Lucy的痛

創傷前，麻木是個徹頭徹尾的工作狂，每天接見很多個案，下班已夜深，還需要經常上電視和電台接受訪問，出席外地的醫學會議，根本談不上私人生活。名和利賺多了，活得充實的假象也漸漸擴大。男朋友是心臟科醫生，和她一樣忙碌，但每晚他們都會電話聯絡，感覺上關係還算親密。他們的交流離不開彼此的專業，與其說他們在熱戀，不如說他們更熱衷和工作戀愛。那時，她以為跟男朋友很合拍，因為彼此擁有共同的話題和興趣，可是嚴重忽略了工作以外彼此的深層次了解。好不容易抽出假期才能安排短期旅行，吃吃玩玩做做愛，即使希望知道對方更多事情也沒有說出口，不想破壞沒幾天的旅行氣氛。相戀多年，習慣比了解多。

直到一天，她發現男朋友的天大秘密後，整個世界崩塌下來，突然發覺自己比她看過的病人更無助。他們好歹能找她做治療，可她卻不知應向誰求助，她可是全城知名的精神科心理權威。

創傷後，在不同的時段，麻木突然得到了兩種不可思議的異能：

一，可以一眼看穿別人的傷痛歷史。管他是身體痛症、心理痛症或是各種各樣的創傷，在大部分情況下都能被她一目了然，甚至連最深層的前因後果，也能在短時間內看得穿透。自從得到這異能後，眼前所有人都不一樣了。迎面而來的、擦身而過的人，只要被她看見，每個人身上都浮現屬於他們最私密的、甚至可能連他們自己也沒有察覺到的隱蔽痛處。

二，聽得懂貓的説話，能跟貓直接交談。貓的種種奇幻智慧，教曉了她一些人類耗上大半生也搞不懂的道理，譬如，你才是自己的債主；還有，最深的痛，不過是來喚醒你未解開的心結等等。

得到了這兩種異能後，加上其後替自己療傷時經歷過極度沉重的深切體驗，麻木才醒覺到，以往多年看過的個案，都沒有深刻地了解病人痛苦的源頭到底在哪，傷得有多深，壓得有多重。原來自己從來沒有真正幫過誰，對病人的了解膚淺無知。看清楚自己的不足後，必須收斂曾經自以為是的霸氣。從冰島回來後，她決心要向以前的治療方式說再見，立志做個謙虛的醫者。

除了上帝外，治療師應該算是其中一種最孤獨的職業。麻木一直這樣相信。

近月接觸的個案，很多都擁有她曾經歷過的某種痛。

譬如這個月收到的第三十七份提案申請表格，個案的主人叫 Lucy。

這天，麻木抽出 Lucy 的提案裡重要的內容仔細地審閱：

傷痛的因由：

三年前，我愛過一個很壞的男人，那時我是個很不自愛的女人吧。他是個小混混，很英俊，口甜舌滑類型，任何女人搭上了都離不開。其實也是因為好勝，我希望成為他最後的女人。可惜奇蹟並沒有發生。他在床上對我最溫柔。跟他做愛時我覺得他非常愛我，非常喜歡我的身體，重視我的一切，滿有被寵愛的感覺。

我經歷過很多次戀愛，每次都被傷害。我的男人都對我不好，性格不好，性愛不好，借錢不還兼打我的都有。難得遇上這個即使是騙我還肯說愛我的男人，赤裸相對的剎那，就是我覺得人生最完美的一刻，是我的天堂我的夢。人是寂寞的，我是自卑的人，自小被遺棄，失去父母的愛，被親人帶大，談不上親情。我很自閉，不愛人群，也沒有什麼朋友。他就是我的全部。

我付出了自己的一切，最大的傷痛是曾經兩次在決心要離開他時發現懷了他的孩子。第一次我決定不要，他說過陪我做手術，結果臨時爽約，害我一個人去，一個人承受，完事後打電話給他，聽到他在K房裡，旁邊還有一陣女聲。我崩潰了，可最差勁的不是這個，而是三天後我居然聽他的「解釋」原諒了他，回到他身邊，那夜他還跟我做愛，傷口還未癒合，血流了一地。我再度入醫院，他卻說有公事要出門。第二次我想留下孩子，好讓自己有了孩子可以不要他，可他知道後極力阻止，勸不服我，竟然出手打我，害我流產，差點送命。

你的反應是：

雖然情感上我還是想依賴他，希望他會回頭對我好，可是理性上我不得不終止這段關係，身體都被毀了。我問過他一句愚蠢的話：「你到底有沒有愛過我？」他在手機只留下三個字：「你有病！」心都碎了。

事件對你的影響：

我現在有一個固定的男友，偶爾在他家過夜，我們的性生活很不錯，他很體貼我，令我幾乎每次也有高潮，抓得他緊緊的，他說我像要他成為我的孩子一樣收進我的肚子裡。他當然是說笑，不過因為他這麼說，我便開始做不可思議的噩夢。自那夜開始，每次和他做愛後，我便夢見死去的孩子和許多血，醫院裡很多流血的嬰孩在喊我的名字，還問爸爸在哪裡，場面恐怖，驚醒後滿身是汗，下體濕了一大片。幸好身旁的他沒發現，不然不知如何向他交代。

他很愛我，是個好男人，在他身上我找到安全感，我卻沒有告訴他我的過去，他只知道我有過幾個男朋友，曾經受過傷害，我不想他知道我為了一個壞男人打過兩次胎。

尋求自療的原因：

我感到很困擾，因為我很愛現任男朋友，很喜歡和他做愛，可是現在因為這怪異事，令我有點抗拒被他進入身體。我怕他在我裡面，像碰到我死去的孩子一樣。他會不會就是我的孩子的替身？是來給我享樂然後奪走我幸福的復仇計劃嗎？但願我從沒有過去的污點。我很後悔。

說得像靈異故事一樣玄。麻木一看便知道 Lucy 的痛處在哪裡，心跟著她抽痛，很難受的感覺。麻木很希望她能走出來，接受了她的申請，約會是今天。

Lucy 比約定要到「麻木樹」的時間晚了四十七分鐘，幸好麻木早已決定每天只看一個個案，所以她的遲到並沒有造成大影響。她一進門已有點氣喘，向 Te 解釋是因為她在出門時被困在升降機內，半小時後才被救出來。然後又在地鐵車廂內被困十五分鐘，說是前面的列車故障沒能開離月台。

Te 馬上安撫她，讓她先坐下來，遞上茶單，著她選茶。她沒主見，希望 Te 能替她點。Te 說點茶是她的第一道自療步驟呢，假如她真的選不來，可以閉上眼睛，讓食指在每項茶的名字上輕掃，聆聽身體的本能暗示，當手指在哪裡感到想停下來，她可以張開眼睛，看內心感應到的是什麼茶。

在同一天內被困兩次的 Lucy 心情本來便不很好，聽到這個有趣的點茶建議後，忽然提起興致來，展露出難得的一抹笑容。乖乖地閉上眼睛，把食指往茶單上掃描。來回數遍後，食指停下來了。她睜開眼睛，看到指尖正放在大吉嶺紅茶上。她挺滿意這結果，還順道跟 Te 說：「麻煩加熱鮮奶，我喜歡喝奶茶。」

Te 提供的茶單都是純粹的茶，沒有奶茶，也沒有其他添加材料的選擇。他會按照客人的狀態來調配茶葉的分量，有需要時會加入特別的配料如蜂蜜、肉桂、甘草等天然材料。不過，也試過有客人希望喝加威士忌的烏龍特飲，他也順應為他調，當然，後果自負。麻木曾經跟他協定過，新來的客人要點什麼都盡量滿足他們，因為他們所點的茶，通常都像鏡子一樣反映他們當時的狀況，而喝後他們的身體反應，有時能有助她向客人解釋「自食其果」的傷痛定律。譬如那位要點威士忌烏龍特飲的客人，在療癒的過程中被勾起了肝鬱的源頭時，因為酒入愁腸突然肝痛，令他清楚地看到心痛加上酗酒的習慣才是害死他自己的人，不是他以為是一直針對他的老爸。

Te順應Lucy的指示，以秘方泡製了鮮牛奶，混進有機大吉嶺莊園紅茶裡，還拉了三葉花。帶進麻木的房間，溫柔地遞到Lucy面前，再以沒出現過般的安靜悄然離開。

Lucy對茶杯裡的三葉拉花感到異常驚喜。「好美啊。我也曾經學過拉花，就是拉不好。這是能喝的藝術品呢！」

「是的，藝術可以發生在任何事物上。」麻木微笑著説。

Lucy喝了一口她特點的奶茶，眼睛瞪大了，天，怎麼奶味那麼濃郁，不是一般的口感。紅茶是出奇的細膩和軟柔，帶著濃濃花香，兩者的結合，渾然一體，泡製出這麼美妙的滋味，是她喝過最難忘的英式奶茶。

「是不是很意外？這可是你自己點的茶，相信在你點茶的剎那，沒想過能泡出這種味道來是吧。」麻木説。

「是啊，真的出人意表，是很大的驚喜！」Lucy説。

「假如你沒有下定決心到來，你便永遠不會經歷到這茶給你哪怕只是不到三秒的驚喜。驚喜是自己選擇的回報，它隨時可以發生。你所選擇的生活，決定了你的生命會不會出現驚喜。痛苦，也是同出一轍。」麻木說。

Lucy 還未及聽懂麻木的意思，麻木便進入話題：「關於你的夢，和你的身體，我想問你一個問題。」

「好的。」Lucy 說罷，把喝了一半的奶茶放下，抱著小沙發上麻木特意為她準備、繡有小樹林圖案的綠色靠墊。

「每次你做那個噩夢醒來後，除了下體會濕一大片外，子宮的位置會不舒服嗎？」

「啊，偶爾會抽痛，像經痛的樣子。」

「也會有想吐的感覺嗎？」

「對，很想吐，我都忘了告訴你。」

「你平時是否也會偶爾想吐，譬如午飯喝完奶茶後？或者，譬如現在？」

「對，我每天午飯都喝奶茶，你怎麼會知道？醫生說想吐是我緊張所致，開了腸胃藥給我。但情況沒好轉過。現在也確實有點想吐的感覺，大概是剛才被困電梯和地鐵所以感到有點作悶吧！」

「都有影響，也因為你點了加奶的茶，奶本來便不適合你的腸胃。」麻木說罷，上前輕按她的胃部，她頓然說有點反胃。

「你很喜歡喝奶嗎？」

「不，只是紅茶必須放奶的不是嗎？不放奶怎能喝？」

麻木回到桌前，在電話上按了一個鍵，跟Te通話，請他把剛才的大吉嶺茶送上，不放奶。三分鐘後，Te微笑地帶來了茶，放在Lucy前面，再度悄然出去。

麻木叫Lucy試喝原味的紅茶。Lucy喝了一口後才發現茶的顏色，大吃一驚。「怎麼紅茶會是這個顏色？淡淡的微黃，根本不是我在餐廳裡經常喝的那種深褐色啊。這真的是紅茶嗎？」

「這紅茶的名字叫『奇境』，是春摘茶，來自十九世紀的高帕達拉莊園，是印度喜馬拉雅山大吉嶺最高的莊園之一。自然農法種植，輕度發酵，是非一般的紅茶品種和製法，入口是醉人的豆香，清香細緻，持續甘甜，是會喝醉的茶，喝後身體是不是像清風飄香一樣寧靜和通透，如迷進秘密花園的奇幻感覺？」

Lucy再喝一口，自然地閉目品嚐。麻木教她把一隻手放在胃部，感受那裡的內在變化。

「啊，很奇妙呢，剛才的悶氣不見了，現在胃感到順暢、通氣。茶的香氣還在口腔裡，微微的果香甜味充滿口腔，好像整個身體都感到她的香氣和清新。很迷幻的紅茶啊！」

「記住現在這個狀態的自己。」麻木說：「日後盡量避免喝放奶的飲料。」然後，麻木再給她一個指示：「現在，你把手放在小腹，子宮的位置。」Lucy照著做。「閉上眼睛，感受子宮的反應，心裡跟她說『我愛你』。」

不到十秒，Lucy剛才舒暢氣通的感覺竟然一下子發生了變化，突然覺得有股鬱氣從小腹往上升，想吐出來卻吐不出，臉色變蒼白，呼吸也開始有點不順暢，心口被那股上升的鬱氣堵住，她告訴麻木感到很難受，想哭。

麻木教她馬上把那道鬱氣吐出來，大力地吐出來，再做腹式深呼吸。這樣做了幾次後，Lucy才平復過來，氣色也開始回復。她擦了眼角的淚滴，說：「剛才很難受啊，想起那些噩夢裡的影像，那許多嬰兒，還看到血，聽到有人喊媽媽。」

「嬰兒不懂得喊媽媽的，你能認出那聲媽媽是誰的聲音嗎？」麻木問。

Lucy想了十五秒，驚訝地衝口而出：「是我，是我在喊媽媽的聲音啊！怎麼會這樣？」她有點哀傷，從沒想過自己會想起媽媽和喊媽媽的名字。

「Lucy，我看到你一個壓抑了很多年的秘密，你願意告訴我嗎？」麻木問。

Lucy的眼睛瞪得不能再大了。不是剛才聽到自己喊媽媽，也沒想起，這個秘密已隱藏了二十年。她說：「是有個秘密，從來沒有人看穿過，我也沒有再提起，連我媽媽也沒有再提起過。我很感動也很難過。我不是父母親生的，這是我十二歲才知道的秘密。我的養父母對我不錯，知道後我很感動也很難過。雖然明白養父母對我好，不應執著生父母是誰，為何離棄我，但心結還是種下了，總是隱隱覺得自己是被遺棄的，不受歡迎。很想得到被歡迎的、真心的愛。我以為可以從男朋友身上找到，可我總是沒遇到真心愛我的人。

「但是，你怎麼會知道我這個秘密呢？是我剛才的反應告訴你的嗎？太奇妙了，我從不知道我的身體會有這麼多不可思議的反應。」

麻木說：「我在看你的個案時，就感應到你的痛不只是因為打過胎或者被男朋友傷害那個層次，那些只是表面的痛因，可你有另一個心結，那才是導致你做那些噩夢的遠因。剛才問你是否有想吐的感覺時，印證了我的感應是正確的。你的噩夢問題源於兩個痛處：一，是近因，就是你的墮胎和小產經驗，失去本來想出生的孩子。二，是對出生的深層次否定，因為你的出生被拋棄過，潛意識裡覺得自己還未正式出生，或者未準備好出生，像難產一樣死在媽媽的肚子裡。曾經作為胎兒的你未被肯定的創傷，出生後也找不到被愛的安所，以致你即使懷孕，未受歡迎、未準備好的陰影猶在，加上你的確找到一個不愛你也不愛孩子的男人，令胎兒先走一步，不想出來了。

「你在精神上覺得自己不再潔淨，滿手沾血，殺過未出生的孩子，可是其實未出生的不只是孩子，更是你自己。因為你對被拋棄的生命充滿了罪疚感，暗裡你在責備你媽媽，也責備自己作為不合格的準媽媽。在你還未肯定自己的生命前，你也未準備好讓孩子出生。反過來說，你的孩子也不想出生，深知出來後也可能被離棄，得不到愛。孩子是有靈性的生物，他們會挑選適合的父母才出生。既然你未準備好，孩子的離開便是愛你的方式，以死相諫，提醒你不要再任性，要好好惜珍生命和愛。

「性和生命都是宇宙的恩賜，本來無一物，不要太執著來來去去。每個生命自有它要走的路，不要介懷孩子的離開，他在提醒你要先好好愛自己，肯定自己的生命，才準備好迎接新生命，做個好媽媽。這是他對你的愛，應好好珍惜，看懂孩子離開背後是希望你學會去愛的意義。」

Lucy像聽到世上最不可思議的故事一樣，沒想到原來自己經常想吐，是因為自己還未「出生」，不只是曾經沒有把孩子生出來。但是她有一點不很理解。

「麻木，我真的不明白，既然孩子不願意出生，是為了教我如何去愛。那剛才你讓我對自己說『我愛你』時不是給自己愛的信息嗎？為何我會有想吐的負面反應呢？」

麻木耐心地解釋說：「當你想傳達愛的信息給自己時，子宮的情感反應被掀動了，勾起了你渴求被媽媽肯定的深層慾望，那才是你最希望得到的愛，不是愛情。所以，當你給自己愛的信息時，那個還未『出生』的你，在你媽媽子宮內的你便被喚醒了，她很想出來，有股力量想從你肚子裡走出來，但因為無法真的從下體生出來，她只好往上走，可卻卡在心和胃之間的位置，令你吐不出來。胃是壓力和情緒的能量場，也是太陽神經叢的脈輪位置。想吐是心理反應，還沒有出生的自己感應到愛便很想走出來，掙扎出生，只是你還沒有準備好而已。」

Lucy 一面聽一面流淚，手自然地放在小腹子宮的位置，不斷地打圈撫摸。麻木提醒她：「瞧，你可發現自己正在不斷地愛撫子宮嗎？我沒有教你這樣做，你卻自然地做了，雖然剛才那地方引發了你想吐的感覺，但你反而懂得去安撫她，令她舒服，像摸孩子一樣，你看到自己正在學習去愛自己了嗎？」

Lucy 確實是被提醒後才發現自己在不停地撫摸肚子，很溫柔地，像揉著小孩的頭哄他睡一樣的母性。那一刻她感動到哭出來了，就在哭出來的那一聲，整個身體像打通了一樣，由肚子到胃部到心臟到咽喉到吐出來的那一聲。原來，哭出聲有這種功能。生平第一次感應到全身被「哭通」了。

麻木上前抱 Lucy，像母親一樣給她愛的力量。「你做得好，你已出生了，歡迎你到臨這個美麗的世界。」

Lucy 哭夠了，抬頭看著麻木時卻是笑臉，說：「謝謝你麻木，沒有你替我看清自己的心結，可能這生幾十年便鬱死在內疚和噩夢中，無法肯定自己，無法戀愛，無法做愛，也無法生孩子了。」

「現在才剛走出第一步，還要一步一步的去療癒身體，處理你的噩夢，和隱瞞男朋友你的過去等等的問題，要逐一處理。不過問題應該不大了，最深層的結已解開，其他的都只是治療的技術性問題而已。」麻木説罷便仔細地告訴 Lucy 她要做什麼，時間表如何，一貫具體細緻的作風。

麻木帶她到靜心間，讓她靜靜地坐在躺椅上，什麼也不做，雙手放在小腹上，閉目靜聽麻木設計和親自彈奏錄製的定心鋼琴音樂，滋養子宮能量。

Te 和麻木在外邊沙發上討論 Lucy 的個案。Te 很好奇為何麻木能在沒有任何明顯的線索下，看穿 Lucy 的噩夢竟然不只是跟墮胎有關，而是那個難以推想出來的「未出生的自己」。

「即使是想像力豐富，也不可能那麼準確地推算出她還有沒説出的、關於身世的秘密吧。」Te 説。

麻木看著窗前那大片療癒的海。沉默了一分鐘才開口：「你説得對，確實是沒有任何線索可尋，連隱蔽痛處也不在那裡。不過你知道，我對痛的特殊感應力，令我能憑直覺跟她的痛連結上，她的痛像在我的身體內發生了同級的痛，只要閉上眼睛，我便能看到她的痛和我的痛哪兒是相通的。那不被母親接受的傷痛，我深深承受過；因為未準備好而無法讓孩子出生的痛，我也經歷過。」

面前這個叫他敬佩的女子也曾經歷過喪子之痛，作為男人他無法理解和感受，卻可以明白是有多難受的流產之痛。看到麻木眼裡那隱藏的苦澀，在閃過的一瞬間，他彷彿也感染到她的刺痛，心頭狠狠地抽搐了一下。就那麼一下子的抽痛，猶如掉進深谷裡斷腿血崩的絕望與無助。多麼想上前緊緊抱著眼前這個把孤獨和內傷已刻在眼睛裡，曾經深深受傷的女子。是什麼讓他沒有上前抱她安慰她，他不清楚。可能是因為害怕。害怕什麼呢？他沒有細想，想也想不通。唯一的本能，便是以他擅長的肅靜方式，走到茶席前給她泡一杯她正需要的茶，和準備下一回輪到他替 Lucy 泡茶和蛻變的環節。

當 Lucy 從靜心間走出來時，Te 已為她泡製了一款罕有的茶。Lucy 看到茶湯，深深的紅褐色，還以為是另一款紅茶。Te 從紫砂茶壺把冒煙的茶倒進傳統工夫茶用的小紫砂茶杯裡，茶杯旁淡土色的手造陶作小碟上，放置了早上 Te 特意烤的清雅香橙糕點。三人坐在正望大海的大窗前，微微的午後陽光滲進來，好舒服的下午，遠遠的山巒像洗滌過一樣翠綠和立體。

Lucy 的臉色明顯比剛進來前紅潤和有光澤，身體像一支竹子從頭到腳打通了一樣的正直和通爽，連聲音也開明了起來。她喝了第一口茶，眼睛頓然發亮。沒想到這茶是如斯內斂和沉厚，像幾百個海底加起來的無盡連綿，帶著貓眼般深邃的靈光。喝下的是一棵樹的原味，沒有其他，是一棵茶樹的根探進土壤深處，把養分運送到葉子的母愛。Lucy 除了驚歎，不能其他。

「從不知道茶可以有這種味道，我好像在抱著一棵老樹曬著春天的太陽。好感動啊！」

Te 依然是那個微笑：「這確是相當特別的茶，你很幸運，因為這茶可遇不可求。這是 1984 年的老欉水仙，是你出生的年份。說白了，假如你出生之年的茶質素不好，或者沒有被存下來的話，你就無法喝到出生當年那段獨一無二的歷史。想想看，你正在喝著三十多年前當年的空氣、泥土、季節、陽光、雨水、採茶和製茶人的汗水和微笑。這是屬於你的出生茶，只有幸運的人，才能喝到出生那年製作的好茶，愈老愈難找。你喝的這棵是老樹，經過歲月的洗練，味道早已不是你印象中喝過的水仙香，而是沉澱了三十多年的閱歷。只有願意和時間續結情緣的茶，才能愈存愈富後韻，氣質變得無比內斂，茶感絕不只是入世未深時你會追求的那種單薄一口香。

「你喜歡的話，可以叫她做『1984』。老茶都是歲月洗禮過的茶，茶性溫而醇，不會寒涼或傷胃，你可放心慢喝。」

「Te，謝謝你的心思，也感謝緣分讓 Lucy 今天和當年出生的自己碰面，把自己飲進去，匯合上。她能給你重生的力量。」麻木說。

Lucy 流著安然的眼淚，合十感恩這一切緣。

Te 滿足地一口把糕點吃下，跟 Lucy 說：「那，你準備好了嗎？願意把自己交給我一會兒嗎？」

「一百個願意，謝謝你。」Lucy 笑著說。

Te 為 Lucy 拍了一張寶麗萊，然後給她一個平板電腦選她想聽的音樂。她挑了小野麗莎的「美麗新世界」專輯。「是我中學年代媽媽整天播放的歌，她非常喜歡小野麗莎。很久沒聽了，好懷念啊，突然想起媽媽來。自從搬離家後已好久沒回去看她了。」

造型間馬上滲透這位日裔巴西女歌手帶點磁性和懶洋洋風味的爵士歌聲。音樂和記憶是分不開的孿生姐妹，擁有逆轉時光和重塑心情的療癒力，令 Lucy 像回到少女時代一樣變得輕鬆和開朗，坐在整裝桌前，準備變身。Te 移走大鏡子，讓 Lucy 全程閉目享受，熟練地替她洗頭，修髮，微調。他把她過分漂染的乾燥棕褐色及肩亂髮還原自然黑色，修剪成劉海齊耳的「小丸子」頭，配了一雙閃亮的仿鑽耳環，化了淡妝。一個嶄新的Lucy已誕生。

兩小時後，Te完成了新「作品」。他問Lucy：「準備好了嗎？我數到三，你可以張開眼睛。」

三聲以後，Lucy的人生重寫了美麗新一頁。當她帶著小包紀念老茶「1984」和終於欣然出生的自己離開「麻木樹」時，夕陽剛好微微投照在紫砂茶杯裡留下的小圈茶印上。麻木和Te無聲地坐看大海。這是完成個案後他倆最沉澱的交感時刻。

05

遇上沒有痛印的候機室女人

出走冰島前八年，麻木身邊有一個她一直信任、尊敬和深愛的男人，可創傷卻是他造成的：他明知不能傷害但還是傷害了最愛的人，然後無助地不知如何面對所造成的災難，只因為軟弱和自私。她把最珍貴的給了他，他把最殘忍的給了她，這是作業的定律。

當一切已崩潰，連呼吸都快要停頓時，夢想以細膩的步伐走到麻木創傷的前台，履行了蒲公英的任務，登入了宮崎駿的願境：夢幻地拉住她的手，一起放飛。

麻木要結束一切，出走是結束一切最赤裸的選擇。她把診所關了，把一些財產變賣掉，把愛也埋了，她知道要救贖生不如死的餘生，便得回到夢想裡去，那裡的愛永遠是對的。

她家裡有一面牆是全幅大黑板，她喜歡在上面用粉筆記下思潮點滴，那是意識流和潛意識相遇的潛行空間，也是她編導的夢境現場。那天，當她把最後一滴淚擦乾後，在匣子裡取出一支紅色的粉筆，開始把兒時想過的夢想逐一寫出來：

變成一隻貓
騎掃把到太空
消滅所有壞人
在酒吧當吧女
到肚臍下方小胎記那形狀的國家
嫁給真心愛自己的人
退休時找一所在海前面的房子
世上再沒有蟑螂
做個好醫生

應該就是這些了，排名不分先後。自從夢想做個好醫生後，好像已再沒有新的夢想了。細看牆上這些粉狀的夢想，真正實現過的，沒有。有能力實現的，似乎只有「到肚臍下方小胎記那形狀的國家」、「退休時找一所在海前面房子」和「做個好醫生」。而以當時她的崩潰狀態看來，勉強只有能力圓一個夢：到肚臍下方小胎記那形狀的國家。

麻木身上有一個小小的胎記，形狀像冰島，在肚臍下約三厘米的地方。淡淡的褐色，是一個完整的冰島形狀。麻木自小在鏡子前看著那塊小胎記時會感到莫名的興奮，那時對冰島沒概念，家裡也沒有人告訴她那是什麼。直到小學四年級，一天老師拿了一幅世界地圖給同學辨認國家時，輪到I字頭的，便是Iceland，她像認出孿生妹妹一樣的震驚，卻是不敢跟誰説的秘密。總不能大叫「我肚臍下面就有這個冰島啊」，搞不好同學都來翻開她的衣服看怎麼辦！那壓抑著的震驚令小麻木回家後偷偷照了鏡子一整晚，想像原來自己是來自冰島的，身體上有冰島的血脈。單純的想法自有單純的快樂。那個年齡的麻木，一心希望到遠遠的地方，離開家不像家的鬼地方，曾經因而幻想自己不是爸媽親生的，長大後要尋找親生父母，命運便會改寫。想到這裡，麻木「呀」一聲，在黑板上補充寫上遺漏的夢想：

擁有另一對親生父母——

因為這夢想太丟臉，不能被發現，所以不知不覺地把它壓到夢想的最底層，不是故意要想起，也會像冰箱最底層的抽屜裡那包長埋於亂七八糟的藥材堆中的千年冰糖一樣，只能在徹底清理冰箱時才慶幸重見天日，假如還不至於太遲的話。

麻木突然覺得，自己跟那包千年冰糖一樣，過著再「雪」上加「冰」不過的人生。

決定出走後，麻木感到有一個冰冷的世界在等待把她的創傷冷卻，在醫學上屬於一種冷凍治療。冷很好，必須經過冷，才能到達靜，這是冷靜的靈性軌跡。臨出發前，她費了最大的力氣，處理了諸多世俗的事務，包括退房租，協助會計師處理關閉公司的手續。

幸好沒有養寵物，把診所的幾盆虎尾蘭和多肉植物轉送大廈管理處的嬸嬸，把他留下來的衣物和他送的小禮物，統統放進三個黑色大垃圾膠袋裡，一次過拉到樓層的垃圾收集間，自動門關上，告別八年感情史。

這種棄置舊愛的方式絕對爛，可以有更好的方式的話她早已用上了。就讓爛的東西還原到它來時的地方吧，這是最好的同類療法。說不心傷是 300% 的虛偽，瀟灑從來是文人畫出來的符咒，導演拍出來自我安慰的三十秒場戲。

麻木要出走的地方，當然是她肚臍下方的冰島。她也想過，可能這次出走，同時能實現另一個夢想：尋找她出生的秘密，找到另一對親生父母。電影都是這樣拍的，小說也是這樣寫的，兩者都是養活夢想的營養。也許，她的出生會有另一個版本，另一個謎底。你怎樣相信，事實便會被怎樣吸引過去，聽說這是心念的力量。是的，這種網絡上廣傳的身心靈說法有點膚淺，就容許累透的人偶爾膚淺一下不可以嗎？

終於到了出走那天。

麻木一個人呆在機場候機室內。可惜現代科技再也容不下越洋郵輪，想像幾十年前沒有飛機的時代，出洋要過海，出走應該更浪蕩，在茫茫大海的異樣流域上飄泊幾個月，本身已足夠療癒。「大江東去浪淘盡」裡那亂石崩雲、驚濤裂岸的磅礴瀟灑是有功能的，重點是能「淘盡」，用現代語說，便是什麼都會被沖洗去的意思。

總之，只能坐飛機。

創傷後的麻木神秘地得到能一眼看穿別人的傷痛歷史的異能，沒有人能真正了解和明白她得到這異能後的感受，就像你不會明白，能一眼看到你身旁是否站著一隻鬼，或者一算便知道你的前世今生、幾歲會死的那種人一樣，你會羨慕他，還是慶幸能對命運保持無知的幸福呢？一瞬間，眼簾下盡是世間苦，這感覺比苦的本身更難受。麻木要承受的不只是自己的苦痛，還有別人的傷痛，要從痛苦轉移視點看別處，需要先清洗掉所看到和知曉的傷痛記憶。這可是人類修行史上偌大的工程。為什麼上天要給麻木痛上加痛的考驗？麻木也問過這問題。可是這種問題好吊詭，最好還是別問，就像神是否真的存在、地球的起源是什麼、人死後到底會到哪裡去這些問題，再多問三十個世紀，大概依然是寫在哲學書或考試題上的問題，假如那個時代還存在學校和考試這些落後的制度的話。

最初，麻木首先看到眼前所有人的身體某個位置會出現一塊小紅印，有的在頭頂，有的在隔著衣服的腹腔，有的在膝蓋，當然這些都是生理上的痛點。頭痛、腹痛、膝蓋痛，一眼便能看透，即使他們表面上沒有感受到。這些都是他們病痛的源頭，有的被表面治癒了，可病根還沒有消失。麻木看見的正是這個病根。有些人的紅印卻在很奇怪的地方，譬如子宮，這時她也能很快地感應到一些人的模樣，譬如那個人的母親在生下她時的哀傷表情。又譬如看到紅印在某女生的眼角，那是流淚的地方，她會依稀看到令她流淚的伴侶手裡挽著的是另一個女人不是她。紅印通常會在多處出現，哪裡的紅印顏色最深、光最亮、面積最大，便是痛處最深的源頭。麻木看著一幕一幕滿身紅印的人穿梭出現的畫面，雖然只在少於一秒間閃過，還是印象深刻。她忽然變成一台傷痛掃描機，不能不説，這是極其震撼和難受的事情。

更令麻木不安的是，看見眼前這些隱藏傷痛的人如常地走路、辦公、坐車、買東西、滑手機、聽耳機、對人微笑時，委實受不了。這個人的痛處是曾經被最愛的人騙走了一切；那個人的痛處是三歲時被媽媽狠心推出門口被車輾過留有的內傷；這個人是被情同手足的朋友搶走了愛人；那個人是給親生女兒離棄的老人；這個人是曾經被強暴過再也不敢和男人親密；那個人是昨天剛墮了胎心如刀割；這個人是被母親長期虐待未嘗過被愛；那個人是剛自殺不遂生無可戀⋯⋯每塊臉上展露的是一個模樣，埋藏底下的卻是難以啟齒的心結和傷痛。活在雙重面貌下，這些人到底是怎麼過活的？原來，每個人都有壓抑的心結和痛處，卻習以為常地幹活，談笑，吃飯，拉屎，自慰，拍拖，會友，看電影，亂購物，帶孩子，照鏡子。

分裂是存在的本質，受苦是存活的基因。

以往當了那麼多年心理醫生，卻從來沒有看穿人心原是這麼複雜、分裂和表裡不一。因為得到異能，才發現自己是個一無所知的庸醫。為免經常和別人的傷痛交鋒，感染太多負能量，麻木開始養成低頭不看人的習慣，非必要也不要正視陌生人，內斂和靜心反而是這個改變可喜的副產品。原來在街上不亂看誰，內斂眼神，是回歸內心平靜最好的方式，人也變得收斂。這可是她意料不到的收穫。凡事都有正反兩面，真確不假。

麻木的讀痛能力強而準確，可是她發現有兩個人她就是看不到紅印，看不透痛根在哪裡。一個是她自己，站在鏡子前看自己，沒有紅印。

另一個人，是她在候機室遇上的神秘女人。

從亞洲要到冰島，可以先到西歐各大城市轉飛過去。麻木選擇了在她較熟悉的出差地倫敦轉飛。花半天到倫敦，再直接轉飛冰島，她想一氣呵成。十三小時的航程，兩小時轉機等候時間，再來三小時的航程，這已是最完美的安排了，雖然是冒險的，因為到倫敦的航班稍有延誤，也許就趕不上轉飛冰島的航班了。麻木決定交給命運，她只想以最短的時間抵達，即使代價相當累。

黃昏出發的航班，候機室內的人都掛上黃昏才披露的臉龐，動作和表情也比白天遲緩。麻木的臉掛上了忐忑的晚色。一個人的旅程，安靜地等待上機，這種心情，只有孤獨，沒有別的。麻木沒有亂滑手機打發時間的壞習慣，寧願眼光光停留在零點思想的浮空狀態。因為不願意看到身邊人的痛，她把眼睛移到窗外停機坪黑暗裡的點點光。啊，真的要出發了，意味著這麼一去，一切真的完結了。因為傷痛而出走，在最後一刻都會遇上這種誘惑：留守舊地的慾望在作最後的呼喚，教唆掙扎。前半生的路，是留是離，是取是捨，最大的考驗，在於一念之間。

在麻木前方的電視正在播放連續劇。女主角經歷了九死一生的海難，幸運地被直升機拯救成功，帶回陸地。著陸那刻，遙遠看到本來正鬧離婚的丈夫。四目交加，隔世重逢的喜悅，丈夫跑過去緊緊擁著妻子，一吻解千仇，沒有比生還更有福，死到臨頭才知道什麼才是最重要、不能失去的，才懂得珍惜眼前人。悲喜交集的淚水和熱吻，把麻木引到幻想的超時空。她開始幻想：

「假如這次遇上飛機失事，大難不死回到地上，他會像電視上那樣苦等著，第一時間衝上前給我劫後餘生的緊抱嗎？答案是不。假如不幸死去，他會痛失贖罪的機會，帶著罪業度過殘生嗎？答案是會。他爸的，兩個結局都殘忍。既然我生還他不會出現，我死後他也只會不得好死，那飛機失事有什麼意義？這樣離去是不是很荒謬？我還要不要上機？」

想到這裡，一把聲音突然響起：「慢著，麻木，你正在把憑空想像的劇情當作真實，在上面亂蓋歪想，分明是思想的詭計，這才是真正的荒謬，當心中計。」

麻木驚醒過來，天，稍一走神，負面思想便會攻擊人性的弱點，把事情想到最壞，自製災難。「啊，真是的，剛才怎麼了，像被催眠一樣中了毒。」最不幸的命運，一半都是自己構想出來的。

麻木吐了一口氣，專業告訴她，睜開的眼睛最容易接收外來的官能刺激，自動勾結負面思緒和記憶，因為兩者都是由大量的視像元素造成的。該死的電視！閉上眼睛，深呼吸，把注意力集中在呼吸上，干擾她的思緒便會被中斷。她費了那麼大的精力放下一切，決心出走，斷不能在最後一刻退縮。一分鐘後，重整過情緒，她知道應該動身走走，轉移腦袋的能量到肌肉活動去，這是調整情緒最有效的急救方法。

麻木走到咖啡售賣機旁邊，正要找找看是否有合眼緣的飲料時，突然被售賣機後方坐著的一個女人吸引了視線。那是一個女人，絕對不會有錯的，問題是，她好像不是人類，這完全是莫名的感覺。那個女人看上去跟其他人類沒有分別，但再多看一眼，你會感覺到她在散發一股沒有氣味但有光亮的獨特氣息。更重要的是，這個女人身上居然沒有紅印。這可是麻木第一次遇見的奇事。自從得到創傷後，一年多來她一直背負著能馬上看到別人的傷痛根源的重擔，也發現了生命的重大秘密：原來沒有一個人是不帶痛苦而活著的，管他是剛出生兩個月的嬰兒、三歲的小孩、三十四歲的餐廳公關、五十七歲的地產經紀，還是八十一歲的老婆婆。

這意味著，她是沒有傷痛的女人嗎？

麻木像被磁石攝住了，眼睛沒有離開過那個女人。那個女人也開始捕捉到她的瞳孔，給了麻木一個微笑，雖然她的嘴角沒有動過。再說，笑是心先看見的，不是眼睛。她到底有沒有笑過只有她知道，但麻木覺得「看」見她在對自己笑。好吸引的微笑，令她的腿不由自主地往那女人走過去。實在有點尷尬，不過麻木是身不由己了。她在女人對面的空凳坐下來，回她一個親切的微笑，這是對她而言不可思議、無法解釋的行為，大概一生也沒有做過第二次。

在麻木還在尷尬地盤旋到底要不要開口說點什麼時，那個女人已大方地開了口，說的是帶歐洲口音的英語，聲音是深海的藍色，比太平洋深海底裡百年沉船上的寄生植物的呼吸振頻還要低沉。

「我認識一個跟你長得很相似的出走女孩。那是十二年前的事了，在同一航班內。她的名字有點怪，叫『過分女孩』。」

「說得傳奇一點……」沒等麻木搞清楚她在說什麼時，女人繼續用像已是很熟稔的朋友那種語氣，慢條斯理地說：「你可能就是那女孩。反正，她應該和你現在一樣，帶著重創的傷口，再度出走。」

麻木無法開口，無法用說話把驚訝表達出來，發現即使真的要說一點什麼也徒然，腦袋裡突然失去一切用詞，找不到可以組成句子的字彙，像返回一歲以前不懂說話的嬰孩狀態那樣的純粹和笨拙。假如要用一種顏色來形容目前這狀態的話，應該是，漸漸變成透明的珍珠白。

女人繼續說：「那個女孩嘛，出走時才十九歲，為了逃避一個她愛著的男生而痛苦地離開。她搞不清楚到底自己是愛著那男生，還是依賴他。說到底，她只是個善於逃跑的懦夫，無法面對愛和被愛而已。在愛裡，人花最多時間做的都不是愛，而是想多了。出走冰島是為了逃避。在飛機上她坐在我旁邊，你猜她正在做什麼？寫告別信給那男生。愛到最後若只剩下文字，不是浪費了是什麼，是不是？直覺告訴我她的信不會寄到對方手裡，因為她連對方的地址都搞不清楚。聊起來時，我提她可有想過對方可能已遷徙，怕不怕信會寄丟？呵呵，這提示可不是多餘的，我年輕時戀愛最怕便是寄丟信，而事實上，你怎麼能把自己最重要的心事託付給不相干的郵差？

「不久後，我在冰島收到原來是那個女孩愛著的男生的來信，問我關於『出走基金』

的申請事宜。一雙年輕的戀人，湊巧地在不同的時空分別遇上我，也是命中註定的緣分吧。那男生沒有說他的故事，但我一眼便認出正是他，那個女孩的他。我促成了那男生的願望，給了他出走的資助，讓他飛到冰島找女孩。是不是很浪漫？」

女人說到這裡，帶笑輕輕地啜了一口手上那杯已微微變涼的Double Espresso，繼續慢慢說：「啊，不好意思，好像已當你是很熟悉的朋友似地跟你說這些。也許你從沒聽過出走基金這回事？我是基金的管理人，說來，已是很多很多年前的事了。現在，我每天還會收到來自不同地方的人的來信申請。活在這個侷促的世代，大家都想出走。」

女人的神態很「京都」。也許是因為麻木也流著來自京都的血，所以對她發出的身體振頻特別敏感，不禁想起兒時便離開了自己的日本爸爸。女人優雅，日式的笑容，古都的氣質，歐洲的口音，細緻的衣裝，雖然穿得像巴黎街頭不時出沒的歐陸型格女人一樣好看，身上的色系是田園暖色自然風，半透明的淡茶色眼鏡框跟右手無名指上的小巧茶晶寶石低調地互傳默契，但坐著不動的整個氛圍，還是堅定地滲透著來自東瀛的氣息。可當麻木發現她原來是個快六十歲、長住冰島的日本作家時，已是臨上飛機前十分鐘的事了。

麻木只能搖頭，表示她沒聽過關於出走基金的事。

「關於出走基金的故事，是這樣的。」女人繼續慢慢說：「創辦人是個神秘的法國男人，到現在我也沒有見過他。據說他三歲某天看到一團黑色的光後昏迷了三天，醒來後便會說冰島語，但腿突然麻痹了，從此無法走路。他是個神童，自學十多種歐洲語，飽讀各種神秘學、占星學、占卜學等經典和要籍。他的父親聘了私人秘書協助他研究和修行，代他約見和接見當時不同地方的神秘學教派要員。那些人對這個小男童的神秘事蹟很快便傳開去了，有教派還親自前去測試一下他到底是不是佛陀再世，或者是基督再臨的轉世靈童。據說，他在回應大人的辯題時，層次和氣派真有當年耶穌的風采。十三歲那年，一天吃了秘書為他從院子摘來點綴書房的野花後，腿忽然可以走動了，再花了半年時間便可以走得和常人一樣自如。他三歲開始便幻想再能走動的話，一定要踏遍世界，搜集最奇特的故事，這是他來這世界的唯一目的，而不是做宗教家或哲學家。於是，他違背了父親一直希望他能成為靈性大師的心願，周遊列國，到處尋找各地奇怪人物的傳奇，尋找像他一樣擁有匪夷所思傳奇一生的異人。後來成立了出走基金，由他找到的一個異人跟我在京都碰上，選定了由我來打理這個基金，因為他說我擁有找到『對的人』的天賦能力。

「啊，也許你已猜到，我是日本人。本來是個作家，後來主要打理出走基金，轉眼二十年了。」

麻木對於這種匪夷所思的靈性故事幾乎是零接觸。這個女人真有莫名其妙的懾人魅力，不到幾分鐘便把她整個靈魂懾住了。出走基金的故事，前後出走冰島的一雙戀人，十二年前的故事。假如女人最初沒有說那個女孩也許便是麻木時，麻木可能不會那麼激動。出於本能，也是由於被懂得說故事的魔幻女人催眠似的吸走所有關注的感官，她不得不費勁地打開口，像突然再度能走路的神秘神童那樣努力地學習舉步一樣，艱難而期待。

原來是日本人。麻木忽然感到一陣暖流從咽喉湧現，那是她曾經熟悉的童年語言，也是她和爸爸唯一用來溝通的橋。她不由自主地用日語跟女人說：

「那個……那女孩現在……跟我一樣……創傷……出走？為什麼？」麻木說得像口吃的貓一樣笨。

女人喝完手上的濃黑咖啡，優雅地放下自攜的環保小杯子，從同樣是環保物料製成的仿皮小黑背包裡掏出一個黑信封，優雅地用日語回應：

「這是我幾天前收到的信，女孩寄給我的。這個時代也真有還會親手寫信的人，可憐他們都是感情豐富又容易受傷的動物。她告訴我，她和他好不容易走在一起後，以為有愛便能擁有一切，可是十年的共同生活裡，才看透光有愛是不夠的。諷刺地，他倆原來根本是兩個世界的人。生活是愛情最大的考驗。她積極、主動、踏實，以為有了愛，積極地活著便有幸福。可他是個極端完美主義兼行動無能者，把愛的想法和生活都塞進腦袋去，談的比做的多，慾望比他想像的都要強。最初純潔浪漫的激情，十年間演變成忍耐、包容、等待、期望、失望和絕望，最後不得已也要放棄。她發現，其實他最愛的是他自己的腦袋，甚至曾經不只一次對她不忠，回家抱著她扮演癡心的情人。至死不渝的愛，不過分裂如此。他的愛虛浮無力，只有他以為愛得滿滿，充滿不自知的虛偽和無能。對他再有愛也得面對現實，她受夠了，苦戀十年，還是狠心離場，再度出走。

「她的心到底有多痛，我是從你臉上看到的。假如我沒有看錯，你是個有異能的人，能看到全世界的人最痛的傷口，你的痛加上別人的痛，變成全世界最深沉的傷痛。你出生的地方在帶領你去尋找解痛的秘方，是嗎？」

「出生的地方？不，我確實是因為失戀傷透了，決定圓自己一個夢才出走，但不是去什麼出生的地方啊！」麻木不解地説，也驚訝於她能看穿她擁有異能的秘密。

「那，呼喚你出走的那個小東西在哪？」女人問。

麻木被問到了。啊，那小東西不就是她的胎記嗎？她怎麼會知道？雖然不解，麻木還是不避諱地用食指指著肚臍。

女人笑了：「你不就是從那裡出生的嗎？好好想想，為何呼喚你的東西在那裡而不是他處？不要忽視子宮的力量，幾乎所有女人的痛，源頭都來自那裡。」

麻木既被點醒了，可也更迷惘。候機室正在廣播可以登機的通知，周邊的乘客都紛紛起動到登機口了。

「很高興今天能跟你碰面，好像我等了十二年再來這裡就是為碰見你似的，看一眼當年的女孩現在變成什麼樣子了。你在冰島會遇到『對的人』，他會為你的人生帶來重大的逆轉，幫你走出來，化傷痛為力量。異能用得好的話，你可以挽救很多人。」女人的話還是像夢般迷離。

女人正要準備起來，麻木急著問：「我叫原麻木，請問你叫什麼名字？我們挺有緣的，能再跟你聯絡嗎？有件事情我很好奇，不知應否問你……為何，我看不到你的痛根，為何你身上沒有……紅印呢？」

女人笑著說：「先處理好自己的痛，到時，你應該有能力看到我的痛在哪裡。」說罷提起黑背包。「啊，用母語說話真釋放，像脫掉別人的殼做回自己一樣爽。」然後神情堅定地說：「回到呼喚你的地方去，尋找痛根，便能解脫和重生，你懂的。」

女人站起來，留給麻木最後一句話：「我叫高樹梵。」

06

遇上冰島茶人理髮師

出走，只知道要走出去，不去管要留多久。要去做什麼？不知道。這個與胎記相同的地方，總該有和自己血脈相通的牽連吧，譬如冰冷的命運？麻木希望對自己的過去作一次冰冷的總結和最後的祭祀。

飛抵首都雷克雅維克（Reykjavik）正值三月底，冰島的初春，假如倚在北極圈南邊的地方也有春天的話。這是冰島最大的城市，世界緯度最北的首都。這個地方灰灰的，有鬼氣，擁有許多溫泉和噴氣孔。據説西元九世紀時來此定居的維京人遠遠看到溫泉蒸騰冒起的水氣，白煙處處，便為此地命名為雷克雅維克，冰島語的意思是「冒煙的城市」。

三小時的航程，抵步時已接近午夜。抵達這個首次踏足的異地，沒有看到白煙，但在飛機上，她卻看到了流星。

流星以0.03秒的速度在麻木眼前劃過，這0.03秒是不是故意的，她無從知道，但她明確地看到流星的軌跡跟她正要飛向的地方是相同的。這是她第一次在飛機上看到流星。嚴格來説，也是她生平第一次親眼看到流星。心裡滿滿矛盾。聽説，看到流星是上帝給你夢想成真的護照，應趕快許願。但她沒有這樣做。願望是對生命還有信念和愛的人創造出來的玩意，可對於一個絕望和心死的人而言，還談得上有什麼願望要期許？

也許真的沒來錯，冰島是適合放逐自己的地方，有活火山、大西洋暖流，是冰川和火山交融的北大西洋孤島，極端的性格，冷暖自知的民族。

安排是麻木的強項。早在出發前經網上中介公司租了一家在城裡較安靜的小屋。入境後，她踏上預約好的電召的士，把她載到離機場不遠、在城內方便的酒店。她計劃先住一晚酒店，明天再跟房東接洽，因為她不想半夜打擾人家。她處事從來細心饒有人情味。

第二天，終於在這個異地安頓下來了。房東是個英語很好的七十歲老太太，丈夫十年前過世，她和一隻黑貓相依為命。她喜歡結交新朋友，歡迎外地人，知道麻木是亞洲來的大為高興，雖然麻木已表明可能租不到一年，希望能先租半年再看看，老太太說沒關係，反正房子空著，等待適合的人住上就好。她說：「時間從來不是問題。」

能說出「時間從來不是問題」的人，心境已臻哪境界，真的不是麻木這個年紀能參透，感恩就是了。看到老太太的紅印在頭兩側的角孫穴附近，應是患長期頭痛症，她教了老太太簡單的頭部穴位按摩法，還替她按了一會，老太太舒服到說已提早上天堂了，逗得麻木擠出來冰島後的第一個笑容。

麻木住進的房子雖然靠近著名景點哈爾格林姆教堂（Hallgrimskirkja），但由於座落在一條較隱密的內街上，所以出入較安靜，窗前還有遠景觀，附近有巴士站，細心的房東老太太還特意留了一輛自行車給她，方便她逛街和買東西。

沒有想像中寒冷是麻木對雷克雅維克的第一個感覺。這城是個適合徒步和散步的城市，街道乾淨。最初幾天她在城裡到處閒逛，漫無目的地流連 Laugavegur 大街的咖啡店和舊港旁的跳蚤市場，聽教堂內著名的十五米高管風琴演奏，買貴到有點驚人的超市食物回家做飯，平平靜靜地在托寧湖畔等待假裝蹣跚路過的貓，跟小商店的健談女店員聊天，聽她談剛愛上一個比她小七歲的男生的故事。說不出的滋味，沒有太大的傷感，沒有興奮的心情，沒有好奇的慾望，每天在街上隨性地走走。「不外如是」是她總結出的感覺，從來沒有在旅途中有過這樣的心情，真的有點糟糕。

頭三天天氣特別好，可很快真正的冰島「風」貌便出場。第四天風開始大，是麻木沒遇過的那種狂風，夾雜亂雨點的抑鬱氣息。留在家裡看雨也不賴，回顧度過這幾天的自己，第一次打開筆記本寫出走日記。

一個女人在三十一歲拋下一切的極致出走，居然沒有太多感想。不管了，不外如是就不外如是吧，也是一種體驗。只要不多下判斷，什麼事情的發生其實都沒什麼大不了。

冰島的第十天。

該逛的地方已逛過，該呆的咖啡店也呆過了，沒勁參加環島旅行團，只想少安排生活，漫無目的地呆一會，彷彿一生都沒做過這種事情。

不外如是的冷感反應並不是沒有意外的，麻木來到雷克雅維克後，最吸引她的東西不是什麼，竟然是巴士。她有坐巴士的愛好，記憶中求學時期最喜歡盲目地跑上一輛巴士，讓它帶自己去一個不知的地方，沿途看沒預期的風景，到終站後走進沒預期的環境裡，好不過癮。可是，容自己沒預期地浪蕩過活的日子，到實習和行醫後便停止了。每天趕忙的工作，電召的士成為御用私家車，試過累到在的士上倒頭大睡，幸好沒遇過壞司機。可能是跟自己在街上散漫行走的頻道相近吧，這兒的巴士竟勾起了她年輕時代的回憶和興致。終於有樣東西能打動她了。

這裡沒有地鐵，沒有火車，連巴士也較少看見，好像住在這裡的人都喜歡自己開車，或徒步或騎自行車。像她一樣等上半小時漫無目的地坐巴士的旅客大概百中無一。這兒偶爾會看到有趣和隨性的巴士站，她看過有的站牌隨便掛在一支燈柱上，也有免費Wi-Fi甚至手機充電裝置，方便等車的人上網打發時間。可她習慣等車時不上網，她更喜歡抬頭看風景，因為坐著等待時看到的風景跟行走時看到的不一樣。

她記得幾天前坐巴士經過一家蠻有特色的理髮店，記不起名字，巴士已飛快駛過了。不知為何心裡牽掛著那小店。目前的長髮是瘋狂工作後的結果。出走前本來想修剪一下，可時間安排不上。今天心血來潮想理髮。到底是因為惦念著那小店，還是真的心血來潮想理髮，身為心理師的自己也摸不清楚潛意識的真想法。不管了。來到冰島後，「不管了」三個字悄悄地變成了她聲控自療的方式。她不正是為了這三個字而出走的嗎？

在冷風裡呆等了三十三分鐘，鬼地方，慢活不是不好，只是在冷風中慢著活等的話，事實上是有點要命的。巴士來了。幸好認路一直是她的強項，她記得那家店大概在哪個路口，懂得下車，再往前走五分鐘左右便找到了。

理髮店的名字很簡潔：Te Hairdressing。

Te應該是冰島語吧。推門進去時才看到木門上有兩行字，上面是冰島語，下面真幸運是英語翻譯，意思是：「敬請預約」。啊糟了，會不會白來一趟？麻木祈禱今天能順利理髮。推開店門，傳來小風鈴的細碎浪語聲，麻木馬上感到一股莫名的親切感，那是兒時在京都的家每天聽到的風鈴聲，像走進世上最安全的地方，竟然莫名其妙地想哭。人生走過三十年，累到為停下來不惜放下一切成全的出走旅程，卻反而像是為了給自己重拾回家的感覺。天呀，麻木深深地吸了一口氣，閉目三秒，睜開眼睛時，被店內的世界迷住了。

這家店不可能是理髮店，與其說是一家店，不如說是一個小花園，眼前是滿室不同顏色的、圓圓的花：鮮紅的、橙黃的、粉紅的、偏白的，種植在店中央的尖頂玻璃天窗下面，自然的日光從頂端曬進來，染滿一片花海。花海旁邊是兩張松木茶席長矮桌，各放置了一個小巧的茶壺，左邊是黑紫砂壺，右邊是柴燒上釉壺，壺旁邊各並列著四隻小茶杯，黑黑的，舊舊的，非常雅氣。用來燒水的是侘寂風味的中古黑鐵壺。在北歐地方遇上東方茶盞，說不出的親切。難道這家店是東方人開的？

麻木不由自主地走近花海，被花的美催眠了，正要伸手輕撫一朵鮮紅色的花時，一個男人從花海後面的小屋無聲地慢步出來。隨他而來的是一股清澈如雪山泉水能穿透人心的香氣。高個子，東方人，亂中有序的黑短髮，稱身的淡茶色漢服下面是淡藍色洗水破口寬腿牛仔褲，淺灰色厚毛襪及日式人字拖鞋，低調地帥氣。在冰冷國度裡邂逅東方茶席、花海暖房和謎樣香氣男，應該是幻覺。明明是家理髮店，店名旁邊確確實實用英文寫著hairdressing啊。

香氣男的笑容比花更迷人，看見麻木，他低聲地問：「Chinese？」麻木點點頭。香氣男笑得更寬容，馬上用中文說：「她們叫冰島罌粟。」

他指著麻木正想去摸的花。

「罌粟花？」麻木問。

「是冰島罌粟，跟可製成毒品的罌粟不一樣。先喝茶，再理髮，怎樣？」香氣男像跟相識多年的老朋友或老客戶説話一樣。自從踏進這家謎樣的花房後，麻木的感覺已變得不由自主，乖巧地點頭聽從指示，內心卻很清晰自己正在做什麼，感到安全和信任，願意打開自己，不用固執或隱藏什麼了，像被催眠的狀態。到底為何她會在這個陌生男人面前神秘地進入催眠境界，在她離開冰島時也無法搞清楚。

香氣男領她到小屋旁一個全透明的外建玻璃屋（gazebo），居然有270度景觀，窗外是幾棵枯樹，大片雪地，應該是後院子的風景，沒想到屋子後面能有這種侘寂的禪空間。看來應該是私人地方，沒有車路，也沒有人能進入，像個退修的小天堂。

「好美啊。」麻木情不自禁地説。玻璃屋像個小森林，種滿了綠色植物，也有冰島罌粟。屋的正中放置了一張理髮椅，一塊能滾動的人高鏡子，一張能滾動的工具桌，地上放了一個蠟燭香薰座，旁邊是一個小型的日式水琴窟裝置，水隨著竹管子流進一個黑瓦缸內，發出淙淙水聲，她以為自己走進了京都的茶館。

香氣男讓她坐下來，遞上一張茶單，溫柔地說：「看看，想喝什麼茶？先讓茶清淨身心，然後我們才開始好嗎？」

他的第三個問題，她的第三次點頭。麻木點了蜂蜜桂花綠茶，香氣男到外邊茶席上調泡好後端給她，開始自我介紹：

「我叫 Te，也是這店的名字。你今天的出現有點意外，原本今天是我的休息日，沒有預約客人。正想出來打理花兒，跟她們聊聊天，一起聽聽音樂，你便開門進來了，聽到風鈴聲才知道忘了鎖門。一切有點像夢。你相信白日夢其實是現實嗎？午飯後我剛在屋子裡睡了一會，夢到有位古代東方女人推門進來要買花。醒來不久便見到你。為了這個夢，我很高興今天能意外地為你做頭髮，你希望我如何為你理髮呢？」

麻木早已呆了，分明已被帶進了這個叫 Te 的男人的夢境，變成了他的古代東方女人。她有點迷糊但本能地說：「不好意思，打擾了你的休息日，我剛來冰島，只是巴士曾經過……」說不下去了，說這些毫無意思，進來後忽然覺得說話是人類最愚笨的溝通方式，明明可以用安靜來交換感覺和想法的。她不經思索地說了不太懂為何會說出口的話：「沒事，交給你決定吧。謝謝。」

Te 帶笑地靜默，以純熟的動作把鏡子和桌滾動到她跟前，站在她後面，在鏡子裡仔細地閱讀她的臉，透視她的心情，細想應做什麼、不應做什麼。很快他便有了方案。他讓麻木閉上眼睛，麻木聽到他把一個東西拉近，居然開始用溫暖的水替她洗頭。哪裡來的水？進來時沒看到有水龍頭啊。不管了，好好地享受被清洗和改頭換面的夢樣下午吧。

全店只有Te一人，沒有助理，從洗頭到完成都是他一人打理。好像經歷了兩小時，或者更長的時間？Te在她耳邊輕輕說：「完成了，你可以張開眼睛看看啊！」麻木才知道中途好像睡著了，又好像一直聽到水琴窟聲，屋內的香氣也一直在意識裡，現在是在夢裡抑或回到現實？想起剛才Te的話：「你相信白日夢其實是現實嗎？」

在還未能弄清楚時，麻木已被眼前鏡子裡的那個自己懾住了，與自己對望了足足三分鐘也無法說出話來，幾近震驚。當她稍為回過神來時，Te不知何時開始已不在她身後，從外邊端來一個雅緻的橡木托盤，上面放著兩個小黑茶杯，謎樣地說：「Cheers！」麻木提起小杯，和他碰杯後一起喝。那是她生平第一次喝的茶，說不出的驚喜。看著茶湯在古董小黑茶盞裡優雅地裊裊冒煙，在陽光的映照下泛出迷人的金黃色，莫名的感動，淚水快要滾出來了。

眼前的自己變回她直到大學年代一直留著的清湯掛面，髮長及下巴，髮尾是不規則的小凌亂，加添了不妥協的小個性，原本因為創傷老了十多年的模樣一下子又變回童顏，這個早已遺忘的自己，在這個夢樣的下午被撿回了。

麻木紅著眼對望鏡前的自己，低聲說了沒想過會說出來的話：「我好想你啊！」

Te沒有忽略麻木這些微妙的反應。「我們到茶席去坐坐。」一說罷領她回到剛才的花海空間，在茶席上坐下來。

麻木此刻才細看清楚這房子，原木造，錐形透明玻璃屋頂，怪不得聲效那麼好，理髮玻璃屋內的水琴窟聲音能清晰聽見，滿室香氣，赫然發現這香氣跟剛喝過的茶的氣味是相同的。剛重生的自己和一個陌生理髮師在暖暖的自然光照下，坐在花海旁邊品茶，再強的想像力也沒法推測到出走冰島能發生這天的奇遇。

Te慢雅的泡茶動作深深吸引著麻木，才發現原來男人可以有這般修長和雅緻的手，能把茶葉、開水和煙霧化成縷縷茶香。麻木喝過第二泡茶後，意識好像回來了，開始能組織思路。

「剛才睜開眼睛的一剎那，我看到了很多年前的那個自己，是相當震撼的感覺。沒想到你能把我變回曾經有過自信的從前，很感動呢，謝謝你。你大概懂法術是麼？」

Te依然微笑，沒說什麼，繼續專注地泡茶。喝過第三泡茶，麻木發現每泡茶都有細膩的變化，非常難忘。沒等她提問，Te主動開口說：「很特別是嗎？這是雲南的普洱茶，名字叫『初心』，意思嘛，應該就是你剛才看到那個自己的模樣，你懂的。」

「我喝過的普洱茶都是深褐色的，怎麼這普洱茶能泛出金黃色呢？」麻木不解。

「你喝過的普洱茶大概是香港式的熟茶或陳年生茶，製法和滋味不一樣。這款是2012年的春摘生茶，樹齡五十多年，茶園經近十年有機種植，糅合了普洱茶的各種特點，是很細緻和包容的茶。你細品多幾泡再看看。」

Te繼續慢泡初心，二人無聲地細意品嚐。喝到第五泡，Te問：「怎麼樣？」

「每一泡給我的感覺都不一樣，不斷地變化。第一泡像不施粉淡淡美的女子，第二泡開始滲甜，第三、四泡溢出深藏的香氣，回韻是甘甜，按摩著咽喉，第五泡變得內斂。」

「對，是內斂和力量，像在告訴你『我長大了』。那年我泡它，由於是茶齡尚輕的普洱生茶，還在不斷發酵過程中，所以它像一個少年一樣跟你聊天，表達它對世界的觀感，對人生的理想。有時有點亂，有時又遠大。那時的它帶點不穩定，不容易泡。幾年後，今天的它已由不穩變淡定，內韻豐富，還有很多未知的將來，有很多故事要告訴你，也提醒你它最初的模樣。」

「我從不知道普洱茶可以有這種味道和體驗。我一直是喝咖啡的，對茶不認識，也沒研究，喝過的也只是幾款流行的廣東茶樓茶或花茶。不知道是不是因為心情不一樣了，理髮後打開了一點心結，這茶好像能跟我融合為一，很親和的感覺。『初心』的名字說到我心裡了，勾起我曾經對生命的激情和夢想，說起來也想哭。」

「這是普洱茶的美，因為是後發酵茶，沒有賞味期，是能逐年觀變化的茶，像看人的成長。和普洱茶相處是等待的修煉，歲月共度的沉澱。每種茶都有不同的修為，普洱茶的修為是陪伴，意味深邃地動人。」Te 依然是那個安靜的微笑：「對，Te 是我的名字，初心是茶的名字，那你的名字呢？」

麻木笑了，自我介紹：「我叫 Dolor，是拉丁文，十九歲那年為自己改的，痛和悲傷的意思。當然我是有中文名的，叫麻木。」

這個名字太不得了。Te 呆了一分鐘才敢問關於她這個名字的緣由。

「為什麼叫麻木？應該很多人都問過你這個問題吧，你爸媽改這個名字時肯定有某種寄意。」

麻木猶豫了一分鐘才回應：「一直以來，我沒有向好奇的人說真話，只戲言因為媽媽喜歡用麻布造衣，爸爸是個木訥的人，喜歡木工，我是二人結合的作品。也許你已猜到我有一個破碎的家庭。我爸姓麻木（あさぎ Asagi），是日本人，媽生我時對爸已心死，把我歸她的姓氏原，連名字也不多想，領出生紙時索性把自己的姓氏壓在爸的姓氏前面，向他示威。於是，我的名字便成為『原麻木』。你可以想像，她連為我認真地改個名字也不願意，並不重視我的出生，我對她唯一的意義，大概只為出一口氣。而她一直沒有原諒我爸。」

麻木說罷才訝異居然向這個第一次見面的陌生男說真話。Te靜默了三十秒，輕輕說：「不過，你也同樣沒有原諒你媽，是嗎？」

麻木瞪大眼睛，露出不可思議的表情。大概此生活到這一刻，從沒有想過要原諒她，或者應該原諒她。

「原諒，需要一個理由吧！」她說。

「需要理由，便無法真正原諒，徹底放下。要原諒，大概唯一的理由便是想解脫吧！」Te說。

麻木被他這句話懾住了。怎麼他能讀進她的心，知道她求解脫未得，正是因為還有未曾原諒的心結？

「被你看穿了。坦白說，我現在其實頗喜歡麻木這個名字，它提醒我保持麻木會好過一點。面對過太多傷痛，太用情太上心的話，怎能承擔得起那份沉重？」

「那，也要看你是否輕得起。」

待麻木赫然發現自己的名字原來隱藏著能讓她解脫的密碼時，已經是一年多以後的事了。

麻木感到一點不安，不想多談自己的事了，於是轉移話題。

「你的名字很特別，你有中文名字嗎？」

Te學著麻木的口吻自我介紹：「Te是冰島文，三十歲那年來冰島後為自己改的，是茶的意思，讀音De（與「爹」同），發音源自台灣和福建一帶的閩南話，隨著當年茶葉貿易西傳成為歐洲語。當然我是有中文名的，叫古樹，姓古，名樹。」

麻木重複著Te的發音，默默地絮絮念。

那個下午，他們分享著重生和關於茶的故事。Te說的比較多，難得來了一個東方人，而且是女的，還應驗了夢的預告，對Te而言，那個下午也預演了他自己的重生，雖然他還未來得及意識到這點。

從細說他用的小黑茶杯原來是宋代的黑釉瓷建窯老茶盞開始，談茶的種種故事，到用茶葉自製香薰材料，到他出走來冰島的生活。兩個生命的緣分，從下午三點麻木闖進來的那刻開始，理髮喝茶聊天到日落到深宵，沒有誰關心過時間和天色的變化，呼應了麻木的房東老太太說過的話：「時間從來不是問題。」

Te在小廚房做了簡單的素意大利麵晚餐，麻木讚不絕口，也喝了Te的朋友剛從英國帶來送他的有機紅酒。酒精打開了Te的潘朵拉匣子，把自己來冰島三年的點滴都告訴她。

此刻若要為他們捕捉一個電影全鏡頭的話，他們看上去與剛開始相愛的戀人無異，無盡的話題在燃燒忘掉時間的酒精。

「我每天只做一個客人的頭髮，專心的做和完成。能一天只做一件事，做好它，是不是最完美不過的人生？理髮前，我會先讓客人點自己想喝的茶，然後開始理髮，替他們還原本來的自然和美。完成後，我會為客人量身訂泡一道我叫Metamorphosis的蛻變茶，茶葉以純料和簡單自然的製茶方法為主，譬如普洱、白茶和較罕有的老茶等，視乎客人的特質而選配。客人最初大都會選清香型烏龍、炭焙鐵觀音、綠茶、紅茶、花茶等主流茶，理髮後，我希望讓他們像還原自然美的自己一樣，品嚐茶的古早味，效果就如你剛才體會到的那樣。」Te說。

「好一個蛻變，居然能把茶和人本來的自然美結合。你從哪學會那麼多茶的知識呢？你年紀不大，茶的學問卻很深厚。」麻木說。

「我爸是福建人，在福建開茶莊。我從小向他學茶，十來歲便跟他跑遍不同的茶山，學懂製茶的方法和奧妙。十九歲我爸讓我出國唸書，我說想去法國，他很開放，答應了。我中學時代學習法語，到法國順理成章，喜歡法國對傳統和文化的尊重，像我也喜歡日本同樣的品質。大學本是學文學的，沒畢業便轉修理髮和廚藝。後來回國想開自己的理髮店，卻遇到一件傷心事，決定放下一切來冰島，在冷冷的地方冷靜自己。我把中國茶帶過來，覺得冷的地方不應只有酒，也該有茶。

「到冰島後，很快便被這裡野性但帶點沉鬱的大自然山川淨化了傷感，開始想做點實實在在的事。想起我的初心，於是開始尋找理髮店打工和學習，逐戶找，卻都不被錄用，應該是跟我那時不懂冰島語有關。我明白的，沒有失落感，一切隨緣好了。

「兩個月後，某天經過一家店，看到有華人和客人在喝茶，用的是工夫茶杯，細看才知道原來是一家低調的理髮店。天呀，那天開始我確實相信白日夢其實是現實這回事。走進去認識老闆，他是台灣人，真沒想到會有台灣人在冰島開這種店。老闆的家人都在台灣，他喜歡台灣茶，有時也會和客人一起喝茶，漸漸在雷克雅維克形成一個小台茶圈。後來老闆患重病，希望回台灣，建議我把店承接來做。我想也沒多想，彷彿是天賜的禮遇，不可能有拒絕的理由。就這樣我把店子重新裝修，把原來的理髮室變成花房，改建了房頂的玻璃天窗，加建了理髮玻璃屋，並改了自己的名字，一做便是兩年多，直到現在。」

深宵的夜色早已包容著這對隔世重逢般親密的陌生男女。待發現原來已過深宵兩點後，Te 開車把眼睛瞪得不能再大、倦意卻濃的麻木送回家。

西方有句應景的諺語：Life is more beautiful when you meet the right hairdresser（當你遇上對的理髮師，生命變得再美麗不過了）。

沒有人清楚那天出現的一切是誰的安排，往後會發生什麼。不管了，沒有比繼續讓它發生更正確。

自那天開始，麻木出現了不能逆轉的變化。一，她開始喝茶；二，她重新看到古早味的自己；三，她的生命裡出現了名字叫 Te 的謎樣男人。三項變化，足夠改變她的人生。

07

Te的痛和第一次擁抱

麻木和 Te 變成了奇妙的深宵茶友。

麻木不時在他替客人理髮後的黃昏時段過去探望他。對這位一見如故的朋友，Te 也顯得莫名地珍惜，試過因為突然想見她，居然跟已約好的客人改期，留言給她說今天休假，要不要來喝一杯。

他們不到幾天便見面，一起度過很多個茶色的夜晚。麻木因為他愛上了茶，說要跟他學茶，他當然高興地收了人生第一位茶學生。每次見面，他都泡幾款茶給她喝，讓她細緻品味和說出感覺。然後從茶葉、水溫、茶器到不同地區的茶樹、不同的茶製法等等，逐一細說，麻木乖乖地做筆記，提問，試沖泡。認識茶後，才知道茶的世界竟然是一本從茶馬古道伸延到世界盡頭的歷史書。

「自小和茶結為摯友，到法國後還沒有發現問題，可到冰島後，即使是同樣的泡法、同樣的茶器，我竟感受不到茶的溫暖，茶失去了發源地的體感和本性。茶到了北歐似乎也變冰了。即使在這裡差不多三年，每天替客人改頭換面，分享茶的美，他們都很喜歡我的茶，可我還是感受不到茶在他們身上找到親和感，好像再喜歡也不過是喝了，未能入心，融合為一。這只是一種抽象的感覺，我無法說得具體到底是什麼一回事。相信就像你到了一處陌生的地方，再喜歡還是感到抽離，不會在那裡住下來，未能和那兒的水土像認出是前世相依過的親密關係一樣，怎麼說也帶著隔離感。我一直納悶著，說不出到底哪裡出了問題，到底我希望感受到什麼。

「直到你的出現，給我帶來了答案。還記得我第一次為你泡的『初心』嗎？那茶我一直沒有在冰島泡過，就是沒有客人的蛻變能匹配得起它細緻和包容的變化。你的出現提醒了我『初心』的存在，心血來潮泡了她，也為你帶來了震撼的體驗。那天你說從未喝過生普，感到很溫暖。Bingo！就是這感覺，我一直尋找的便是這種重生的、跟自己重逢的溫暖感。你的反應感染和打動了我。知道嗎？你是第一個喝得懂我的茶的人，你令我懂得尋回它的體溫和本性。我開始明白把茶帶來冰島的意義，知道我的茶可以做什麼了。」

「你的茶可以做什麼呢？」麻木疑惑地問。

「暫時不能告訴你，時機到了，會說。」Te說。

除了客人外，麻木很少追問。人家不多說，總有不多說的理由，不用知道不應該現在知道的事情。麻木擁有這種男性特有的溝通本色，就是非必要的，少說少問為妙。

這段日子跟Te熟稔了，雖然相見時總是談茶事，但他也會說一點以往的故事。經驗告訴麻木，Te跟她聊天時細微的情緒變化，愈來愈進入要把一個心結吐出來的前治療準備狀態。麻木沒有告訴他她是個精神科醫生，但Te好像已感應到她有閱讀他的痛的本領一樣，對她很信任。

某夜，Te心血來潮泡了「冰島」茶和麻木一起喝，潛意識翻開了他和初戀那段十一年的情史記憶，心抽痛了一下。原以為來冰島快三年了，那段歷史早已凋謝。原來創傷一直在，只是等待被翻出來的時機試探自療的成果罷了。

其實在麻木第一次遇見Te那天，在他還沒有說因為一件傷心的事才來冰島前，已一眼看到在他身上的紅印有兩處，一是在右邊小腿近腳眼處，二是他心口上的膻中穴，暗裡為他心抽痛。

喝到第三泡茶後，麻木注意到Te突然情緒一變，意料之內，是時候他要把鬱在心裡的痛說出來。

那次的傷，是因為他的初戀。

他和她在法國認識，她是華人留學生，那年他們都是十九歲。她叫小蒙，有個法文名字Simone，名字來自她的偶像Simone de Beauvoir（西蒙·波娃），著名法國女作家及女權主義者，薩特的情人。她美麗，可任性，貪戀，貪物質，貪婪被捧上天的感覺，有很多男生追求她。她容易受誘惑，也主動誘惑人，害怕沒有安全感，經常更換男伴，同時跟多個男人交往和調情，什麼年紀的都喜歡，尤愛有錢、富情場經驗的名人、老師或已婚漢，甚至還有朋友的男人……因為語言能力強，在色慾之地的法國，身為一個年輕美艷好勝好色的東方美女，不愁找不到情慾獵物。愛上她，他不由自主，她主動引誘。單純的他，一開始被她清純的外表吸引和欺騙了，誰知她同時和他的好友交往，被他發現後，她還一副可憐的樣子，說自己有心理病，渴求被愛，自小父母分離，被舅父性侵犯過等等。沒有男人能在這副哪怕不過是演技的可憐面容前不被征服，徹底相信她，誓死加倍守護她，為她付出一切。

他的愛是那麼不顧一切和盲目。為了她，他去學理髮。當年她窮，喜歡去理髮院卻沒有錢，他以為學成後便可替她妝容，甚至陪她去見其他男人，卻單純到不知理髮院是情慾挑逗的場所，醉翁之意不在酒，她不過是為跟髮型師曖昧。她抱著他承諾將來會和他結婚，其他男人只是利用來得到她想要的方便而已，譬如名貴手袋、腕錶、衣服、化妝品和五星酒店的美食。有男人讓她用他的名車，給她郊外別墅的門匙。她拉了Te到她的富二代男友的別墅裡過夜，那是他和她第一次，也是唯一一次的做愛經歷。

生平第一次性愛。和心愛的女人緊抱赤裸的身體那一刻，是一個純情男人畢生最難忘的經歷。笨手笨腳的自己，被面前慾火焚身的野性女體帶領著，從緊張到心臟爆炸，到她以純熟的手勢替他戴上她準備好的安全套，到最震撼的釋放。高潮後，哭的是他，這是他的初夜。呼吸平復過後，擁著已睡著的她，忽然覺得那張面很陌生。這個他默默愛著、付出純粹的愛的女人，原來在床上是這副面孔。剛才她那些火熱搖晃的動作、野性和飢渴的眼神、身體的零點靠近過後才發現是感情上的光年距離。抱著心愛的人居然是這麼近，那麼遠，給了愛情重重一擊。那一刻他知道，他和她之間不再一樣了。

肉體親密過後，她對他多了一份佔有慾，要求他隨傳隨到，她擁有計算男人何時需要她的生理儀，小小的年紀非常懂得操控男人對她的慾望。她確實是喜歡他的，除了要求他不離不棄外，幾近沒有別的物質要求，她甚至在其他男人身上得到好處後，會和他一起分享。也因為這樣，成全了他們在豪華別墅的一夜情。她很享受這一切的成果，可他卻留下了陰影。他不是笨到不管她叫他做什麼、去哪裡，他都順應沒異議的。他知道他不應繼續和她不倫下去，縱容她的慾望和任性，這並不是愛，他知道。她其實什麼都不缺，單親家庭長大不是被可憐或變成病態的理由，他都知道。以她的聰明，她根本無須靠誘惑男人也能得到她想要的。最初他不明白她為何變得那麼欠缺安全感，為何需要那麼多的物質滿足，後來才知道，光是能成功捕獵到一個男人便能帶來他永遠不會明白的快感和勝利感。她不過是一頭情慾野獸，借童年不快作為勾引男人的餌。這背後可是極端的操控慾和佔有慾，與愛無關。

能看穿她好勝的心又如何？畢竟她是他第一個愛上的女孩，怎能因為她是有心理病的壞女孩而說服自己離開她？他，做不到。

他們竟然以這種「不倫」狀態「交往」了十一年。期間多次離離合合，每次她要拋棄他，投向以為會穩定下來的男人身邊時，她都離開得很絕，狠心腸，傷透他。可在他還沒恢復過來時，可能不到幾個月，也試過幾年後，受傷的她突然回頭，哭著對他認錯，說都是她不好，希望復合。一次是剛流產被拋棄，一次是失去一切後回來問他借錢和借地方暫住，希望他能照顧她，保護她。理性上，他知道這種關係應該終止，他本來希望追求陽光的愛情，偏偏第一個愛上的女生是個情場獵人，或多或少被傳染了對男女關係的歪理。有時他會被說服，催眠自己她其實是對的，她不過是追求想要的東西，沒有害人，彼此心甘情願，也不算是欺騙了誰。

和她多次分手期間，他也交過其他女朋友，可關係都無法長久。三年前，在她再度拋棄他的一年後，她又再出現，他這次決定狠下心腸，不想再包庇她的任性了，斷然拒絕了她的約會，騙她說已有女朋友，不想再見她了。她惱羞成怒到他家樓下鬧，他不想她再生事，到樓下跟她衝突起來，她一氣之下跑出馬路作自殺狀，正有一輛車駛過來，他沒多想便衝上前把她推開，自己卻被車撞傷了腿，住進醫院三個月。

她到醫院探過他兩次，雖然感到內疚，一個月後還是跟了一個中年有錢男，聽說是去新加坡，留言給他說要結婚了，謝謝他救了她一命。可第二天，他情同兄弟的朋友方信給他發來了秘密消息，原來她懷了孩子，那個中年有錢男還未確定要不要跟她結婚，她只是被包養。方信是她的閨蜜的秘密情人。那刻，Te才知道她這次求復合，只是希望替孩子找個願意認頭的爸爸。到底她哪來的本領，不足一個月便搭上新的有錢男，他不想知道。前生也許欠下她太多債，今生遇上她，被她操控了十多年的感情，替她擋了血災，總該還清了債吧。他下了決心跟她不再相見了，必須徹底把她從生命中清除。

看破了，沒後悔。腿傷不嚴重，近腳眼處骨裂，留院三個月，靜思過後，決定出走。想著應去哪重頭再來。突然想起他其中最喜歡的一款茶：冰島普洱茶，想念它的純淨和柔情。「冰島」是雲南臨滄勐庫的邦馬大雪山北段半山腰上一個古老的傣族村寨，傣語是「扁島」或「丙島」，意思是用竹籬笆做寨門的地方。

寨門，有意思。門是入口也是出口，那順理成章去冰島吧。不過不是雲南那個，而是北歐那個，那確實是他和她曾經約定要一起去看冰川的地方。她喜歡冷，說冷的地方才可更深刻地感到溫暖的真實。她總是滿腦子歪理和奇想，以前他會被她這些奇想迷倒，覺得她太特別了，現在清醒後，倒希望能到那裡冰冷的雪地，把他們的歷史徹底淨化和漂白，重頭再來。

麻木安靜地聽 Te 把他和初戀的故事說完，已經過了兩小時零十分鐘，在他輕輕灑過兩把淚後。她明白，曾經單純地愛過有多痛，誰說男人是不懂感情的動物？難得一個男人肯敞開心扉把心結說出來。麻木主動上前擁抱眼前敢於面對的男人，他也緊緊地回抱她。

這是他們第一次擁抱。

對 Te，麻木不清楚是怎樣的情感，她可從來沒有對男治療客人動過很想安慰的念頭或慾望，也少有她願意或想擁抱的男人。Te 應該比她大一、兩歲，可看上去還像個大男孩，眼神溢滿童真。是心疼？是母性？是感動？是喜歡上？她不敢認真想下去，只覺得像他這樣單純去愛初戀的男人，不是太笨便是太傻，結局都是受傷害。

而她，面對過太多受傷的個案，漸漸懂得對愛最大的祝福，莫過於但願能停止一切傷痛，期許真心去愛的人不再受苦。

大概是因為對 Te 動了惻隱之心吧，麻木這樣想。

Te 把鬱藏了十五年的傷口向麻木袒露後，心結已清洗了大半。

那夜，麻木終於告訴他她原是個精神科醫生，創傷後擁有能一眼看到別人隱蔽痛處的異能。知悉後 Te 驚訝得沒話說。原來這個女子一直背負著自己和別人的最痛，心不由自主地為她抽痛。是哪位上帝要對這麼美好的女人作出如斯殘忍的測試，是磨煉還是虐待，他實在沒有明白的慧根。突然對麻木加深了關愛。他很想知道更多關於她過去的、受創的故事，可他不敢問，她也沒有主動說什麼。

那夜之後，他們成為更親密的知己。

三天後，因為刮大風，麻木忘了預先買食物，留在家中餓了大半天，待大風過後黃昏前，她索性買食材到Te那邊，說要做三文魚配烤薯塊一起吃。Te樂壞了，為了獎勵她的餐宴之恩，他泡了珍藏二十年的鐵觀音。喝著微微暖胃的老茶，Te突然提議不如去看夕陽。

「我知道一個地方看日落超級美，雖然今天刮過大風，還是希望天公造美能看見。」Te說。

麻木回他未看先醉的眼神。冰島一天間的天氣變化太大，要計劃看極光，看日出日落，看什麼都需要八分靠運氣。當地人早已習慣了，無常的氣象卻把這個民族變得豁達和開放，再爛的、再好的都不外如是，雲散煙消不著痕。

幾乎所有冰島人和遊客都知道，來冰島最需要的行裝不只是帶齊四季衣服，而是下載當地的日出日落時間表App。這個到處大山大海少高樓少光害的地方，看日出日落和星星是最佳理想地。Te熟練地在手機上搜了一下，然後出發，日光正在收斂中，他要掌握好時間，才不致錯過一瞬即逝的夕陽美景。

一起開車出遊還是第一次。小汽車有點小，駛在空空的公路上，灰灰的大天幕把小汽車變成豆般小，要是高空航拍他們的話，就像小甲蟲在地上爬。人生渺渺，滄海一粟，也因為渺小，都承受過傷痕的他們倆，格外珍惜不是理所當然能享有的美麗時光。

不消十五分鐘，Te便在一處臨近大海且地理稍高的地方停下來。寒風還是刺骨的。不過天色有點清，Te說留在車廂內看好了，別冒險在空曠地方逗留，怕她會冷病。她點點頭。兩人瑟縮在小汽車裡，眼前的雲層正在散去，真走運，開始變紅的夕陽露面了。麻木已急不及待給出反應：「看，出來了。」

不消十分鐘，整片天突然染成火紅，沒親眼看見也不能相信夕陽能有那麼壯觀。可能是麻木太久沒有接觸大自然，才會有「人生首次看到壯觀的夕陽」的想法。夕陽以少於七分鐘的速度沉進海裡，天色瞬即奇幻地轉黑。

「太快了是不是？很美是不是？」Te說。

「是我見過最美的夕陽。」麻木感歎。

「這夕陽紅並不算是最美的，只是夕陽怎樣看也不可能不美，所以你看到的美，總能說服你她是最美的。這是夕陽的愛。都快圓寂了，還要給出最燦爛的紅光，叫人難忘。」Te說。

夕陽紅還留在麻木的臉頰上，Te忍不住偷看了幾眼。然後，他沒有忘記帶她來的原本目的。

「我可以好奇問你處理過最痛的個案是怎樣的嗎？」Te說罷才覺失儀，急忙補救：「好像是我問錯了，對不起當我沒問過。」

麻木沒有反感，也不感到意外。她早已看穿Te希望知道更多關於她的過去。本來，即使是告訴他自己的創傷故事也沒什麼大不了，只是暫時她還在療傷中，無法確保這時說出來會不會失控。她不希望在Te面前失控。畢竟，他們只是相識不夠一個月的異地朋友。

風中柳絮水中萍，下一句，麻木不想說出口。

不過，關於她處理過最痛的個案，她可真的從來沒有公開過。因為，最痛的其實也包涵了她切身的感受。醫者和病人能感通的話，雙方能感受到同一道痛流。這是她就醫多年來感到最孤獨和傷感的體驗，難以分享。

08

永遠看不到的檸檬桉

麻木在出走冰島以前共處理過多少個案，大概得讓助理翻查檔案才能準確地知曉。印象深刻的個案有不少，以前被傳媒採訪時，她也會舉一些個案分享。不過，有幾個個案，她是從來沒有公開談過，因為，太痛。

不是因為Te，不是因為冰島，不是因為那個以為是最美的夕陽，她大概一生也不願意再提起。

坐在暖暖的小汽車裡，看著晚霞變黑後第一顆閃出的星星，麻木嘗試用平淡的聲線憶述那個最痛的個案。

「她叫Snow，是在臨死前還會發出純白光芒的美麗女生。那雙守在被藥物攻陷而變得蒼白的面上的加大碼眼睛，澄明得像沒有犯過罪的人一樣，讓你慚愧地錯覺自己才是罪人。那是我最後一次見她的記憶，在她離開塵世前的四個月。

「我掛心的病人有不少，而Snow是其中最令我掛心、放不下和感到無盡悲傷的病人。她最初來找我治療她的抑鬱症。在那張清白的面上，總能給人無辜、受害者和弱小的假象。事實上，她把自卑和壞記憶塞滿全身，才二十多歲，卻能散發極大的負能量。若你不是敏感度高的人，大概都會被她的美麗和單純的外表牢牢吸引，忽略那股隱藏背後時強時弱、可能根本不屬於她的魔性。我只能這樣形容。

「第一次見面後，我讓她寫了她最害怕的是什麼。一般人頂多寫幾項，可她卻寫了近四十項，由怕死、怕老、怕老鼠、怕表達自己到怕患癌病、怕變盲不等。經歷過多次情傷，對感情早已不再信任。見過我兩次後，她確實有明顯的改善，由陰翳的性格調向陽光，終於能放下舊愛和執著，重新上路。看著她一步一步變好，心裡安慰。我們保持不時的電郵往來，知道她過得不錯，生命脫胎換骨了。

「沒消息一年後，突然收到一個男人的求助電郵，是Snow的現任男友A先生，他是她中學時代的同學，他們是難得重逢的緣分。男友告訴我她近期的改變，希望我能幫上忙，因為他知道她一直視我為最尊敬的醫生和朋友。事情是這樣的，他們在一起後甜蜜不到幾個月，她便發現患上乳癌，剛做完手術，她的家人說可能是碰到邪靈了，帶她去見一個泰國的奇醫，說她體內住了隻小鬼，應該是她曾經流產的胎兒。她開始害怕了，因為她確實曾經做過人流。回來後她經朋友介紹見了一些占卜師，有位占卜師說她有兩重命格，表面是一條鯨魚，張開口能吸納無盡的食物和海水，把自己餵得滿滿的，什麼都不缺，內裡卻軟弱得像一條焦慮的小魚。假如她能回歸鯨魚的力量，她的生命便能變強大，不用依賴誰，也不再自卑。

「占卜師還帶她到一個不公開的分享會，她在那認識了一些和她一樣迷上追求變得強大的人。這些人勾起了她深藏的黑暗面，集體感染力令她突然相信自己真的是鯨魚，她要勇敢地聆聽自己的內心，誠實地面對自己的黑暗面，只要面對，勇於放下舊的自己，她的病、她的生命將會有重大的突破，不再以弱者的方式吸引別人的關注。

「幾次聚會後，她變成另一個人，對男友的態度也有了180度的轉變，連眼神都不一樣了。他們每天吵架，後來他發現原來她在聚會上認識了一個男生，叫他B先生吧。B先生和她在閃電般的能量交流後自覺已愛上對方，覺得彼此都是同一類人，A先生已變得多餘。

「然後，Snow和包括B先生的幾個無懼黑暗和傷害的信徒走在一起，互相幫助大家翻開舊記憶、負能量，以為翻開就是治療。Te，你可以想像在感覺到自己有多勇敢，不再害怕什麼時，那種快感和滿足感能有多大嗎？」

「嗯，我能明白。」Te一直靜默地聆聽著麻木的故事。麻木所說的那種自我強大的蛻變，他自己沒有經歷過，不過，他的初戀小蒙卻經歷過類似的過程，在追求自由和貪慾的過程中，他看過她不顧一切、走火入魔的眼神和面容，著魔大概就是那種東西。他一次又一次被初戀拋棄前，就是看到那種眼神，想起也心寒。

「知道嗎？」麻木繼續說：「翻開黑暗面、創傷的記憶，表面上是徹底根治問題的治療觀念，可在實行上需要極高的要求，包括需要能量非常穩定、心念純正和人格正氣的治療師，受療者的心智必須夠成熟，那些傾向迷信或自我膨脹的人都不適宜在短期內一下子翻開深層的負能量，需要較溫和的步驟和引領，不能光靠所謂『勇敢』。若不懂得適當的方法，容易把舊病變複雜甚至惡化。沒有覺知和沉溺的人，不能在欠缺吸塵工具的情況下亂翻記憶的塵土，最後致病的可不是塵土本身，而是翻土的魯莽和愚昧。

「Snow 明顯地掉進了危險的遊戲裡，還沒準備應對這種激進的治療方式便栽進去了，翻開了不可收拾的爛攤，不斷傷害她身邊的人，尤其是最愛她的男友。那是一股強大的風暴，令她偏執地追求變得強大，瞧不起所謂不夠她勇敢的人，覺得誰跟她不是一心一致便是阻力，是敵人，相信自己才是終極的自由者。

「Snow 說她現在已有足夠的力量了，不需要任何人，連我也不再相信了，說我的治療法對她已沒用，她已提升到另一個層次。一切的突變都發生在短短兩個月間。男友沒幾天便跟我通信，我同時治療他的痛、他的情緒、他過去的創傷和現在的創傷。他說 Snow 現在好像鬼上身一樣，跟她說話時的語氣好像權威，無視他的存在，不再關心他了，眼裡只有她自己。譬如某天她給他留言：『不要再可憐自己，你應該知道你到底是誰了。跟我來吧，做回你自己，不要再欺騙自己了，我這兒很好玩，不再有痛苦，我們都愛著大家呢！』他感到很絕望。Snow 已徹底變成另一個人，而 B 先生更是目中無人，和她瘋子一樣去探索真我變強大。男友快崩潰了，希望我能幫助她走出來。

「我安慰他說：『這是你們仨必經的蛻變路，要經歷過程中的起伏和對錯，不過選擇如何走上這條路是關鍵。選擇坐上過山車的話，路會急轉直下，太快也容易盲了眼，只是當下感覺自由和良好而已。坐上小船的話會走得慢，但平靜，也有危機，你永遠不知下一個急流何時發生，會不會打翻你。索性飛上天吧，可還是會遇上不穩定氣流。若我要選擇的話，蛻變的路，還是海和樹的結合較平衡，勇敢地進入大海的未知，安心地依靠老樹的懷抱，接收它穩定的能量和智慧。』

「Snow選擇了坐過山車，男友選擇了坐小船，而B先生選擇了滑高浪。有時彼此好像是同行者，突然又可變回陌路人。到最後，生命來個反高潮，結局不過是各走各的路，曾經因愛之名，為激情抑或為守護，原來不過是誤會一場。就像很多集體自我覺知工作坊令參與者突然『覺醒』了，感受戲劇性的發生，以為自己發生了巨大的變化，可沒注意到的不過是陷進更大的盲點裡，傻瓜一樣更不能自拔。

「我答應他以間接的方式接觸Snow，測試她是否願意見我。寫了電郵問候她，她馬上回覆，主動說要見我。很好，正合我意。見面了，她果然變得很hyper，眼睛著了魔，和我分享她的蛻變。她還是像以前一樣，說了很多自小已有的壞記憶，過去委屈的自己，被家人控制，不被理解和愛的傷痛，說經歷近日的靈性躍進後才看穿了問題，原來她自小已有的各種病如心口劇痛、呼吸困難、胃痛、心跳快、突然面上長滿紅疹及持續發高燒等症狀，都是在被家人忽略後病發的，然後會突然自動痊癒。她說當時總覺得自己日後會死於不明的怪病，結果應驗了怪病。但她說已懂得醫自己，她是一條強大而勇敢的鯨魚，不再是膽小的小魚了。現在每天都和自己內在的黑暗面打交道，勇敢地翻出它們，看到自己已走進一個新階段，批評男友跟她是兩個世界的人，跟B先生卻能心靈相通，互相了解。還說我願意的話，可以教我如何翻開自己。

「聽她說了大堆變強大的啟示錄後，她眼裡的自己已變成可以翻天覆地刀槍不入的巨鯨，可我眼裡的她卻是瞳孔放大，焦點不穩定，聲線飄忽，呼吸不暢順，眼神令人不安。我曾經接觸過類似的眼神，當時心裡感到不妙。臨床經驗裡，擁有這種眼神的人是已被死神接收了，跟死亡靠得很近。曾經，有位還沒到二十歲的女病人，也用過相同的眼神跟我說她已變得有多強大，不再害怕誰，不會再自卑了。她是長期精神病患者，小小的年紀已服了近十年精神科藥物。那次見面後不到一個月，她便從大廈天台跳下去了。

「當人過分迷信發掘內在的黑暗面，忘了它本身的魔性時，可以不自覺地被隨時拉進去，變成同類。聽過一位法師說，這正是為何一般人都不要試探邪魔的原因，遇上邪惡的人和事，不管自以為有多強大，即使天天已在唸佛修行，也要有意識地遠離它。多年的臨床經驗教我愈來愈確定一件事：當你靠近了能量、心智和情慾混亂，或者正在轉型階段，容易變得不穩定的人時，你也容易變成和他們一模一樣。這些人本身就是不穩定的負能量，助長心魔。追求令自己變得強大，諷刺地可能不過是另一重心魔。到最後，你再逞強也不過是笨蛋。

「待她說了她想說的話，我問關於她患過癌的事，她說沒事啦。我說替她檢查一下，她很樂意。我讓她躺下，按了她的胃，她說有點脹痛，我再按她的肝，天，不敢用力按了，已明顯摸到有硬塊。她也緊張起來。我叫她快去徹底檢查，這裡有點問題了，她早應該留意到啊！那刻開始她臉容色變，沒有再說一句話。這條強大的鯨魚的魚肝出事了。

「兩星期後，她電話我說化驗報告是肝癌。她害怕了，從強大變回弱小。我安慰她說還好，發現便趕緊治療吧，不要再多想。她哭了，最後一句話是：『麻木，對不起，這段日子我傷害了太多人，包括我自己。』」

說到這裡，麻木深深地閉目吸了一口氣。她的痛，Te已看進眼裡。

麻木繼續說：「那段日子我很憤怒，怒那些不懂事卻去教人翻開黑暗面的傢伙，那些任性的聚會，也恨那些危險的自療偏方，不負責任的一幫人，都是幼稚透的傢伙。結果嗎？誰會為這一切負責任？目睹這兩個月他們致命的混賬：Snow的悔意和內疚，男友的傷痛和大愛，B先生的狂妄和無知，可要補救已來不及了。到底誰是正是邪，責任在哪，有更好的處理可以避免這結局嗎？憤怒過後是無盡的悲傷。什麼是魔性，什麼是真理，什麼是勇敢，什麼是做回自己，什麼是變強大，什麼是我們都愛著大家？這個女孩只是容易被影響，自大了一點，可誰不也跟她一樣？怎麼上天便不能多給這個還沒到三十歲的女孩一次重頭再來的機會？怎麼只希望單純地付出全部愛給最愛的人的男生，需要承受如斯巨大的創傷，在人生中留下難以磨滅的遺憾？

「我不懂，也沒有氣力去懂。

「很快，Snow出現腹腔積水，滿滿的水，如她所願，變成了一條能吞下整個海洋的鯨魚。很快，她住進醫院，男友對她不離不棄，她深感內疚，後來也不再見B先生了。B先生也正面對前所未有的無助和傷痛。再喜歡她，再『強大』也確實幫不了她，反而令她的病程加速惡化。

「某天，我到醫院探望她，給她打打氣，深知她很快便會走。那雙清白的眼睛，是我見過世上最美的眼睛，像她的一切罪與罰已被這皎潔的眼睛漂白了。白色的病人服，化療後剩下皮包骨的四肢，掉剩不多的短髮。她跟我說：『麻木，謝謝你。你一直是我最信任的人，我最尊敬的醫生，最關心我的母親，最信任我的朋友。你最清楚我，我很難去親近一個人，你卻像我媽媽一樣，讓我很想親近。』說罷，我和她都流淚了。我擠出一點笑容，按摩她骨肉已分離的手臂。她繼續說：『我們都很感激你，決定將我們部分儲蓄捐助有需要的人，讓你的愛傳開去。』男友在旁邊陪著笑，像哄小孩一樣說她今天很乖，沒有鬧脾氣，哄她快好起來一起去旅行。

「無言的感動。我無意中抬頭看見病床旁邊的窗外有棵孤獨的、高高的檸檬桉樹，樹幹白得很美，像她。知道她喜歡樹，我幾乎衝口跟她說你看，外邊有棵很美的樹在陪著你呢。幸好沒有說出來，因為她躺在床上的角度根本無法看得見，哪怕那棵安靜的檸檬桉一直守在咫尺之遙。

「第二天清晨，她發短信給我：『麻木，今早是我入院以來第一次醒來感覺很美好，還看到陽光呢，一定要第一時間告訴你。謝謝你。』

「那是我和她最後的通信。往後，只靠男友跟我電郵或短信，報告她的近況。很快，她最害怕的都應驗了。幾個星期後，男友說她突然眼前一黑，什麼也看不見了。一個月後她便走了，臨終前也無法看見靠在窗外守護著她的檸檬桉。

「命運弄人。

「Te，剛才我們不是看著夕陽西下嗎？是多麼理所當然的事情。說最美也好，不是最美也好，都是一種奢侈。知道嗎？她去後的第二天，我在日出前醒過來，守在窗前看著天地漸變，日光悄然透出，晨曦的獨有寂靜，那一刻我感觸到不斷在流淚。是多麼令人感動的天理，可她已看不到了。還有一口氣，還有機會看到日出，迎送日落，是想也沒想過可以是這麼微小而偉大的幸福。」

Te沒有忽略麻木眼角滲出的淚水，從匣子裡取出紙巾，溫柔地給她遞上。忽然，他泛起一股不忍之心，覺得必須做一件事才能釋懷。沒等麻木擦眼淚，Te已伸出臂彎緊抱她，輕撫她的頭髮，在她耳邊說：「我知道有多痛。沒事了，沒事了。」

麻木按不住她的悲傷，在他的懷裡放聲痛哭，把漆黑哭碎成滿天的星星。

Te在很多個月後才知道，Snow的個案為麻木帶來重大的傷痛，不只是因為那段經歷本身，而是在Snow蛻變和發病的同期，麻木自己正經歷著她畢生最狠的創傷。

Snow走後直至麻木出走前，麻木一直扶持著背棄了她卻向她求助的醫生男友，為愛付出一切，最後只剩下斷腸的回憶。假如愛不應有罪，那為愛而得到的懲罰，到底又是為了什麼？

悲劇到底是誰發明的？

把黑夜哭崩後，那個晚上麻木感到前所未有的釋懷，終於把壓在心裡多年的傷痛個案吐出來了。自從來到冰島後，麻木一直沒法找到自己要來這個胎記地方的啟示。她看不到自己傷痛的根在哪。假如冰島就是答案地，那答案到底在哪裡？謎底好像漸漸有了曙光。那天闖進Te的理髮店後，她的冰島世界便好像跟那裡掛上勾，從此分不開。每次見到Te，學懂一款茶，聊天到深宵，都像解鬆了她緊繃的心一樣，創傷的陰影開始透出晨光，在光的尾巴後淡化。它還在，明確地還在那裡，可感覺變淡了，心情漸漸變好了。麻木雖然沒有說出口，但心裡非常感激能遇上Te。

麻木那夜沒有告訴Te，在處理Snow個案時自己的創傷。她一直沒多說自己的過去，卻細心聆聽Te坦白自己的故事，他的初戀，他的茱事。一個大男孩對自己無私地開放，自己卻老是收藏著，怎樣說也難掩內疚感。

這天稍晴朗。麻木喜歡每天早上徒步到哈爾格林姆教堂靜修一會，沒有宗教信仰的她卻喜歡親近教堂的神聖。天一樣高的尖頂讓渺小的人在下面修煉卑微。在上帝面前，人有什麼了不起？這種感覺很好，尤其是對以前總覺得很了不起的自己而言。

離開教堂後，天氣好的話，她會散步到附近的托寧湖畔。看看小孩，跟已變得熟悉的咖啡店老闆Halldór聊聊天，吃個貴得可以但還算付得起的早餐，坐上半天看窗外行人噴出的白煙，看老天今天會不會給她來這個地方的啟示。中午過後，還想走走的話，便會逛到最熱鬧的Laugavegur大街，看看商店，買買東西，吃個下午茶，做很多年都沒做過的閒事，除了都得付出相當昂貴的金錢外，不能否認這種安逸的生活狀態是她早應該給自己的獎勵。才發現過去為了事業、名利和愛情，生活都給押上去了。

來冰島第四十天。

這天，她走進一家潮流傢具店，看到一張沙發椅，不禁凝住了眼睛。啊，不就是候機室的那種椅子嗎？設計師真有創意，大概是想人在家裡放一張，幻想自己正在等待出發去旅行。很好的點子。候機室內遇上的優雅日本女人在她的腦海裡閃現。奇怪，她像幽靈一樣出現過後，竟沒有再被她想起過。麻木在那椅子上坐下來，嘗試回憶跟那位叫高樹梵的女子交談的內容。

高樹梵提過，她若擅用異能的話可以幫到更多人。這個神秘而優雅的女人，提她要回到出生的地方才能治癒傷痛，說她會在冰島遇上對的人，說當她能處理好自己的傷痛後，自然能看到她的傷痛。更説過她可能就是十二年前遇過的過分女孩，還有這女孩和男生那段光有愛是不夠的愛情故事，最終還是分了手，等等。

回憶起這些事，不知為何令麻木忽然認真地去想，到底她往後要做什麼，要怎樣才能改變自己的一生，不再困在那段創傷中。來冰島已一個多月，這段日子自己做了什麼？平平淡淡的悠閒生活，安安靜靜的獨處，可在第十天後，這種生活便起了微妙的變化，因為遇上了Te，還有念念不忘的「初心」茶。上天讓她遇上這個總是微笑的溫柔男生，令她在冰島變的不再孤單，生命甚至有了以前不曾想過的寄託，譬如跟他學茶，一起做飯，共度很多個話題不盡的深宵，看過最美的夕陽，聽他的初戀故事。他彷彿從不陌生，而她從來不會跟陌生人那麼快地熟稔起來，甚至讓他擁抱和安慰，告訴他她不曾跟誰説過的最深的傷痛個案。他像她的治療師，每見一次面，心便放鬆一點，笑容多一點。這，不正是她期待的療癒效果嗎？

麻木看盡世上的痛症和殘忍的愛，自己也承受過重大的情傷，她下半生要怎樣走下去？大概就是為別人解傷，幫助別人走出傷痛。雖然自己沒有宗教，但她懂什麼是發願，她希望以微小的力量，幫助受傷的人重新振作，重新做人，像她正在嘗試的那樣。人應該相親相愛，這是她在傷盡過後還堅守的信仰。

在這個深思的下午，在那張候機室的沙發上，麻木首次感到Te可能便是高樹梵所説的「對的人」。Te那獨特的療癒能量深深吸引她，親身體驗過改頭換面的自己，洗心革面的茶療是陰性的、軟柔的，正好和她陽性的、理性的傷痛分析和自療步驟陰陽圓融。是Te的神奇力量激勵麻木重返治療的舞台，以重生的自己和脱胎換骨的治療方式再出發，相信她自小想成為更好的醫生的初心夢想，能以更成熟和深層次的方式實現。

既然愛情跟自己沒緣分，生命不應該就這樣了斷，連最痛的都經歷過，不能有再痛的了。這起碼是當時麻木願意有的想法。天要讓她看到每個人的痛處，總有一點啟示吧。一股暖流瞬間在心頭湧現，是很久沒有過的小激情。麻木的心寬容了，暗暗地興奮。立刻想跟 Te 分享這些想法，看看他的意見和意願如何。留言給 Te，麻木離開傢具店，雀躍地走向附近的巴士站。

「Te 理髮店今天多了一棵沒多少葉子的小樺樹。Te 從玻璃屋笑著走出來，看到麻木非常開心。不等麻木說話，他便向她介紹了這棵新朋友：「知道嗎？在冰島，要看到樹很不容易。在維京人殖民冰島的年代開始便過分採伐，在頭五十年裡便砍伐掉了冰島百分之八十的原始森林。多可怕。你能想像，假如當初維京人沒有來，冰島現在可是個最北的綠島呢！這棵小樺樹是前天鄰居經過森林時撿回來的，是枯枝了，我便『種』在這裡，你看漂亮不？」

小樺樹插在冰島罌粟花海的正中，枝椏上還留著點點小綠葉，饒富侘寂美。

麻木很喜歡樹，正感到好事情要發生了，她和 Te 之間默契般的共振，令她感到她想邀請他一起合作的事會順利。正要開口，忽然手機響起，來電顯示是她多年的律師兼朋友 Rex。必然是很重要的事情他才在麻木出走靜修的時候打過來。她禮貌地對 Te 說不好意思先接個緊急電話。

Te 看著她走到花海旁邊的茶席上坐下來，面色由剛才花樣的燦爛到突變，從沒看過麻木這個表情，雖然總有點神傷是她給他的印象，可像面前這副臉，還是第一次看見。本能地有點不祥感，只好在另一邊茶席前泡茶來平衡室內突變的凝重和沉鬱。

大約談了八分鐘左右，麻木掛了線，手和嘴唇開始在微微震動，眼睛盯著面前的一朵黃色冰島罌粟不動，再過了起碼三分鐘的沉默，燒水鐵壺在咕嚕咕嚕地響起來。Te嘗試輕聲地問：「沒事吧！」

麻木已哇然哭崩。Te馬上上前安慰，輕輕握著她發抖的雙手，遞給她一小杯剛泡好的普洱老茶。她喝了一口，稍為鎮靜下來。Te體貼地遞過紙巾，她擦了眼淚，再啜了一口呵護的老茶，嘴唇開始稍轉微紅。

「一個……認識的人……去世了。我得回去處理事情。」

「啊。這樣……」Te不擅長說話，只善於微笑和泡茶開解別人的他沒多問什麼，用手輕拍了她的背一下，回去繼續泡茶，這是他給她溫暖和支援的方式。

第二天，Te開車送麻木到機場。她一路沉默，神態悲傷。到了海關閘口前，Te故意笑著說：「放心，你家的小盆栽我會每天去澆水，也會把你剩在冰箱裡的食物清理掉，絕不浪費。你好好照顧自己。」看著她哭腫的眼袋，他無限憐憫地說：「哎呀，真有點擔心你。真的可以這樣回去嗎？」

麻木嘗試說笑：「我會盡快回來的。房子都預付了半年租，不回來會吃虧。」Te還是有點不放心。

「回去後，會有人照顧你嗎？」

「本來，應該是他，可是，他……剛去了。沒想到，我終歸還是等不到。」麻木苦笑。

Te有點恍然大悟，又怕會錯意。鼓起勇氣問：「他是……」

「我剛分手的前度。」麻木終於說出口。

看著她進入海關的單薄背影，Te心裡泛起一陣難受的酸澀。到底她經歷過什麼，來了又去，是冰島這個地方留不住她，還是她根本不屬於這裡？

她離開後，Te才明白一件事情：原來自己很掛念她，很想見到她，擔心她帶著情傷回到傷心地會不會出事，居然有飛過去找她的衝動。第二天睡醒後才想到自己真傻，憑什麼要去找她呢，太衝動了，不過是打擾她，應該給她獨處的時光。對她他知道得太少，卻很想了解更多。現在，只能等待她回來。

09

黑洞探險和麻木的痛

假如只是前度的死亡，麻木犯不著趕回去奔喪，反正他們之間已沒有關係了，他有家人處理身後事。想到自己居然沒有任何公開的身分去出席他的喪禮便感到極度難過。她在他的世界裡八年，到頭來卻竟然像根本沒有存在過一樣隱形，黯然到不能見光。一生都沒有活得像這樣卑微過。

麻木不是回去看他最後一面，而是基於對病人負責任的醫者原則。幾年前他們共同創立了一個情緒病患者慈善基金，分手後他沒有退出，她也沒心神理會重組架構的問題。反正還在獨立運作中，先出走再算。可他意外離世後，法律上這基金需要重整架構，她的律師急召她回去處理才能繼續正常運作，為免影響受資助的病人。

沒想到，麻木一去便快五個月。

十月初，冰島從旅遊旺季稍微回復一點平靜，快要步入嚴冬，遊客開始減少，正好是享受安靜的季節，也是Te最喜歡的冰島「原貌」。

這個下午，Te剛替一個長得很帥的土耳其裔男熟客Kavrama理過髮，二人正準備喝茶。Kavrama是個優哉悠哉的民宿老闆，四十多歲的離婚男，目前單身，不打算再結婚。依他的説法是一個人自由自在好一點。他有不少女朋友，經常和不同的女伴出遊，喜歡上歐洲的河船浪漫遊，一去便是半個月。出遊時偶爾會托Te替他照顧民宿裡的三隻貓。他的民宿在Te的理髮店不遠處，所以照顧貓也是理所當然的方便。

正要取茶葉時，Te接到麻木要回冰島的手機留言。啊，早上才想過她一次。有點意外的驚喜，她終於回來了。心血來潮，他選了一款很少泡的茶。

當他用攝氏98度的水沏了第一泡茶時，隔壁舊傢俱店的老闆便笑著推門走進來。

他的名字叫 Orri，和著名冰島樂隊詩格洛絲（Sigur Rós）的爵士鼓手 Orri Páll Dýrason 同名。由於他們都以英語溝通，Te 打趣用相近發音的英文 Oily 喊他，幽他油膩膩肥胖胖的一默，私下叫他胖子O。他已過五十歲，經常來喝茶。引他的話，便是過來「去油脂」。事實上，他真的是個爵士鼓手，Te 偶爾會在店裡聽到隔壁傳來的鼓聲，一聽見便偷笑，知道準是他被太太囉唆的時候了。

Kavrama 原是胖子O介紹給 Te 的客人。

三個男人喝著這泡特別風味的老茶。

「這茶很內斂，是上了年紀的人才懂的茶吧！老茶嗎？」胖子O說。

「是啊，從沒喝過這種口味的茶，像喝一棵老樹。這茶多少年了？」Kavrama 接著說。

「是超過五十年的鐵觀音老茶，我媽生前最愛喝的茶，名字叫『惦惦念』。」Te 說。

「那是跟我同齡的茶啊！真不得了。不過，哈哈哈，你該不會是惦念你媽吧，敢不敢打賭？應該是掛念著一個女人。你的眼神都說出來了，是不是？哈哈哈！」胖子O笑著說。

「這個我了解。男人嘛，只會惦念三個人，一是情人，二是母親，三是女兒，都是女人就是了。」Kavrama 說。

Te 沒有多說什麼，繼續笑著泡茶。這茶，需要比平時更安靜和虔誠地去泡，稍一分心，容易泡出老茶特有的酸澀味。茶泡到第二、第三和第四回，愈泡愈內斂，溫文中現堅定，茶氣和後韻在口腔和全身久久不曾散去。

胖子O每喝完一口茶便說：「好茶，真好的茶！真是我的茶。」喝到第五泡，他自動轉話題：「對啦Te，你出生於茶世家，能告訴我為何我們這邊的茶發音是Te，而Kavrama那邊的卻是Cha呢？不都是從中國傳來的嗎？發音的分別好大啊！」

Te解釋：「茶在十六至十七世紀時從中國傳出境外，主要分兩條路線。一是陸路，葡萄牙率先把茶帶到歐洲。他們當時跟中原和廣東一帶有貿易，在那裡茶的發音是Cha，所以貿易途經地和後來她的殖民地都沿用Cha這個發音，包括南美洲和阿拉伯、土耳其、印度、俄羅斯等地方。

「到清朝時實行海禁政策，嚴格控制對外貿易。荷蘭當時是海上霸主，佔據了台灣沿海一帶，透過福建的商人將茶沿海路運到歐洲，而『茶』的福建話發音是Te，即我的名字的發音，所以大部分歐洲語如英語、德語、法語、西班牙語、意大利語、匈牙利語、丹麥語、芬蘭語、冰島語、挪威語、瑞典語等，茶的發音都是相似的Te、Tea或Tee。」

胖子O和Kavrama邊點頭邊喝茶。

「話說回來，喝這茶也讓我想起老媽，她去年過世，真的很懷念她。瘦瘦的身軀，三十歲便當寡婦，帶大三個孩子。一生都沒有離開過冰島半步。人嘛，總是待親人去了才遺憾，一直覺得對不起她，應該在她生前多帶她到處走走，看看吧。」胖子O說。

Kavrama也被感染了惦念的情懷，接著說：「你這樣說，我也想起第一任老婆，是我的初戀。結婚三年她便急病去了，之後，我好像失去了愛人的能力。民宿的名字其實便是她的名字，這個我很少跟人說，連後來的老婆和情人都不知道。我們哥們間在這說了算啊。有些感情，失去了就失去，像青春一樣。不過嘛，生命蠻好的，世界好大，應該多出去走走看看。都這把年紀了，能逍遙多久便歸土？還在意什麼呢！」看著Te問：「你說是不是？」

Te回了一個比北冰洋還要冷靜的微笑，心裡想，這兩個中年男的可愛之處不是什麼，就是性情中人，話有時雖然多，但言之有物，更重要是對茶恭恭敬敬的，對他的茶充滿欣賞，對他泡茶的技術和修養也滿懷敬佩。三個60後、70後和80後男人，不同的背景，不同的經歷，喝著同一泡老茶，泛起不同的憶念。

這個下午，Te浸泡在一種惦念的情緒中，不過搞不清楚的是，到底他是借茶惦念已故的媽媽，還是離開了五個月的謎樣麻木。

他倆離開後，Te做了麻木煮過給他吃的三文魚簡餐，坐在玻璃屋裡看墨黑的天空，喝續泡的「惦惦念」，味道沒有變淡，反而愈來愈平實和堅定，像胖子O說的，真是好茶。能和比自己還要老的樹親密地交流，深嚐老樹原來的味道真是有福。冰島是個幾乎沒有樹的地方，他很慶幸能把茶的靈氣帶到這個孤島。茶和惦念的融合，感覺居然像樹一樣踏實。

原始、乾淨、純粹，是Te喜歡的存在狀態。他一直很感謝父親替他改的名字：樹。而他也立志要像樹一樣踏踏實實地生活，希望也能庇蔭他周邊的地方，身邊的人。

像這樣靜靜地坐在玻璃屋內喝茶，看黑，靜聽水琴窟聲音，惦念和等待麻木歸來，是Te這五個月來不知不覺地形成的習慣，貌似若有所失，卻回味無窮，感覺再怪異不過。來冰島三年，第一次覺得時間變成茶褐色，流動得很慢。

明天，麻木便回來。

晚上，Te 開了小汽車去接機。

麻木走出閘口時，一眼便看到接近一米八的 Te 的陽光笑顏。她沒想到，原來冰島竟然有樣東西令她牽掛，想回來，正是這棵古樹。

Te 按不住喜悅緊緊地給她一個大大的歡迎熊抱，弄得麻木滿尷尬的，面前這個在冰天雪地裡萍水相逢了三十天，分享過很多個茶夜的男人，竟然能給她牽絆了幾百世的親切感。麻木由最初的尷尬和繃緊到後來愉悅地放鬆，回他寬容的擁抱。沒有一句「歡迎歸來」或者「你好嗎」，只有緊緊的、三分鐘的親抱。

麻木正想說什麼，Te 竟出奇不已地問：「要不要一起去餵貓幾天？」

夜已深，長途機旅程令麻木一臉倦容，反應遲緩，還未搞清楚到底是什麼回事時，已被 Te 拉進小汽車裡，到抵達她原來的房子時，她已在車廂內呼呼大睡了。Te 不忍吵醒她，難得的機會可以近距離靠近她，仔細看她的臉，審視她每吋臉肌，從髮邊到額頭、眉毛、眼睛、鼻樑、人中、唇形、下巴，再回看兩遍。第一次能看清楚麻木的面貌。天呀，怎麼瘦了一大圈。他按捺不住伸手撫摸她的髮梢，輕碰一下她的眉毛和嘴唇，竟有想吻下去的衝動。這一刻 Te 才發現，原來他已愛上了這個神秘的醫女。

到底她背負著什麼來冰島，這五個月又發生了什麼？她在承擔著什麼難言的痛苦？痛抱情傷而來的她，走進他的花房茶世界後，心境蛻變了，臉上開始展露悅色，卻突然回去，又疲憊地回來。多麼希望能走進這個女子的世界，替她分憂，令她快樂。不管發生了什麼事，他只希望能給她單純的快樂。記得她曾說過常在湖邊等待貓的出現，決定帶她出走幾天，去餵貓。

麻木先醒來。早上七時多，十月初的入冬日照時間開始短，天才剛開始微亮。看到Te睡在她旁邊，怎麼他倆在車上過夜了。真的沒想到，這是他們第一次同睡的夜晚。他還沒有醒來，麻木本能地靠近他，細看他的臉。這個大男孩，年紀比她大，可滿臉的稚氣和天真，和靄、溫文、秀氣，說話慢慢的，在她最痛的時候為她改頭換面，喚醒她沉睡的初心。就是這個原因，她在再度陷入無助和悲痛的日子後，選擇回來靠近他。她知道，在他那茶與花的世界裡，她能得到療癒的養分。

面前這個熟睡的男生，連睡著也散發出「沒事的，放心吧」的氣息，多治癒。麻木伸手輕撫他還繫在身上的安全帶，不敢直接碰他的身體，害怕他會知道，害怕進一步和他親近。多麼矛盾的動作。明明想親摸他，想進一步，就是害怕哪怕只是再親暱多一分的身體以後未知的關係。療傷和尋找痛根是她目前最急需的，其他事情，先放著吧。

車雖然已泊進車房裡，車內有暖氣，可還是感到寒冷。麻木從小背包裡取出一塊大圍巾，正要蓋在Te身上，Te醒來了，張開的眼睛還在笑。

「啊，吵醒了你嗎？」麻木問。

「早安！」Te輕輕說，像太陽花一樣燦爛。坐直了身子，把麻木手上的大圍巾圍在她身上。「還想照顧我呢，你可自身難保！」摸了一下她的手背：「瞧，被猜中了，是冰的！」

麻木有點失笑，心卻被他太陽花的笑容和暖了。

「昨夜怎麼沒叫醒我？害你也睡在這裡。」麻木說。

「不忍心。我們進去吧，我煮早餐給你吃。」Te溫柔地說。

熟悉的小房子，多了三盆冰島罌粟，怪不得進門時隱隱飄來撲鼻的幽香，準是Te的傑作。房間打理得很乾淨。Te像是在自己的房子一樣，替麻木把行李送進睡房，叫她先去洗個熱水澡，他來準備早餐。麻木心動了。這種被細心照顧的感覺好像一生也沒有過。一直是她擔當照顧前男友的角色，幫他準備一切。在家被這樣照顧著，打點一切，做飯給自己吃的情景，只有小學時代媽媽為自己做過。一股暖流湧進心頭，這個男生，怎麼總是能讓她心頭暖暖呢！

聽話洗過澡後，桌上已放好兩盤擺放得雅緻的早餐。兩顆菠菜烤芝士大蘑菇配自家製黃芥末醬，三小塊紫菜花生醬煎蛋餅，新鮮的火箭菜松子沙拉，鮮榨薑末蘋果甘荀汁。

「麵包一定要新鮮的才好吃，所以昨天沒有買。想吃麵包的話，我現在去買。」Te說。

「啊，不！原來你是廚神啦，太好看了，夠豐富了，份量挺多的呢。謝謝你安排的一切，很意外。」麻木滿臉的不好意思，卻流露了甜絲絲的眼神。

「希望你喜歡。」Te得意地坐在自己那盤早餐前，開始大口大口地吃起來，像孩子一樣快樂和純真。麻木被他感染了，也學著他大口地吃著。

「太美味了，你可以改行當廚師啦！」

「我不是告訴過你，我在法國是修讀理髮和廚藝的嗎？」

麻木瞪大了眼睛，呆了半分鐘才記起來：「說的也是。」說罷繼續稱心如意地吃著。這可能是她有生以來吃得最快樂和放鬆的早餐。

吃罷，麻木先去跟房東老太太商討續租的事宜。老太太見到她回來開心地大大擁抱她。「怎麼瘦了一圈？來，我給你吃剛做好的甜餅！」麻木之前不時會去見見她，和她聊聊天，替她按頭穴，也跟她的黑貓玩。老太太當她是女兒一樣看待。麻木說打算先續租一個月，再看看是留在冰島抑或回去。老太太說：「沒關係，隨你喜歡，隨緣就是了，反正我這房子都留著給你，時間從來不是問題。」黑貓走到她的腳下繾綣，麻木的心融化了。黑貓低聲地說：「看老太太對你多好！」天呀，貓真的都變得懂說人話啦！

這次回去後，麻木意外地發現居然得到了能聽懂貓語的異能，而貓也開始主動走上前跟她聊天。怕被老太太發現嚇傻她，麻木跟老太太多聊一會便欣然離開。Te已在附近等她。已近中午，他們先到附近的小餐館吃點東西，然後直接到他要帶她去餵貓的地方。

「今天我們去探險，現在出發囉。」

「不是去餵貓嗎？」

「餵貓和探險！」

麻木笑了，還以為是去什麼冰川之類的景點，會有點路程，誰知車開不到半小時便到了 Kavrama 的民宿 Aşk。

「我們先在這落腳。」他簡單地交代了和 Kavrama 的交情，昨天才知道 Aşk 原來是朋友的初戀兼髮妻的名字。

「Ask？」麻木看著簡潔和低調的門牌。

Te搖搖頭：「不是英文Ask，是冰島語，等同英文的love和passion（愛與深情）的意思。不過確實有點語帶雙關。當你在愛與深情裡，往往離不開數不盡的疑問，想知道答案。」

「哦！」

「Kavrama帶女朋友出門一星期，我替他照顧貓兒三天，其餘日子會有其他人來幫忙。這傢伙一出遊便關門大吉不做生意，真是的。你先休息，今晚，我要帶你到附近一個地方探險！」

「真的嗎？什麼地方？要準備什麼嗎？」

「你什麼都不用管，都交給我，跟著我就是。」

「我……為什麼要……跟著你？」

「因為，你信任我。」Te給她一個堅定的眼神。

沒等麻木回應，Te已轉頭把她的行李放進右邊的房間，把自己的放進左邊的。不給麻木正面回應的機會，是他給自己留餘地的方式。

民宿非常安靜，離市區不遠。窗外不遠處有小山，麻木呆在窗前靜默地看窗看了大半個下午，三隻貓一隻全黑，一隻三色，一隻虎紋金毛，都乖巧地在各自的窩裡睡覺，沒有跟她聊天。Te沒有打擾她，自顧自地彈結他，黃昏前做了簡單的晚飯，然後準備泡特意為她帶來的茶，安撫她回來後的沉傷。他知道，這是她現在最需要的東西，不是其他。

麻木安靜地看著Te泡茶。二人沒有説過一句話，只有沸水和注水的聲音在吟語。Te遞過茶杯，麻木喝了第一口，味道竟然像飲下自己的過去一樣，微微侘寂的殘缺，一股悽然的傷感湧上心頭。正想流淚，茶湯流到喉底深處，卻突然湧現溫厚而堅定的回甜，數泡過後，還是久久不散。舌前的殘傷與喉底的厚甜隔岸凝望，幾度迴蕩後緩緩交匯上。本來想哭，卻豁然釋懷，眼睛也雪亮起來了。

「這茶入口傷感，像失去了很重要的東西，底蘊卻無間斷地透著厚厚的回甜，是説不出的觸動！」

「麻木，你擁有異於常人的敏感和纖細的感官，只有心眼打開的人才能感受到這茶的閱歷。這的確是非比尋常的茶，雪災後的大禹嶺冬霜烏龍。茶樹獨自承受了殘傷，劫後餘生解霜後，卻無忘甜甜笑，善良地安慰著緲緲無常人間世。這種愛，比幸福更堅定，比神聖更壯美。她是我喝過最慈悲的茶，名字叫『冬傷』。」

「冬傷，名字很淒美。Te，我什麼都沒説，你卻總能探進我的內心，給我安慰。你到底是哪個星球來的？」

「我現在帶你去。」

「去哪？」

「我來的那個星球啊！」

麻木笑了。他們倆出發探險去。天已黑，今夜天氣很好，風不大，沒有雨，是難得理想的探險條件。冰島是天氣決定一切的地方，計劃什麼行程都不靠譜，你得習慣隨遇而安。

Te把車開到附近一個洞穴群，麻木看到一塊牌寫著Maríuhellar（瑪麗亞）。四周漆黑一片，他提著小電筒，拉著麻木的手，走向下陷的小斜坡，小綠草長滿一地。斜坡下走不久，前面便是一個黑洞口。

「我們要走進去嗎？」麻木驚訝地問。

「是的，不過我要關手電筒了，我們摸黑走進去。你不用怕，拉著我的手便是，這條路我走過很多遍，很安全，沒事的，相信我。」

「不用電筒可以嗎？」麻木有點擔心。

「放心，我在全黑裡也能看見。」還是那個堅定的眼神，説罷便把電筒關掉。先讓麻木的眼睛習慣從微光突然進全黑，然後二人手牽手一起走進全然的黑暗裡。

「你要保持睜開眼睛，別閉上。」

Te大概擁有能在全黑裡看見的超能力，事實上，他真的能一步一步拉著她向更深更黑的洞裡走，熟悉地繞過地上的石頭，不知走到有多深，麻木無法推測，全黑打斷了她以往所有的感官體驗，每步都是戰兢和緊張，卻充滿驚喜。洞裡很冷，有風聲，能聽到他們的腳步聲。Te的手掌很溫暖，令麻木感到很安心。不知走了多久，Te停下來了。麻木一直聽話睜開眼睛，不過其實跟閉上是沒有分別的，無法看見什麼，除了黑，便是黑。她睜大眼睛，伸手不見五指。全黑原來是這樣的，一點光也無法潛進來。

「就在這裡，看一眼。張開你的雙手，看看四周，感受完全融進黑裡的自己。」Te放開了麻木的手，讓她自己去感受。

在全黑裡，連Te的聲音也變得分外沉厚。麻木像被催眠一樣，看黑。用手撫摸著黑，用鼻索黑的味道，感受不到界限，只有無盡。

「這是太空嗎？是地底嗎？我到底在哪裡？」麻木一邊撫摸黑一邊心裡發問。她摸不到Te，不知他在哪裡，也不知自己在哪裡。突然，她看到了。

「Te，你看到我嗎？我看不到你。不過，我好像看到一點東西，原來黑不是什麼也沒有的，我開始看到一些像光的閃動，看到不同的層次，看到風，看到聲音，看到一個陌生但深層的世界。」

「我能看到你。你在黑裡多待一會，自能看到我，看到更多。不只是用眼睛，而是用你整個身體，整個心來看。」

說罷，Te緊握著她的掌心，像真的能看見一樣準確、俐落。被觸碰的剎那，麻木感到一股電流貫穿全身，抖了一下，怦然心動。這感覺太好了，在全黑裡，手心印手心的感覺太好了，觸動到竟一下子哭了出來。這一哭是意想不到的，一發不可收拾，把過去五個月，正確地說應該是兩年以來的委屈、鬱結、痛心和絕望一併爆發，讓黑洞吸走。全黑把她的身心完全地打開。由驚奇到激動，由激動回歸平靜。淚水淘盡過後是一片靜謐的海。一次淨化的療程，全黑給的力量。

Te緊扣麻木的手，沒有再多的動作，把她安心地交給黑。他知道，黑會好好療癒這個傷透的女子。待麻木回復平靜後，Te正想開口時，意外地感到頭髮被她輕撫著。

「我看到你了。」

二人深深地擁抱在黑洞的無限可能裡。

冬傷的餘韻滲透了黑洞無量的空間。

後來麻木才知道，那個黑洞叫Urriðakotshellir，是位於一條熔岩大裂縫的開放式熔岩管。若不是在世界地圖上已被標出位置來，真不得不相信冰島其實是外來的星球。後來麻木惡補冰島文，在網上字典查看Aşk的意思，還意外地發現民宿主人Kavrama的名字原來解作insight，中文正好是「洞見」，正是Te為她帶來的深刻感悟，不得不驚訝於這個男生的細膩心思和遠見。

從黑洞回來後第二天，忽然下起早來的微雪。在提醒你別忘了活著要有「愛與深情」的民宿裡，被敞開洞見的麻木，終於把她的創傷情史說出來。

麻木雙手圍著熱熱的民宿大茶杯取暖，三色貓團在她的大腿上咕咕熟睡。這夜，他們吃Te剛烤好的杏仁曲奇餅，續飲著冬傷。

「我們在一起六年了。他叫白如山，是出色的心臟科專家。我從醫學院畢業後，在醫院裡認識他，很快便走在一起了。我在感情上是白紙一張，大學時代只拍過一次拖。他有早婚的前妻，有一個女兒，我沒所謂，反正覺得和他很合拍，彼此有共同的專業，共同的喜好，就是工作。我是資優生，跳班畢業，實習期間已有名氣，很快建立了媒體和名人網絡，找我看病的人很多，兩年後才二十六歲我便獨自開了自己的診所，他總說我太厲害，他三十四歲才和別人合股開專科診所呢。從此我們見面的時間更少，經常各自到外地開會，我有數不盡的受訪活動。我們大概兩星期才能見一面，都是他來我家過夜。他最初說和女兒住，不太方便我去探訪。我信任他，明白他的難處，周末和節日都留給陪女兒，我都能理解，雖然經常感到寂寞，希望有更多的陪伴和愛。

「他比我大十歲，我們計劃過，待他的女兒進大學了，診所事務能交給夥伴後，便和我一起生活，他會五十歲退休，找個有山有海有田的地方和我終老。我很單純，一直期待著。雖然見面時間少，但我們每天都有充分的視像交流，通常在睡前，一起聊工作，聊客人，有時也談人生，談政局，談人性，談修行。他博學，喜歡攝影和哲學。

「我一直以為他是最好的男人，尊重女性，願意付出。即使他有時失蹤，我也沒懷疑過。他有他的難處，我包容、體諒，沒過問，他做什麼我都支持。

「我自小離開爸爸，和媽媽關係不好，一直希望能做一個被認同和被愛的快樂小孩。在他面前，我可以放鬆地做回一個小女孩，他很疼我。

「兩年前我三十歲生日那天，無意間發現了他的秘密。在他沒刪掉的 Dropbox 裡看到一些他和一個我不認識的女人的親密旅行照。直覺告訴我出事了，不過我還是理性地想像不同的可能性。是他的親戚？前妻的家人？重點是，為何我從不知道他曾經去過旅行，照片的記錄是半年前，他說是去英國開研究會的那段日子。我深深吸一口氣，不猜想了，問他吧。他承認了，是他在和我一起前已在一起的女人。我無法相信這事實。怎麼可以隱瞞得那麼好，那麼久，那麼不知廉恥？現在想起來，不是沒有蛛絲馬跡，只是我更願意信任他不會欺騙我，因為我們的愛情不是兒戲、互相佔有或消費的，我們經常討論人性，對感情關係、誠實的道德、醫者的操守、對愛的忠誠等都有深刻的分享和價值共識。沒法子想像他可以在同一時空下把自己分割成兩邊，一邊睜大眼睛跟我談論高尚的人格，承諾一起終老，另一邊和另一個女人一起生活，一起旅行，還要照顧前妻的女兒，怪不得永遠沒有時間留給我。

「我太笨，以為智性上的交流比平凡生活中的相處更能深入了解一個人，我錯了。原來，交流得再好的關係也不過是紙上談兵，都可以是大話連篇。

「他承諾會處理好，一直想處理，只是沒行動，怕面對，承認懦弱。在兩個女人面前他是罪人，說謊的是他，貪心的是他。他終於向她提出分手。她曾經是他的心臟病人，性格暴烈，佔有慾強，以死相迫，鬧到他的診所去。他內疚，也要面子，選擇妥協，怕影響聲譽，卻陷入抑鬱症狀，沒能力處理好關係，深深掉進罪人的內疚感中，沒面目面對我。一生好強的他有天在我家哭崩，求我幫助他，他快崩潰了。

「我不忍心，原諒了他對我的重重傷害，冷靜地替他醫治，希望他能走出來，重新做人。我花了一年半醫治他的抑鬱症，也搬進了他在事發前買的新房子，和他一起生活。他開始休假，聽我說認真地去重組他四十年的人生。在治療期間，他透露曾經還有過和幾個女同事及病人的情慾關係，雖然很短暫，但也承認了，說希望能對我坦白，而坦白是他現在唯一能補償我的誠意。很諷刺是不是？每個坦白都是一處新刀傷。作為他的醫生，我有對他盡責和不捨的醫德；作為被他深深傷害的戀人，我承受著他一刀一刀的心臟刺青。他的專業多吊詭，醫治心臟的權威，傷得最深的卻正是人的心。

「他感到很慚愧，想重新做人。可是，如何能清理那麼多情債？他很累，很努力，不想再傷害誰，可傷害了的卻難以彌補。一個男人一生可以做錯多少事，製造多少傷害和遺憾？

「意外的傷痛卻浪接浪地湧現，更不幸的事情發生了。在剛和他治療不久，某天走在街上我的肚子突然痛得要命，蹲下來向路人求救，有位好心的女人送我到急症室，才發現原來我流產了。當醫生把一塊模糊的血肉端到我眼前說是早夭的胎兒時，我才知道自己懷過他的孩子。那段日子壓力過大，過度傷感和勞累，我都沒有好好關注過自己的生理周期，結果保不住胎兒。那一刻我覺得自己像殺人兇手一樣可怕，毀了一條無辜的小生命，我怎能原諒自己和導致這一切的他？

「這件事，我一直沒有跟任何人說，包括他。

「有段時間我裝作看破，覺得一切有命，不能強求。即使發生了連串災難，慶幸我和他也沒有停止過同步走，沒有放棄過彼此，這亦是我對他能治好和處理好事故的唯一希望。他叫我等他處理好，會好好補償我，希望我給他時間。

「我一直等待，創傷後遺症卻開始發作，不時心悸，夢見那堆模糊血肉，身心幾近崩潰，難以看診。專注為他治療的期間我索性半休假，找了另一同行到診所兼職代醫，幾乎每天都和他一起處理他的個案，給他看透從小到現在經歷過什麼，什麼人和事影響了他，發掘他性格上的缺陷和潛意識的病根。那時他跟她多次交涉，一次又一次的失敗，一次又一次的崩潰，一次又一次差點要放棄，我還是拉著他的手，死命地在懸崖邊沿拉著他不放，怕他一旦掉下去便萬劫不復，救不回了。

「一年半後，她終於願意放他走，條件是要了他幾乎所有的財產。原來還有我後來才知道的條件，便是要他必須到外地去，她不想再見到他。多狠的女人，多麼涼薄的所謂愛情，他被她折磨透，這是他的報應。好不容易安排了一切，在我等到終於可以鬆一口氣的時候，某天他突然消失了，只留下一封信，向我告白必須離去的原由，無面目面對面跟我交代。他說一生做過最錯的事便是傷害了我天下最純潔的愛，欠我的實在太多，無法原諒自己，只好先去靜修，待他重整過自己，洗心革面後，流放期滿了，才有面目回來償還欠我的債。

「他消失後我失語了整整一個月，厭食，暴瘦，失去活下去的勇氣，我變成和自己處理過的無數病人一樣，睡不知醒，醒來便心跳，哭笑不分，足不出戶，斷了和所有人的聯絡，除了還願意接收我的律師的留言外，因為我知道他是唯一有機會聯絡到他的人。

「醫治過那麼多人，才親身體驗到絕望到底是怎麼回事，藥物只能控制生理反應，但心還是會痛，那是無法醫治的。我的一切價值觀都崩潰了，不能再相信任何事，也不敢相信自己。我相信自己快會死去，出走彷彿成為唯一能為自己死前做的最後一件事。用了最後的理性和堅強處理好一切事務，技巧地向媒體、病人和朋友交代暫時離開去進修，結束了幾乎一切，決定來冰島，因為這是我兒時其中一個夢想。」

重複一次創傷經歷跟重新經歷一次是沒有分別的。能一口氣把過去八年發生過的事情說出來，而且是最深的創傷，不是因為昨夜經歷過黑洞的加持和他倆擁抱的力量，相信麻木是沒有勇氣把從來沒有人知道的災難說出口。

麻木終於停下來，有點虛脫了，要把這一切說出口需要極大的能量，她累了。Te體貼地拿了一條溫暖的濕毛巾，輕輕地印在她乾涸的嘴唇上，再替她換上新的熱茶。麻木無聲地用口型說了「謝謝」。

Te其實很想哭。

「怎麼你一個人扛著這一切呢！沒事了，都過去了，先去睡吧。」Te心痛地上前抱她，輕撫她的背，像照顧小孩一樣領她到床上，替她蓋好被，關了燈，讓她好好休息。待她睡著後，他坐在黑暗中喝威士忌，看窗外已落滿一地、泛著微光的薄雪，淚水與飄雪齊飛。不知何時開始，麻木的痛便成了他的痛，她的快樂便是他的快樂。他告訴自己，假如她願意，他一定要好好照顧她，不要讓她再受傷和難過了。

第二天，麻木睡到中午才醒來，已幾個世紀沒睡得那麼深沉和安靜過。

回復了精神的麻木眼睛看來很明亮，也會微笑了。

「謝謝你為我安排的一切，沒想到除了是花神、茶神和廚神外，原來你還是那麼棒的醫神。」

「懂得說笑話，證明精神回復過來了，看到你笑真好。」

第三天，在民宿的最後一天，他們沒到哪裡去。早上麻木在院子裡和三隻貓咪一邊玩耍一邊秘密交談，下午他們靜靜地泡茶，聊一些閒事。誰也沒有再提她的傷痛事，彼此都知道沉重過後，需要輕鬆一點來回氣才能平衡。人總不能刻刻都讓自己掉進深淵裡，哪怕只是描述傷痛也很傷身。

到了晚上，飯後麻木開始感到有點沉重，為免影響Te，趁他洗碗時她打開了在角落的小電視，坐在地上靠得很近地看。正在放著一齣英語電影的一幕：女生遇意外，手指骨移位了，男生替她移回原位，為怕她緊張，故意和她談話轉移她的注意力，冷不防一下子拉直手指，她痛到哇哇大叫，男生抱著她安慰。麻木竟然忍不住也同步哭叫了出來，混淆了手指是她的，痛也是她的。

Te看到麻木痛哭，也看到電視畫面，明白了，馬上抱著她，撫掃她的背。

「以前唸心理學時，做過多遍身體投射假象的實驗，誤當實驗的身體是自己的身體，他痛時你也無故地感到痛，他的手被打閃避時你也一樣馬上縮手。剛才，我真的能深深感受到女主角的痛。想起那些和如山共處的美好時光，即使每次已預備了是最後一次跟他見面的心態，即使這些已變成回憶，還是很心痛很心痛。不管事前做過多少心理準備，綵排過多少遍，明知他的離開會有多痛，真的離開了還是痛不欲生，那些準備根本沒有幫助。誰說準備好便不怕受傷都是騙人的，只能證明他們真的不懂什麼是痛，真的不懂。

「Te，你能否告訴我，人為何要把相愛變成傷害？」

麻木哭成淚人。

Te輕撫她的背，沒説什麼。然後靜靜地去泡茶，是麻木沒喝過的茶。喝過茶後的麻木平靜了一點。待喝到第二泡時，Te平靜地說了這個故事：

「我那時還很小，剛讀初中吧，那種年齡的男生都是混賬，我其實並不壞，只是也會無緣故地欺負比我弱小的男生，唬他，洋洋得意。那天放學後，我和另一個同學到附近的樹林玩，突然無聊，正好同班一個比我們矮小瘦弱的男生經過，我們合力把他壓在一棵樹幹上，同學把弱小男生的褲子拉下，我掏出隨身帶的小刀。男生嘛就是這樣，覺得帶著刀子很酷，也沒想過用來做什麼，説白了也不敢做什麼。我隨地撿了一個果實放在他頭頂，退後十步，向那果實瞄準作投刀狀。弱小男被嚇到臉色發白嘴唇發紫，連叫喊也無力。我把刀子向他的另一邊飛過去，不過是要嚇嚇他而已，誰知他受驚過度暈過去了，暈倒前還撒了一泡尿。我和同伴見狀害怕了，馬上逃。回家後不敢跟家人説，生平第一次失眠。想著不知弱小男後來怎樣，有沒有醒過來，是否已回家，會不會一個人留在樹林裡，感到很不安。第二天回學校見到他，他像沒發生過什麼一樣，不敢正視我，才鬆了一口氣，我也假裝沒發生過什麼一樣如常上課和去玩。可是那男生開始記不起很多事，神情呆滯，沒多久他便退學了，我再也沒見過他。我一直覺得是因為那天我們欺負他造成的後遺症。

「一個月後，我媽入醫院動手術，原來她已患末期子宮頸癌，爸媽一直瞞著我。那時我不知道嚴重性，還跟剛手術不久清醒的媽抱怨運動鞋帶子斷了沒鞋子穿的事。媽的眼神很溫柔，伸手撫摸我的頭，叫我的名字，然後閉上眼睛，再沒力氣說什麼。過了兩星期她便去了。不明不白失去了媽媽，我馬上想到是天給我的報應嗎，因為我傷害了同班同學？我媽一生沒傷害過任何人，沒有罵過我，天使一樣對所有人好。心腸好，做善事，每天誦經，沒享樂過，我們好她便快樂，離開時才四十歲。為什麼這麼好的人會患癌死？那時我跟天說，假如是因為我，受罰的應該是我不是她。後來，我鼓起勇氣向爸懺悔了害同學發病和退學的事，覺得媽的離去是因為我。

「誰知爸跟我說：『樹，患病不是因為作過惡，或者代替誰受懲罰。再說，人要傷害誰，都是因為無知。別想太多。』然後，泡了媽最愛的鐵觀音老茶和我一起喝，我第一次喝懂這茶的年輪和深度。爸還用心地教我如何泡好那茶。他說：『人生有很多事情都沒有答案，無法多問，別執著善有善報或惡有惡報。事情啊，往往看不到因便有了果。想不通時便喝老茶，老茶會告訴你。我和你媽替你改了樹這個名字，是希望你能活得像樹一樣沉實和堅強，向樹學習她的智慧。』

「麻木，你正在喝的茶就是當年爸爸教我泡的老茶，名字叫『惦惦念』，是我當年紀念媽媽而改的，現在茶齡已過五十。記得幾個月前的晚上，你跟我說那個要翻開黑暗面，自傷傷人後患癌死去的女生Snow嗎？那晚看到你已累了，我才沒有告訴你。其實那夜聽完你說後，我想起了我媽的死，和爸跟我說的這番話。

「不管是像 Snow 那幫人，還是你那位前度，他們對自己和別人所造成的傷害，也許都是出於無知和軟弱，這都是人性中最能製造傷害的病毒。因為傷害過，部份良知感較強的人有機會痛到醒悟，人生便會改變，也許這就是覺醒的必經步驟。能不能走到醒悟的一步，沒有人知道。但傷痛，應該是為醒悟作準備的。不知道這是不是真理，但至少，是這茶教曉我的道理。」

麻木早已停止了哭泣，抱著「惦惦念」靜默地聽 Te 講故事。

「那，你原諒了自己曾傷害過同學了嗎？」

「原諒了。」

「為什麼？」

「因為我想活得謙虛一點。」

「容易嗎？」

「不容易，但不重要。」

「也是的，不求容易，只求盡心。」

靜默了一會，麻木若有所思地說：「Te，我想，我明白你說想活得謙虛一點是什麼意思，其實，這也是如山在信裡說過的話，謝謝你令我開竅了。坦白說，之前一直無法明白他為什麼會這樣說，好像不過是想找一個漂亮的藉口似的。」

「明白需要智慧，智慧需要機遇，急不來也求不得。」

「嗯，懂了。第一次喝比我老的茶，感覺多麼踏實和微暖，有點冒汗呢。」

「這是老茶特有的茶氣，像老樹一樣，可遇不可求，能遇上要感恩。」

麻木深深地看著 Te。

「Te，能遇上你是我最大的感恩。謝謝你帶我來黑洞，和 Kavrama 結上緣，原來他就是『洞見』。」

「他就是洞見？」Te 皺著眉不解。

「你不知道嗎？我昨天查字典發現的，Kavrama 是 insight 的冰島語，就是『洞見』啊！怎麼搞的，來了三年，你的冰島語可差勁呢！」

Te 笑了，瞪大眼，恍然大悟。「原來這樣，真的第一次知道。看不出，那傢伙原來是高人。」

「貓咪早上跟我確認過，説你的冰島語真的很爛啊！」麻木告訴他能和貓交談的異能。

Te 的眼睛瞪得更大：「不會吧，真的嗎？真的嗎？」説罷跟躺在他腳下的三色貓對望，牠分明聽得懂，瞥了他一眼，再橫掃了她一眼，不滿的樣子，大概是怪她揭露了牠們仨早上説他壞話的德性，傲慢地站起來，搖著胖胖的屁股返回牠的被窩裡養神。

Te迷惑地看著麻木，麻木被他們逗笑了。

「你終於笑了，真好，真好。」Te感動了。

第四天早上，他們告別了決定假裝聽不懂人話的三團貓後回到城裡。Te為麻木重新修剪早已變長的頭髮，令她煥然一新。

10

和如山的傷愛回憶

麻木回去的五個月是意料不及的漫長，不是因為要善後的事情忙不完，而是要回憶的事情有太多。

情緒病患者慈善基金的重組事宜很快便辦完，她的律師叫 Rex，是「皇帝」的拉丁文，他笑說要改個霸氣一點的名字才不容易被欺負。Rex 很能幹，基金兩個星期後已能重啟運作，沒有影響受助者太多。

「能證實如山的死訊嗎？」麻木的語氣非常疲憊。死訊來得太突然，因為屍首沒能找到，她不敢相信是真的，還抱著可能被搞錯了的希望。他再差，也罪不至死。

「乘客名單上確實有他的名字，年齡、出生日期和護照號碼也吻合。死者名單當然可能是按乘客名單扣除生還者而推斷的，不過，依我見……」Rex 猶豫了一下，不知是否應說實話。

「怎麼啦？」

「列車出事的地點在山中，而且有雪崩，部分死者找不到屍體，多數埋在雪下。不過，更重要的是……事發當天下午即他的早上，也是開車前十分鐘，我……收到他的短信，他跟我確認叫我辦基金轉換董事的手續，他一直記掛著這事，因為他打算退隱山中的靈修中心一段不短的時間，怕會影響基金運作。他和你，同樣為病人付出了真情。我回他說放心，我會辦好，叫他到步後給我留個地址，我把檔寄過去，他簽好寄回便是。相信他的確在火車上。真的……很抱歉。」

「他怎麼會去瑞士？可退隱的靈修中心世上多的是，怎麼偏偏要去雪山？」麻木紅了眼，淚滲出來了。

「我不清楚，不過他臨離開前，我們見過一面。他說準備去有雪的地方修心，因為你最愛雪，你說過雪的淨化能量高。他大概希望能一邊清理自己，一邊感到靠近你。唉，這如山，夥伴多年，朋友多年，真的不知說什麼好。」

聽到他去雪山的原因，麻木的淚水已流不下去，因為得接受現實了。滿滿的回憶，和他一起看雪的美好回憶。他連離去也選擇了在白色的雪山裡，完成他的名字白如山的任務。是天意，也是他的心願吧。雪的淨化力量真強大，她彷彿看到他已在雪白的天堂，蘸滿柔光地微笑，把一切罪清洗掉。

當災難已被確證是真實後，淚水便失去了偽裝還能軟弱的功能，在徹底的絕望裡，你只能擦乾眼淚，抬起頭來，堅強地面對現實，繼續走下去。

Rex離開後，剩下麻木一人坐在快將變賣的房子裡，這是如山瞞著女伴阿柔買的秘密房子，麻木和他在這裡一起生活過一段日子，也是充滿痛苦回憶的現場。這個「屬於」她和他的家很短命，Rex受託把他生前的資產都賣掉，所得收益把一部分留給他的女兒，其餘全數捐給情緒病患者慈善基金。幸好那年聽了Rex的專業意見，這房子才能保得住，不落入被阿柔鯨吞的資產範圍。在賣掉這房子前，麻木暫住在那，要把所有和他的傷愛回憶過濾一遍，為所承受的創傷作最轟烈的一次自我療癒。

麻木很勇敢，也只有以這種艱難的治療方法，才對得起她最轟烈的情史，和放得下太沉重的過去。麻木的勇敢看似很激進，其實滿載溫柔的力量，因為她的自療方案還有另一面：每當她處理過一項傷痛的回憶，她便栽一盆植物，讓傷愛轉世，給它重生的機會，然後送給她當過義工的老人中心或傷健康復中心。

在愛裡，最痛的不是他對你做過什麼殘忍的事，說過什麼殘忍的話，而是想起那些曾經令你甜蜜幸福的片段，現在竟變成最具殺傷力的武器。把幸福變成刺青，才是傷愛最殘忍的災難。

他跟她說過最甜蜜的每一句話，諷刺地都變成最痛的回憶。

這個晚上，麻木躺在他們一起睡過的 King Size 大床上，想起過去八年來，他曾給過她的一些甜蜜回憶：

他再累，也會輕掃她的頭髮和背先哄她入睡。

某次旅行時，他在大街上傻呼呼地叫著她的名字，大聲對她說：「我愛你。」

他曾抱著被前輩排斥的她，在她耳邊低聲說：「以後我不會再讓別人欺負和傷害你。」

他突然從她身後熊抱她，情深地說：「啊，這樣抱著你，一世也不想放開手了。」

他在黑夜裡跟她說過：「我的命是你的，以後做鬼也會跟著你。」

早上醒來她第一眼看到他躺在身旁微笑，輕聲叫他替她改的秘密小名：「早安 Dol Dol！」

傻起來時，他會把她背起來扮恐龍大步走，二人像小孩一樣驚叫和狂笑。

第一次和他做愛後，他抱著她的裸體認真地說：「我們一起生活吧！」

每次和她做愛後，他都在她耳邊柔情地叫她：「Doi Doi，你是否舒服，我有沒有弄痛你？」

有次他突然開心地問：「親愛的，你想生孩子嗎？我們生個孩子好嗎？」

「你的夢想是什麼，讓我幫你一一實現。」

「今年夏天，我要像海豚一樣背著你游泳。」

「這個冬天，我們去北海道看雪。」

「待我退休後，我們找一片地種菜看海過日子吧。」

「怎麼你總是忘記穿衣服，你再病倒會讓我很不安的你知道嗎？」

「你再這樣看著我，我就要吻你了。」

她久病不好，他握著她的手禱告：「上帝，她那麼善良，救過那麼多人，請你讓她快點康復，或者乾脆讓我代替她受苦好嗎？」

更多時候，他倆靜靜地靠著坐在大窗前，什麼都沒說，吹著風，看著海，愛撫著對方的頭髮，平靜地流進時間的盡頭。

這些美好的回憶，都是麻木原以為這生可以死而無憾的真愛印證。

這些都是真實發生過的往事。發生時，他的神情是那麼真誠、語氣是那麼堅定，充滿柔情，令麻木到今天還是打死也不願意相信，他居然在說那些話的同一天稍後，會若無其事地返回另一個女人的身邊，和她過另一種親密的日子。

麻木失控地斷腸痛哭，一道疾痛的熱流，從心口一直沿著子宮抽搐到陰道，貼近性高潮的震動。這抽痛是灼熱的，一年半前的創傷後遺症狀。麻木首次體驗到，原來女人的身體在性的狂喜和痛的悲慟時，其極致的反應都是陰道抽搐，分別只是，在性高潮後是享受一片淨土的超覺平靜，而在悲慟中卻是流貫全身的傷痛脈動。人在最悲傷時候，豈止痛於心？

麻木用力地咬著拇指下方的小肌肉，這是她轉移心痛的方式。

愛的反面是恨可能是真的，當你不是真的很愛對方才會恨。若你恨不成，痛會治不好，不是傷口有多難醫有多深，而是在最痛的時候，你還是會可惡地想起他曾經對你有多好。

眷戀才是沒得救的絕症。

三小時，可能更多，麻木終於哭到虛脱地失去知覺。

第二天醒來，麻木平靜地到花市場買了十多包不同的種子、小盆和泥土，細心地在陽台分盆，放泥，在每個小盆內放種子，澆了水，靜默禱，感謝它們讓傷痛的回憶轉世後重生。

這天下著毛毛細雨。麻木在泡臨上機前Te送她的「初心」，想起Te貼心地叮囑她需要力量時泡它來喝，它會安慰她，就像他在身邊一樣。

她記住了。這夜，她泡了一壺「初心」，回想她和如山曾經嚴肅地討論過的一樁事：

如山到麻木的診所接她下班，他們在車上討論關於縱慾和隱瞞的問題。

「今天的病人說，她的丈夫一直瞞著她和歡場的媽媽生有私情，不時留情慾短信，你一句老公我一句老婆的。被發現後，他卻說只是玩玩而已，不是認真的，他一直很愛她，叫她別多心。病人接受不了，丈夫卻說她總是找他毛病，不相信他。你覺得他可信嗎？」麻木問。

「男人，不管他是否真的和誰玩玩，玩的本身已是不對。有家室的人，對伴侶有隱瞞就是真的不要得。」如山邊開車邊說。

「你不贊同男人去玩嗎？」

「我贊同男人可以去玩，不過嘛，在有了固定伴侶後便不應該啦，這是對伴侶最起碼的尊重不是嗎？縱慾很容易，控制卻很難。男人嘛，知道自己的限制，便不應縱容自己。其實男人比女人更軟弱，玩不起！」

「你有過縱容自己的時候嗎？」

「有過，年輕時候，哪個男人沒放縱過自己？玩過才知道玩完也不外如是，但老實說，易放難收，人大了便得有節制。」

麻木伸手過去輕撫如山的後頸，給他一個甜蜜窩心的眼神。他回她深情的微笑。這麼成熟的男人，令你安心到不可能對他有半點不忠的懷疑。他不是口甜舌滑的男人，他做事從來認真和正經，有愛，有分寸，有正義感，對所有人都尊重和有禮，是個著名的好醫生，很照顧病人，他常說：

「有什麼比醫好人的心更重要呢？那是愛的源頭啊！」

多動人的話，尤其是出自男人的嘴巴。

再諷刺不過的是，他正是最傷人心的男人。人要分裂起來，真的比天崩地裂隱藏得更深不可測。

麻木感到很難過，難以接受那麼愛著的男人，其實是個人格分裂病患者。

突然，陽台外邊有聲音，麻木看到一頭小黑貓。怎麼會有貓？準是從旁邊的山坡爬進來找吃的吧。

麻木把牠抱入屋，牠蠻乾淨的，根本不像流浪貓。奇怪。

「你哪兒來的？是不是餓了？」

「我從山裡來的啊，確實是有點餓。」

天呀，怎麼這貓會講人話？麻木不敢相信自己的耳朵，再跟牠說話確認自己有沒有搞錯。

「你懂說話嗎？貓會說人話的嗎？」

「懂呀，像你們也常說野獸話啊！有人性的都說不出口的那種話啊！」

啊，真是會說話的貓，而且還能讀心。

麻木把牠抱進懷裡，輕摸牠柔軟的短毛。善解人意的貓來得正合時，正想找個外星生物來諮詢她不了解的人性。

「你有名字嗎？」

「叫我貓貓就行，貓就是貓！」

麻木笑了，是貓就叫貓，這是頭很爽朗的黑貓。

「貓貓，你知道人有多分裂嗎？可以分裂到眼巴巴的跟你說一套，背後做另一套，而他卻是你最信任和最愛的人，人品那麼好，人格那麼高尚。你可以理解這裡發生了什麼問題嗎？人既然可以分裂和無恥到這種地步的話，世上還有可以信任的人嗎？」

「這個問題有點傻。」貓貓隨性地摔了一下尾巴。「重要是，你還信任他嗎？」

麻木被問倒了。

「我不知道，我只是一直信任著他，到今天還是願意相信他本性是個好人。」

「本性是什麼東西？就如人類常愛說的真愛吧，什麼是真愛？假如有些東西原本便存在，不過沒有表露出來，即使給了很多次機會，也沒有被拿出來，說出來，做出來的話，那東西是否存在、它本來是否好還有意義嗎？本來很愛你，其實有沒有愛過你呢？本來是好人，其實做著的是壞人做的事時，本來很好又有什麼意義？」

「是的，也許只是我一廂情願，是我幼稚。」麻木輕撫著貓貓的頭。

「也不是這樣的。」貓貓再輕輕搖了一下尾巴。「是你本性太善良，不夠分裂而已，做不出一般自私的人做得出又承擔不起的羞恥事。我問你，你一生做過最羞恥的事是什麼？」

麻木想了很久。和媽媽關係不好不算是羞恥吧，主動跟第一個大學時代的男朋友說分手也不算吧。推過一些不自愛的病人不再治療他們也不算吧。想了半天，終於想到了：

「經歷過這次的情傷後，尤其是當我得到能看穿人的痛處的奇怪能力後，才深深的明白當了醫生這麼多年，原來一直沒有醫進人的心，還沾沾自喜自居名醫，為以前的自己感到很羞愧。」

貓貓翻了身，在麻木的大腿上張開四肢伸了一個大懶腰，然後跳到地上，懶洋洋地躺著，面對著麻木。

「你說的是愧疚自己做得不夠好而已，跟羞恥是不同層次的。還真的沒見過像你這樣單純的人。一生沒做過多少羞恥事的人，才有餘力想著去幫人去愛人。

「你知道嗎？醫者有兩種，一種是做過太多陰濕傷人事，要借行醫來贖罪；另一種大概像你，單純、善良又義無反顧，會將被傷害化為救人的力量，因為嚐過最大的傷害，所以不忍心別人經歷同樣的痛。這種笨人天生苦命，經常因為心痛而痛苦，可你救不了世上那麼多離譜的人造悲劇啊。人心複雜，不是你能醫的，不過你可以幫他們的心打開一道門。心打開了，如何放置那些悲和喜，是每個人自己的功課。」

說罷貓貓便姍姍離去了。

到底是貓忽然能說人話還是她忽然聽得懂貓話，沒有人知道，也無從查證，可這頭能說話的貓貓倒道出了麻木替如山治療的六百天，到底是怎樣艱苦地一步一刀傷的希望能幫他打開一道門，讓他返回自己的功課上，重新做人。

治療師都清楚，要替自己最親的人做治療最艱難，成功率也不高，因為要麼對方不合作或太依賴，要麼你自己也滲入太多感情因素，難以客觀和冷靜。更重要是，對方在迴避面對自己的掙扎過程中會跟你反目，惡意地全盤否定你，把你變成罪人，令你痛上加痛。

替重創你的愛人做治療，幫助他發掘出最深的罪業誘因，本身便是走進煉獄裡和他一同受罰受苦的犧牲。當麻木決定去治療如山的毒瘤時，只好先把自己的傷口擱置，沒有更好的選擇。

帶罪的如山在人生最軟弱無助的困境裡，向他剛傷害透的愛人求救，也是因為沒有更好的選擇。他一生最信任的人便是這個善良和出色的醫者，雖然吊詭地他是她最不應該相信的人。

「Doi Doi，我需要認真地面對自己的錯，痛改前非。待我處理好和她的關係後，我一定會彌補我所欠你的，兑現我對你的承諾，和你好好在一起。」

麻木總是覺得，世上沒有真正的壞人，只有一時變壞的好人，只要真心悔過，一切惡都可從良。她無法原諒自己的媽媽，是因為媽媽從不覺得自己有錯。她能原諒如山，是因為如山沒有逃避責任，願意承擔過錯，誠心地想重新做人。因為這點，麻木願意奮不顧身地支援他，對他不離不棄。

他被揭發向麻木説了六年謊話後，很快便搬離了阿柔，和她談判分手。那是一場極度磨人的長久戰爭。阿柔不肯放手，恃著曾經是他的病人，威脅他心臟病復發，還濫藥、割脈、入院、到他的診所發難等，做盡精神轟炸他的事，理直氣壯地覺得他是大罪人，欠她太多，用她的話便是要他血債血償，要離開她的話便寧願和他同歸於盡。

他心軟過，強硬過，還擊過，妥協過，被她折磨了一年多。在這期間，他費盡最大的力氣去保護女兒和麻木免受她的騷擾，也費盡唇舌希望她明白他們的緣分已盡，應和平分手，條件可以好好談，她要什麼他都希望盡量滿足。

阿柔是病態佔有慾控，死守不是因為愛，只是因為不甘心，明明屬於自己的為何夠膽説分手！由最初以各種威脅的方式死命留住他，到後來只想報復，令他一無所有才心息。由於她不是如山的合法妻子，只是半同居關係，她也深知能向他要的不多，所以一直用自己的病和他心軟的弱點進攻。

「我給你兩條路，一，你馬上死在我面前；二，你把一切財產都給我當賠償，不然我把你的女兒找出來，死在她面前。」阿柔敵對的眼睛充滿仇恨。

「相愛一場，真的要做得這麼絕嗎？可以平心靜氣好好談嗎？我死沒什麼大不了，但我對女兒有責任，對我老邁的媽媽也有責任。你要錢，我都可以給你，我能給的都給你。」如山心碎地說，沒想過她可以那麼狠，一點也不留情。

當她知道他寧願把所有財富都給她來換取分手，心裡又不甘了，覺得沒面子，她反口了。「不，我改條件，我要你和我一起三年，三年後給我錢我便放你走。」

「何苦呢？我們都沒有感情了，還要在一起不是折磨嗎？」

「我就是要折磨你，是你欠我的。我要折磨你三年才氣順！」

就這樣，不斷的討價還價，期間阿柔鬧死、鬧事、出爾反爾、威迫恐嚇，都只是看中他心軟、怕事、內心愧疚，希望把他磨累了，為求買回自由和寧靜，她要什麼他都會給。背後，她暗裡聘了律師，以求得到她能取得的最大利益。如山不是蠢人，他深知給她是人情，不給也合法，她不過是以女朋友身分在要求分手費而已。但他真的悔過，覺得實在欠過她，能滿足她的話他也盡量滿足，畢竟他也傷過她。一年半後，雙方都累了，他們終於達成協議，如山不得已也介入了Rex，讓他草擬分手協議書，她也簽了。

在如山和阿柔的分手談判期間，麻木一直同步替他做超微細的個案治療。

他們約定每星期最少見面兩次。見面前，如山需要詳細地回應麻木列出的一系列問題。他自有記憶開始所做過的、想過的事，她都讓他重新記起，包括他的求學生涯、家庭關係、朋友關係、戀愛情史、情慾歷史，直到和她的相遇、戀愛和被揭發不忠事為止。總合起來超過一千條問題，這對提問者和作答者都是非常重大的考驗和挑戰。原來一個人這生經歷過的事，想過的點滴，一個念頭、一句回應、一個決定，對往後的人生都能啟動骨牌效應的命運。

「一粒種子可長出一個森林。」麻木解釋說：「我讓你看清自己一生播過什麼種子，看後果。你要有心理準備，過程將是艱辛和難捱的，你甚至可能會中途放棄，或背棄我或你自己。你得非常勇敢地立下決志，我們才可以開始。你準備好了沒有？」

「對不起，謝謝你。」如山心極痛，抱著麻木流淚。

他深深知道，麻木將和他一起走進煉獄去，陪他承受一切。他有多苦，她肯定比他更痛苦。她有多大的愛，才能承受這次殘酷的治療？為何她還能如此堅強、冷靜和勇敢？

麻木替他的人生重新掃描了一次，是她做過最仔細的個案。因為仔細，麻木要承受的壓力和傷痛也是前所未有的，甚至超出她最初能想像的承擔能力。他曾經是個怎樣的人，有過多少女朋友，和她們的詳細關係，有多愛她們，性生活細節，和阿柔最初的甜蜜，認識她後三人關係的瞞騙細節，還有期間偷情的經過和心態。

追求細節是治療的基礎，同時也是傷上加傷的源頭。不是被要求當他的治療師的話，麻木可以少知道一點他變面的可怕詳情，多留一點哪怕是自欺也好的幻想。現在，一切美好的回憶，一息間變成天下最殘忍和邪惡的欺騙。最甜的愛背面竟是最狠的刀，為何愛會變成這樣？他會變成這樣？

一千多條問題，把如山的一生連根拔起，也把他和麻木的愛連根拔起。

麻木以最殘忍的方式養活自己的堅強，迫不得已。

連月來，如山像回放歷史一樣逐一面對自己所做過的事，翻開他一直努力掩飾的真面目。最後，麻木對他作出的觀察和分析如下：

- 感情上是逃兵和騙子，任性和不負責任
- 想做好人，卻不想承擔責任（這點像透了他的爸爸）
- 怕主動說分手，拖拉已退化的感情關係
- 說謊成癮，最初還會內疚，後來已成慣性（受他其中一個哥們好友影響）
- 不想面對自己的醜惡，替自己掩飾（這點像透了他的祖父）
- 偽君子，會說大道理，說時能自我催眠忘記自己言行和表裡不一（受醫學院當過他指導教授的影響）
- 為人善良，有愛心，可同時不由自主地傷害最親的人（這點像他的媽媽）
- 怕麻煩，無動力改善自己
- 自欺以為尊重伴侶，不想她們受傷才說謊，其實是懦夫

除了以上的潛藏性格外，關於他能同一天在兩個女人面前分裂成兩個自己的病態，是因為他擅長投入所謂「切換狀態」裡，即從一個狀態轉到另一個狀態去，停止留在前一狀態帶來的不快。譬如當他剛剛承諾過麻木什麼，深知只是暫時的瞞騙，內心其實很不安，不過他能馬上切換到愉快的心情，暫時離開內疚不安感。這機制在小孩子身上特別強，他們可以馬上切換到開心的模態投入去玩，忘記剛被媽媽罰過大哭過。沒有成長的人，尤以男人居多，會借此演變成逃避機制，一旦遇上問題，只要切換到事不關己的心情，能馬上躲到會帶來快感的活動去，譬如飆車、打機、打球、健身等，便能心安理得地逃避問題。當然，這切換狀態若能運用在正向心態上，能大大改善人的情商，不留執著。可惜如山把這能力運用在逃避問題、減輕罪疚感和讓自己好過的情況上。

在治療開始半年後，如山提出讓麻木搬來和他一起住。如山知道這一直是麻木的心願。他倆逐步把工作擱下，希望能更專注地處理問題，盡快結束這場戰役。

可戰役總是漫長的。如山比他想像中脆弱，一方面要處理難纏的阿柔，另一方面要翻開自己潛藏的劣根，同時看著麻木為自己身心交瘁，感到極大的壓力。不只一次後悔要求她拯救自己，覺得自己很自私，把傷透的愛人拉進來繼續摧殘，業上加業。他的情緒經常不穩定，每次回去跟阿柔談判都無果而還，無法說服她，而她以不同的方式留他在身邊，譬如病倒迫他到醫院陪她，在他面前自殘迫他心軟留下。而他每次一去不返時，麻木在家裡等著，心痛著，煎熬著。他回來後，好幾次態度轉變，看得出他受不住了，想放棄，大家都崩潰。

「對不起，我無能力做到答應過你的。我們分手吧。我要回去贖罪，欠你的，能下輩子再還你嗎？」如山跪在麻木面前哭著說。

心如刀割的信息，等同把麻木殺死一樣的殘酷。努力了大半年，沒想到在彼此都筋疲力盡時，她還沒倒下，可他已放棄了。這不是天理能容的結局。

從那天開始，麻木得到了能看穿所有人的痛處的異能，全身的細胞已突變，長滿能感應傷痛的突觸。

那一刻，她明確地看到如山的心口有深深的紅印，那是他最痛的地方。她，不忍心，知道他要開口說分手大概比叫他去死更艱難。她看過太多個案，病人的意志很重要，只要心死，便救不了。她不想放棄，以不死的毅力希望堅持治療，不讓他說不。三天後，如山還是再回來了，是麻木強大的能量感染了他。她都沒放棄，他怎好意思先放棄？還是個男人嗎？

再回來，繼續面對自己，看清自己的本性，聆聽麻木建議的改善方案，一步一步的走向踏實的路，從黑暗走向光明。

另一次，如山再次陷入崩潰邊沿，被阿柔精神折磨到出現幻聽。他聽到一把聲音叫他離開麻木，她在誤導他，控制他的思想，必須遠離才能自由。

當人在極度混亂、絕望和累透的狀態下，容易受邪氣入侵，西醫學上這是患上精神病的開端，宗教上可以說是受邪魔入侵，被魔性駕馭了，影響神智。

如山突然消失，沒有回來。然後麻木收到他的電郵：

我們到此為止吧，不能繼續下去了。我的真面目不需要靠你來幫我看清楚，你連自己的真面目也沒看清楚呢！全城最年輕的名醫啊，可你不過是第二個阿柔，借治療手段來佔有我，控制我。別再自以為是了，你是超級完美主義者，自以為是救世主，可你連自己也救不了。你為我做的不是大慈大悲，說穿了，是你前世欠我的，要還債也是你。我要自由了，希望你能先醫好自己再去醫別人。

麻木被再次狠狠一刀插入心。上天對麻木的考驗或玩笑也鬧得太大了。可冷靜是麻木的強項，尤其是遇到災難時，再震驚她都能告訴自己別激動，先看清楚到底發生了什麼事。經驗告訴她，如山這種著魔的語氣和突變很危險，肯定受到那邊莫大的刺激，或是過分自責和內疚所引起的內在反抗。以前她也處理過幾個這樣的個案。當人在軟弱和受極大壓力的時候，潛藏的魔性會被引出來，強壯的人能擊退它，軟弱的人會被它吞噬。她知道，現在是他最無助的時候，正要面臨放棄自己了。

她唯一能做的，是淌著血但依然保持冷靜地給他回信：

親愛的，沒事的，不要怕。我知道你很累，明白你有多辛苦和勇敢，你已盡了力。謝謝你對我的提醒，我們都先把事情放一放好嗎？請找個地方獨自休息夠，睡一覺好的，一切將會變得澄明和乾淨。Dol Dol

她把最想聽到的安慰和鼓勵的話先為他送上。

她在最需要別人的照顧和體諒時卻先去照顧和體諒別人。

這是她的美麗，也是她的宿命。

麻木漸漸養成一個習慣，就是打開連接大廈門口的閉路電視，等他回家，希望能以第一時間看到他回來的樣子，「證實」他住在這裡，這是他的家，不是幻覺。

幾天後，麻木在鏡頭前看見幾個歸家的住客，其中有他，頓然心跳加速，他終於回來了。過一會，聽到開鎖聲，他踏進門便深深抱著她。

「對不起，我沒法像你一樣堅強和清晰，對你說的話請別放在心上，那些都是鬼話，我都不知為何會說出口，像中咒一樣可怕。我聽你說，住進酒店睡了三天，清醒後看到自己寫過的都嚇傻了，真的無心要說那些中傷你的話。真的對不起。我最不想傷害的人是你，偏偏傷害得最深的正是你。」如山忍不住痛哭。

麻木緊抱他，撫摸著他的背，給他安慰。

「回來就好，沒事的。我都知道，我都知道。親愛的，我不會丟下你不管的，再艱難，我也會和你一起走下去。」麻木在他的額前親吻了一下。

她幻想他會回吻她，像他們以前那樣親密，可惜這種親密早已湮沒。如山像受驚的小動物一樣跑到媽媽懷裡抖震。麻木接受這一切的發生，事到如今已不敢奢望能回到從前，只求不要再添新災難就好，她其實早已撐不住快崩潰了。

沒見多天，她本來很想對他說：「很想你。」可還是把話吞回去。走到今天，連最理所當然的一句「很想你」都不能說，都嫌太奢侈，怕會變成他的壓力。她必須壓抑受傷戀人的身分，擔起醫者的責任，好好治療面前這個求助的病人。不管以哪種身分，給他的，都是她以前從未想像過可以存在的那種愛。

還有一次。

如山突然說：「我們去騎自行車吧。」拉著她的手，像最初戀上的激情，二人興奮地到郊外租自行車，麻木坐在後座緊貼地抱他，長長的海岸線把印上「沒事了，安心地幸福吧」的微風敷在他們的臉上，好久沒有過的放鬆，事發以來第一次歡笑，為了失而復得彼此都特別珍惜，假裝什麼都沒有發生過一樣，單純地享受還熱戀得起的奢侈。

「我們是否已經死了？」麻木突然緊緊地摟著如山的腰，在他的耳邊問。

「你在胡說什麼！」如山馬上停車。

「怎麼我覺得已經在天堂啦！」

如山轉身看著麻木純真的臉，這個把初戀般的純潔和很多的第一次都給了他、給他最純粹的愛和無條件的信任的女子，這張天堂才配得起的臉，看得他窩暖也痛心，忍不住深深地吻了她。這是他事發後第一次主動吻她。

「怎麼辦呢？現在看著你也會想念你。我們要一起老去，我愛你。」麻木抱著他的臉，忍不住把壓抑千年的感情說出口。

「嗯，我們還有很多路要一起走，我們要一起老去……」如山以不抱便再也沒有機會那樣的力度緊緊抱著她。

這夜，他們緊緊挽著手一起睡。

「今天累了，趕快閉上眼乖乖休息。」如山說。

「我捨不得，想多看你幾眼，怕睜開眼後你又不見了。」麻木說。

如山笑了，吻過她的額頭後，疲憊到幾乎馬上便睡著了。

第二天麻木醒來，手空空，如山再次消失。餐桌上留下一張紙：

對不起，
我對你已失去感覺，
我不再想念你了，
這些日子只是怕你難過，
但我不能再欺騙你和我自己，

我只想一個人。
謝謝你曾經給予我的那些美好時光，
希望你找到真正愛你、能照顧你的好男人。
祝福你。

如山

說心碎是遠遠無法準確地形容麻木的支離破碎。沒料到如山以酷刑的方式來處置她，先帶她走進天堂，醉生夢死，然後一下子把她拋下地獄，生不如死。這是人能做得出的事嗎？

「原來，他根本沒有想過要和我一起老去。」麻木無比絕望，無法理解一而再摧毀感情和夢想的人到底是著了魔還是變種人。分手的方法有很多，但怎樣也比他這樣冷血的處理文明。

麻木再度用力狠狠地咬拇指下方的小肌肉，告訴自己必須冷靜才能處理這突發的災難，反正她已沒有多餘的眼淚和時間去白費了。面對軟弱的對手，你必須堅強，才能應付和善後。他退一步，你只能多走一步，沒有脆弱的餘地。該怎樣處理這個案呢？麻木費了最大的氣力嘗試抽離感情，以治療師的角度尋找解決問題的方案。

重組過思緒後，麻木的判斷是如山在撒謊，原因可能是承擔不起連月的壓力，心力交瘁，撐不下去了。他們的處境再陷入非常危機期。只好嘗試跟他溝通。寫了短信給他：

如山，我不相信昨天的一切都是假的，你的激情你的愛都滲滿眼裡，我不是傻子，你也別裝傻，侮辱彼此的感情。假如你有其他必須分手的理由，我們好好談就是，犯不著以酷刑的方式為我再添創傷，我不應該得到這種低劣的懲罰。再難的關我們都一起挺過了，再難過我對你也不離不棄，你就只能以這種方式逃避我，陷我生不如死，把我丟進地獄嗎？面對我吧，當面說清楚，不然我會死不瞑目，我怎能瞑目？Dol Dol

一星期後，如山回來了，瘦了一圈。看到麻木瘦了一大圈，心如刀割。無力地上前抱住她，讓她盡情地哭成淚人。

「對不起，進地獄的應該是我。我本以為可以為你做的最後一件事，是給你留下美好的回憶，然後令你死心，只要你死心，你才能自由，我不值得你繼續為我耗損感情和生命，你值得找個更好的、配得起你的人。都是我笨，從來沒有存心傷害你。離開後我已後悔了，收到你的短信後我更內疚，痛得萬箭穿心，再次令你生不如死我很難受，但願我能替你承受一切的痛楚，哪怕掉進十八層地獄，被千刀刺死一萬遍我也願意。真的對不起。

「聽過一個寓言，蠍子想過河，向青蛙求助，承諾不會傷害牠，青蛙明知危險卻心軟，好心背牠過去。過了河，蠍子還是刺死了青蛙，說：『對不起，我也沒辦法，這是我的本性。』對不起，我就是那隻蠍子，連我也瞧不起自己，無法原諒自己。」如山哽咽，不支倒下去了。

好個爛透和矯情的故事，卻是男人在羞愧當前最誠實的虛偽。是辯護還是懺悔，大概連他們自己也分不清楚。麻木沒氣力說出口，這個陳腔濫調的寓言，她早已從病人個案中聽過無數遍了，連電影和小說都寫過，十個負心男九個都曉說，為何還要廉價地複製呢？男人的懺悔是不是可以真心一點？

可她不是男人，所以難以理解在如山貧乏的能力和寬容裡，這故事真心說中了他藏在肚子裡的致命毒迴蟲，卻並非他刻意放進去。

「答應我，不要再這樣丟下我好嗎？」

「答應你，對不起。」如山無聲地回應，睜不起已哭腫的眼睛。

你只能照顧比你更累的人。

麻木把他送進房間，在床邊一邊摸著他的頭髮哄他睡，一邊極致地壓抑著難過，咬著下唇無聲地哭崩。

為了愛，人到底可以飲下多少承擔和忍耐的苦杯？

一段受傷的感情是否可以繼續，在乎對方是否願意修補傷害而非逃避。麻木曾經以為這是關鍵，願意的話便得救。可是，原來更大的挑戰在面對自己，過程中的無助和軟弱，艱難重重。心魔作祟，死性頑劣，害怕加倍傷害對方製造更大的業，最終寧願放棄，這才是真絕望。

縱使如此，多少日子了，無論如山有多反覆，麻木總是像吻孩子一樣吻他的額頭，安慰他，給他不離不棄的依靠。

她會點到即止地拉他的手，摸他的臉說：「親愛的，沒事的，沒事的。」

每次他殘忍地說要離開，她都抱著他說：「那麼難開口的話你也說了，很難受吧！怎麼這麼傻！」

自從被揭發他說謊那天開始，如山活在沉重的懺悔下，覺得自己不配跟麻木親密了，所以待她搬進來時，他便認真地跟她說，希望她能理解，在他還沒有清理好自己前，不想也沒資格和她有親密的身體接觸，即使睡在同一張床上，他也不敢碰她。一切都源於他的縱慾和自私，他害怕再次縱慾會再加傷害她。她明白，可這令她更難受。明明相愛，靠在一起卻不能親密，無法再像以前一樣隨喜地拉他的手，無法再如意地擁著她曾經深愛的身體，只能躺在他身邊，待他睡了才敢偷偷碰他的頭髮和臉龐。

她可不知道，他也一樣。

依然靠近卻不能親密的相愛關係，可以比分離更痛。

他不在的時候，麻木需要平衡愛慾，偶爾自慰，尤其是在太難過的時候。幻想像以前一樣，緊抱彼此的身體，可是心的抽痛總是比高潮來得早，悲情的狂哭代替了陰道的震盪。以前會為計錯安全期而憂慮，會因為在安全套用完前需要她主動及時補給而埋怨他粗心和不夠愛自己。如今來經的遲與早，也不過是遲與早的問題罷了。現在才意會到，可以計算安全期和買安全套的女人有多幸福。

多久了？床頭塞著的安全套盒子沒被動過。麻木沒意識地取出來，一片安全套滑落，撿起來，冰涼的感覺好懷念，卻發現使用限期是去年二月，眼淚都掉下來了。

現在連哭過也不敢告訴他，怕給他壓力。這種寄居在愛的意志上的堅忍日子，好像已過了幾億年。

六百天差不多過去了。

如山外出了幾天。麻木不多問也不多想他是否去了那邊，又是沒完沒了的談判。她只想做點簡單的、不用思想的事情。譬如，洗衣服。衣籃內只有幾件她的衣物，他人不在也沒有髒衣服。於是她打開衣櫃，挑了幾件如山的乾淨襯衣和褲子，塞進洗衣機去，放了洗衣液，按了快洗鍵，開始滾動。如常打開大廈門口的閉路電視發呆。四十分鐘後洗完，靜靜地把衣服晾在小陽台的衣架上，有他的，有她的。返回屋子裡，坐在沙發上繼續發呆，偶爾抬頭看到兩人的衣服在風中悠然地飄舞，心裡踏實了，是家人才有的感覺，見證一起生活的景觀。

第二天，衣服都乾了，麻木不忍心把它們收起來，繼續坐看自己和他在家裡飄搖共處的假象。

他終於出現鏡頭前了，真的是他，他回來了。三分鐘後傳來開鎖聲，如山笑著給她一個大擁抱，在麻木還沒有弄清楚到底是什麼回事時，他竟然主動在她的面上吻了一下，這是六百天以來他不曾做過的舉動，麻木無比驚喜。

「她終於協議放手了。」

「真的嗎？是真的嗎？」

「真的，今天簽了協議書，保管在 Rex 那裡。」

六百天來他倆第二次歡笑。如山說，還有一點事宜需要處理，還要安置好女兒的事，還有他診所的事，所以還要外出幾天。看到他的穩定，相信他應該可以管理好剩下要做的事了，麻木終於能吐一口氣，放鬆一點點，希望大家能好好歇息幾天，再開展處理他們之間的一切。能走到這一步真的不容易，一場戰役終於耗過去了。

麻木放下心頭大石後，長期的壓抑馬上反動地湧出來，她患重感冒了，沒想到可以嚴重到要留院，住了一星期。期間如山每天來細心照顧她。藥力影響下，她大部分時間都在沉睡中。

煉獄式的漫長治療過程終於走到最後，輪到為自己療傷的時候了。當麻木帶著重傷的身心，終於等到這一天，等待他跟她重整感情關係時，如山卻再次給麻木一個反高潮：接她出院回家的，沒想到是 Rex。

麻木以為如山因為忙著，要晚一點回家，讓 Rex 來是貼心的安排，誰知回家後，Rex 給了她一封信。

「Dolor，我知道這不是很好的時候，不過，如山已離開了，留了這封信給你。」

「他離開了？什麼意思？」麻木不敢相信這一切。

「昨晚飛走了，抱歉我受託不能提早告訴你。你們都是我的朋友，可你知道，你理解的。他說在信裡會向你交代。我想你知道，可以有更好的選擇，他絕對不會選擇這樣離開的。希望你不要太難過。」

麻木無言，沒想到他還會以這種方式迎接和送走她苦等了一年半的希望。經歷過那麼多的災難，現在不過是再多一個而已，沒什麼大不了。保持鎮定是她的一貫作風，而且她不想在 Rex 面前崩潰。

「謝謝你，知道你要處理這一切也不容易，不好意思這些日子麻煩你了。你回去吧，我沒事的，我想一個人安靜。」

「你確定 OK 嗎？我可以留下來跟你聊聊啊！」

「沒事，我想靜一下，明早我去找你好嗎？」

「那好，你別多想，事情也不是那麼壞的。明天再談吧，你好好休息。如山託我買了吃的，都在桌子上。」

送走 Rex 後，關上門，麻木跌坐地上，看到桌上細心安排的食物好諷刺。她的心和身體都在抖震。十分鐘後，終於打開信封，深深吸了一口氣，勇敢地看下去。

親愛的 Dolor：

抱歉我已再沒資格叫你 Dol Dol，這個我專用過的親暱名字。

原諒我一手把我們最珍貴的愛徹底摧毀了，害你支離破碎。都是我的錯，一切都是我不好。

你是我生命裡最重要的人，我沒資格也不敢說你是我這生最愛的人，我只能說，這生最希望能好好地、單純地去愛的人是你，可惜我們相遇的時候，我還沒有清理好自己不堪的過去，無法以純潔乾淨如你的身體和靈魂一樣平等地回饋你。真的很抱歉。

你曾經問我你到底哪裡做得不夠好。你什麼都好，像天使一樣好，不好的是我。你是我遇過最成熟、穩定、聰明、善良、細心的女人，處處替我著想，尊重我，照顧我的感受。你到哪裡都會發亮，能令身邊的人成長，你是我生命的明燈，你的完美令我羞愧，也因為你發亮的美善令我羞愧到不得不立志改善自己的懶惰，撕開虛偽的面皮，改掉四十多年的死性，鼓起勇氣處理早該處理的關係。即使我錯成這樣，把你傷成這樣，你從不批評或跟我吵鬧，帶著傷痛還能冷靜、理性和溫柔地替我療傷，不給我壓力，等待我成長。你是我一生最信任和尊敬的人，也是我最不能原諒自己去傷害過的人。感謝你令我痛改前非，重新檢視一生，不再逃避，帶著慈悲在我最谷底的時候對我不離不棄。

對我而言，這次的治療是前所未有的艱難過程，我看透自己的軟弱和無能，貪念和縱慾，像個未長大的小孩，我無地自容，感到無比羞恥和內疚。這過程對我的壓力很大，因為我深知會對你加添更大的傷害，看穿我原來是個無恥之徒，不是你一直以為的那個謙謙君子、好男人。看著你被我身心折磨成這樣我很心痛。不過，我相信你，可以有更好的方法相信你已採用了，這是最好和必需走過去的路。我深知道其實在感情上你可以放棄我這個壞蛋，但在救回一條生命上，你的慈悲幫助無助的我走上正軌。沒有你的幫助，我深信而你也清楚，我將一生無法原諒自己，也無法還清欠下所有人的債，終身活在內疚和自責中，生不如死。

我深深的對不起你，謝謝你。

親愛的 Dolor，我沒有忘記，我說過待我處理好和阿柔的關係後，我會來補償你，和你在一起，償還我欠你的債。但抱歉現在我必須先離開三年。這是我欠她的，她也是受害者。請你體諒我無能力在同一時空下償還所有我虧欠的人，我只能以最大的極限逐一清還。她要我放逐三年的順氣期我能理解，她是個高傲和任性的女人，曾經被父母極力反對跟我在一起，因為我當時還沒有離婚。她也為我付出過。她有心臟病不能坐飛機，只能留在這裡，所以走的必須是我，她覺得我人到中年，在事業如日中天時失去一切，流放三年，也足夠毀掉我的人生。好吧，是我活該的，我就用這三年修理自己，回來以潔淨的身心面對你，還我欠你的一切，不會再離開你。

親愛的 Dolor，你能等我三年嗎？我知道我沒資格叫你等我，但我真的很希望能洗心革面後回來見你。對不起，我沒有跟你商量這事，因為沒面目跟你說，卻又無能力改變必須走的行程。是迫不得已，也是因為我想活得謙虛一點。

我一生做過最不能原諒、最後悔的事，就是傷害了世上最善良的、我最需要和最愛的你，深知罪業太深，但願有天能洗淨自己後，乾淨地走到你面前跟你懺悔。

我不求你的原諒，但願我回來時，即使你已不再愛我，或者已忘記了我這個不堪的人，還願意跟我見一面，讓我親口跟你說聲對不起，謝謝你，我愛你。

卑微的如山

雪崩一樣的災難。可這次，麻木再沒有剩餘的眼淚可流了，在痛到不能再痛的時候，她只能大笑，笑了很久很久，直至胃絞痛為止，然後，一個月也沒有說話。

只差一步，還是讓他走了。一年半後，然後又三年，那三年後又會有什麼變數？他真的會回來嗎？那個她真的放他走嗎？無常是定律，簽過婚紙也一樣有千千萬萬人反悔。一起經歷過那麼多，說再多的承諾又如何？人終歸留不住，選擇不在她身邊，和他的八年關係，不過空夢一場。

夜深，沒開燈。麻木沉進沙發裡，淚已乾，腸已斷，腦裡一片空白。突然手機響，是一段語音留言。打開，只有環境聲，對方沒說話。是他。他以沉默的方式在跟她道別。

她聽得出，沉默裡他説過這些話：

Dol Dol，我不在時，記得添衣，定時吃飯，吃不下也要吃一點。
不要掛念我，不要忘記我。
你要好起來啊。
記得早點睡。
我愛你。

麻木再度抽痛，反反覆覆的離離合合，千辛萬苦還是難逃離別這一劫，還有什麼好説呢？能説的都説了，能做的都做了，該認命。按下回覆，錄下同樣無力的沉默，蒼白如他：

真的不能留下來嗎？
為何我總是排到最後，結果還是等不到的那個善良的人？
我還是對你狠不起，恨不了。
我很想你，真的很想你。
我愛你。

存在，是深深的孤獨；真愛，不過是更深的孤獨。

當麻木體會到這個真理時，頭髮竟已白了一截，生命才過了三十一個絕情的年關。

自那天開始，麻木再也想不起如山的臉，即使閉上眼睛努力地去回想他的樣子，也只有局部的五官，無法拼湊出一張完整的臉，連夢裡的他也只是一個陰影，沒面目見她。記憶裡的他，一地滿目瘡痍的碎片。

這夜，麻木在如山的抽屜裡找到一張她寫的心意卡：

你在地獄，我陪你煉獄。
你變軟弱，我堅強扶持。
你背棄我，我不離不棄。
你縮頭逃避，我挺你抬頭。
你失掉自信，我給你勇氣。
你走向黑暗，我為你亮燈。
你一錯再錯，我讓你看清善惡。
你迷失，我把你找回來。
你哭了，我說沒事我在。
你累了，想停留，我背你繼續走。
你孤單修行，我孤獨慈悲。
只願你，再艱難也別放棄，
正大光明，不走回頭路。
Dol Dol

彷如他的回魂，特意為她留下本應取走的東西。人已走，還是放不下她。

這是他「中咒」地批評她自以為救世主，回來懺悔後她給他寫的心意卡。那段日子體諒他心力交瘁，為免他在手機看留言字太小太費神，她特意買了一張手感很好的日本和紙心意卡寫給他，希望他重振動力。此刻看到自己的字跡，百般滋味擾心頭。曾經安慰過他的隻字片語卻無法安慰她自己。再細緻、再貼心的事都為他做過了，要走的，還是會走。

心抽痛了一陣子，幸好尚算平靜，都已過去了。她最需要的都先給了別人，這是她善良的死穴。

這次回來，重溫過去八年和他經歷的一切，絕對不是衝動或執著，從沉重到淨化，麻木感到自己已回復穩定。人不在，債已消，傷還在，可都要告一段落了。能把傷痛完完整整地在回憶中重新經歷一次，而且還能挺過去的話，她便能療癒自己，可需要異常巨大的勇氣。她知道，能做到不是因為創傷不夠深，而是她對生命的愛足夠深。

這夜，麻木需要一點支持的力量，正想泡茶，才發現Te給她帶回來的許多小包茶葉已喝光了，突然體會到一件一直沒有為意、卻意外地重要的事：這五個月來支撐著她的意志，令她不能倒下的力量，除了是她一貫冷靜與堅強的本色外，原來也是Te的茶，一點一滴灌注心靈，令再傷的身心也能回復平靜通透。

貓貓又從陽台鑽出來了，已經是第N次。

「貓貓，你有茶嗎？」麻木求救，已習慣了牠不時的出現。

「哪有貓會喝茶的？」貓貓眯著眼。

「哪有貓會說話的？」麻木揚了眉。

「貓都會說話，只是人類一直聽不懂，沒聆聽而已。」貓貓發現陽台上又有了新盆栽，把鼻子靠過去。「你的回憶可真多，已種了多少盆？」

「一百多了吧，沒細數過。」

「這盆頭髮亂亂的是什麼？」

「是日本向日葵，這品種是花瓣有點亂，不規則，跟一般工整的向日葵不一樣。已種了兩個月，剛開花。我特別喜歡向日葵，她的花語是『沉默又灼熱的愛』。我會把她送到我當過義工的老人中心。」

「我看你也像向日葵，一直沉住默默地守護你所愛的人。」

「知道嗎？他是第一個能令我安心和放膽地表達愛的人，毫無保留，死而後已。那種感覺，就像你可以安心在絕對有私隱空間的家裡拉開窗簾裸體四處走一樣，不會擔心被人看到的自由。」

「他是第一個令我感到自小不被重視的生命終於有人尊重和珍惜，每天能跟他連繫上的甜蜜是活著的奇蹟。」

「因為他的存在，我甚至曾經一度感激我那不堪的媽媽將錯就錯把我生下來，有機會享受被愛的幸福。」

「因為能遇上他，和他真心相愛，我覺得上天給了我最奢侈的禮物。」

「可是，笨蛋，他明知不應該傷害你卻就是傷害了，你還像向日葵一樣朝向他。他有朝向你，懺悔過嗎？」

「和他一起六年後，才發現原來是一場騙局，該死的應該是我，是我選擇相信了他。

但也不只是一場騙局，他有懺悔過，跟我說都是他的錯，我是無辜的，然後跟我說蠍子過河的寓言，像我處理過的幾個個案的男主角一樣。怎麼說呢，好像每個男人都曾自詡為那隻蠍子，為所謂的本性找個浪漫的藉口。」麻木苦笑。

貓貓打了一個呵欠：「都説男人是最懂得找藉口的動物。男人太無能啦！不過公平一點說，應該是男人在女人面前太無能啦，正如女人在男人面前都太低能一樣道理。」

「那男人跟女人在一起怎能幸福？」

「幸福，是男女走在一起後才發現要自己締造自己給，然後便幸福了。所以，男和女還是要走在一起才有幸福的啊！」

「太了不起的悖論！」麻木沒好氣地笑了一下。

「好吧，逗你笑笑而已。話說回來，蠍子還是蠍子，那個寓言最有趣的角色應該是青蛙。如果青蛙僥倖不死，以後遇上同一隻或另一隻蠍子，聽到相同的請求，一樣的真心同樣的承諾時，那青蛙還是會背蠍子過河嗎？」

麻木定了神，認真地想她的答案。

「我想，會吧，這也是青蛙的本性。像你說，笨蛋！」

貓貓搖了頭，伸了一個懶腰。

「這裡有另一個版本。有一天，禪師看見一隻蠍子掉進水裡，決心救它。誰知一碰，蠍子刺了他的手指。禪師並沒有退縮，再次出手，再被蠍子狠狠刺一次。旁人說：它老是刺人，何必要救它？禪師回答：刺人是蠍子的天性，而善良是我的天性，我豈能因為它的天性而放棄我的天性？我們的錯誤都在於因為外界過多地改變了自己。」

「但是，禪師最終可能會死。」麻木說。

「可能更早死的是蠍子呢，都溺水了，誰知道！死不死不是這個寓言的重點，反正是善也好是惡也好，最終誰都會死。」貓貓說。

「也是的。」麻木好像明白了一點道理。這隻貓貓的存在實在太超現實。「不過事實上，在這個黑白顛倒的世界裡，最終相信有問題的是禪師而不是蠍子的人會較多。」

「既然如此，那你為什麼還不放棄他，還在守候這隻軟弱的蠍子？是不是你也在欺騙自己，害怕失去後的孤獨？」貓貓問。

「假如純粹是因為還愛著他的話，再愛他我也會放棄。我很清楚只有感情是不夠的，更重要是彼此的成長，才能把感情昇華到愛。因為他真心懺悔了，努力地彌補所犯的錯，即使已超越了他的能力，刻刻挑戰自己的軟弱和慾望，在溺水、人魔交煎的痛苦下，再艱難還是沒有放棄，這是一種勇敢的修行。也許他的痛不比我的少。選擇繼續做小人會容易太多，可他是個勇者，值得我去守護。

「韓麗珠說過：『緣分就是互相虧欠，即使偶遇也必須償還，只要仍有欠債就無法孤單。』她寫盡了相遇的本質。不管失去還是擁有，存在的本質原是孤獨，但不會真正孤單，一切緣分好像都是必然的安排。」

「人類就是笨，想得太多，你才是自己的債主！對，韓麗珠是誰？」

「文字和樣子也像貓的作家，會讀到人心痛後融化，是你的同類。」

「真的？」

「嗯！」

「有她的聯絡方式嗎？」

「別鬧了！」

「小器！緣分是虛的，不過是來提醒你自己的問題還沒處理好。喂，你是不是忘了要找回自己的紅印？就是笨！」貓貓搖了搖尾巴，瞇起了眼睛。

不是貓貓提起，麻木也真的幾乎忘了獨看不穿自己的紅印這奇事。

「你怎麼會知道關於紅印的事？」

「你怎麼覺得我不會知道？」

這怪貓兒真不容易應付。說的也是，上天要她經歷那麼多傷痛，到底要她看穿什麼呢？

「記得我曾說過你是那個開門的人嗎？」貓貓說：「你是門神，就做好門神的角色，你能點出人的痛處，就是給他們開門的鑰匙。你經歷過多重災難的傷痛，現在應該明白最深的痛不過是來喚醒你未釋放、未解開的心結。那就是你的紅印。痛為你打開了門，是時候走進去看一眼啊！」

「門在哪呢？」麻木還是疑惑。

「你真笨得出奇。那個機場怪氣女人不是已暗示過就在你的胎記那裡了嗎？你去冰島是幹嘛的呀！人類真是善忘的怪物！」貓貓沒好氣地搖搖頭，索性走開，到廚房找東西吃。麻木在稍為理解貓貓的話後回神時，貓貓已像沒出現過一樣消失得無影無蹤。

有一刻，麻木覺得貓貓原是那個叫高樹梵的神秘機場女人的化身。

夜深了，麻木看到手機上的時間，忽然無意識地計算冰島的時差，現在那邊該是黃昏前，是等待夕陽的靜美時刻。想起那個不可思議的理髮師、廚師、茶師、花藝師、魔術師，教曉她茶事的古樹，能讓她放鬆、重燃初心的男人。想起那許多個和 Te 茶話的晚上，冰島的一切，那些窩暖的回憶，她，想冰島了。

事實上，她也不能再呆在這所回憶的房子裡，房子已轉賣成功，一星期後必須交出。回憶的自療得到此為止。貓貓說得對，是時候走進那道門，看清自己的心結。

麻木把一百多盆植物送走後，心裡踏實了，決定回冰島，繼續她未完的旅程。她沒有忘記出走冰島的初衷。

11

黑與光和生與死的啟示

Te始終沒有開口問麻木回去五個月發生過什麼，是否已處理好要處理的，是否已結束了一切才回到冰島。

他也始終沒有表白希望照顧麻木的心意。

從黑洞回到雷克雅維克後，麻木被黑洞的力量深深牽引著。回去五個月的沉重回憶自療對她很重要，不是因為已療癒了創傷。不，麻木深知道，創傷是不能被所謂完全治癒的，醫學研究早已確定創傷的記憶會長期甚至一生埋在記憶體裡，所謂治療創傷，不過是學習待它復現時懂得應對，遠離它。當你能正視和勇敢地確定它的存在，可以減輕下次傷心襲擊時的病情。這是情緒治療的真相，只是很多人都誤會了，錯誤追求一勞永逸不復發。

麻木是不會被負面情緒搗亂澄明心鏡的治療師。她回去的目的，是為善待創傷，為它鋪好墊子。重返冰島，是希望進一步打開受傷之謎，為解開心結鑿開一條進擊的新隧道。而黑洞，是Te給她帶來的意外收獲。沒想過，黑的療癒力量那麼強大。那夜在黑洞裡，她除了看見不同層次的內容，和看到Te的方位外，其實她還看到一點飛快閃逝的神秘紅光，就在自己的身體上。可在她想確定紅光的位置前，它已消失了。

可能正是她一直在追尋的傷痛紅印，可能不是。她想再去那兒確定，可惜天氣一直不好，快入冬的十月常常刮大風，還有過一天早來的雨雪。遊客漸少，很多景點都開始逐漸封路，硬闖會有危險。

「今年的冬天好像來得比去年早。」Te想著，望向窗外的飄雪。他在燒水，準備泡茶。他正等待天氣轉好，想帶麻木到另一個地方，希望在她再度回去前，能帶她多去一次探秘。他總覺得，好像什麼也沒能為她做，至少也應帶她去一些他有深刻感覺的地方，讓她帶著美好的回憶回去。

從黑洞回來後，回復短髮的麻木留在家裡整整一星期，她要把回去五個月的點滴寫成治療筆記，這是她的治療習慣。在冷靜的地方做冷靜的事情最適合不過。Te偶爾會過去替她買食物，說一個女子在陌生地不方便，他有車，有空，能幫上一點忙他很樂意。麻木當然不介意，能見到溫暖的Te心裡便柔柔暖。Te通常放下東西便識趣地離開，不想多打擾，交換一個純粹的微笑便夠了。

回冰島的第十天。

麻木寫好了筆記，正好天氣轉晴，有點重見天日的感覺，像今天的自己。興起，特地跑到購物街的酒專賣店Vínbúðin買了兩瓶Brennivin，大家叫「黑死酒」的冰島特色烈酒。在冰的地方喝，效果就是火。她要把這團火帶到Te的茶房。

「怎麼啦，居然是黑死酒！我不知道你能喝烈酒，豪傑啊！」

「你能嗎？」

「我可沒告訴過你，我是被酒和茶浸大的。」Te鄭重地說，揚眉地笑。

「我們用茶杯喝酒。」麻木走到茶席前，挑了兩個小黑茶杯。

一起喝酒，是第二次。

麻木喝了第三杯後開始臉泛赤熱，滔滔不絕，大概已進入酒醉的前奏。

「知道喝茶和喝酒的分別嗎？」麻木說：「假如只是用來喝的話，兩者都可以喝到心跳，也可以是極端的反應，譬如茶能喝到平靜，酒能喝到亂性。但是，假如是用來陪伴的話，酒是燃燒激情，或者借來糊塗和逃避自己；茶是面對自己，要麼先苦後甜，要麼先甜後苦，看你選了什麼茶，如何泡，心情好不好。飲盡甘苦，人便踏實了。」

Te 看著樣子開始變得傻傻的麻木，笑了。

「對於我，喝茶和喝酒結果都差不多，知道限度便能保持清醒，細品每一口的故事，管它是苦是甜，是溫和還是剛烈，和它探戈就好。你要逃，還是修，喝第一口前已決定了，頭腦再怎麼被酒精或咖啡因影響，心也糊塗不了，你都心知肚明。喝茶和喝酒都是 honesty，和誠實相處。」Te 一貫的慢慢說。

「你呀，總是像一面鏡子，不當治療師是大浪費！」

「好吧，只當你的私人治療師如何？你今天帶酒來，是想燃燒還是糊塗？我猜一下，該是燃燒。你今天像一團火，對自己溫柔的火。」Te 給了一個柔情的笑。「知道嗎？黑死酒 Brennivin 直譯就是『火燒的酒』，由馬鈴薯發酵製成，酒精 37.5%，沒有往死裡喝的中國白酒猛烈，但足夠灼心了。你要的，就是這感覺對吧。」

麻木驚訝於他的敏銳觀察力。她很清楚現在最需要的，就是一團火，火祭過去的一切，但這火不是毀滅，而是溫柔的重生。

「是的，就是這一下子灼心的感覺，把冰封的心稍為灼熱一下就好，給自己一點陽性的力量。過去幾百天，陰氣太重，好累。」

「最能和黑配合的顏色，是紅。」Te 說：「一般人，只能在入黑前借夕陽看到火紅，卻無法在入黑後看到紅。懂得看黑的話，你能看到陰柔內的火紅。」

好神秘的說法。麻木突然想起在黑洞內閃過即逝的紅光，勾起了她對黑暗更大的好奇。

Te像能讀心地看穿了她的想法。

「假如你準備好，有興趣跟我再去一個很黑的地方探秘嗎？需要在那邊過一兩夜。OK？」

哪有不想去的理由！

「I am ready！」

「等天氣轉好我們便出發。」

二人碰了茶杯，把黑酒乾了。

Te早上到麻木的家接過她後，在附近的Bónus超市買了點乾糧，出發到車程兩個多小時外著名的Vík維克小鎮。以防萬一，他特意向鄰居胖子O借了一輛較能在變幻的天氣下安全穩定地行駛的4x4，駛上了國道一號公路。

維克是冰島最南端的小鎮，鄰近一望無際的北大西洋，在山腰上有一間像樂高玩具的紅色屋頂小教堂，成為明信片的標記，全鎮只住了約六百人，旅客到來都是為了到附近著名的黑沙灘、瀑布及冰川。

冰島最令人震撼、敬畏和可能同時抗拒的風情在她全天候、全方位的赤裸，野性的荒涼，自足且自負，時刻提醒你天地人萬物存在的孤獨，而這份遺世獨秀的孤獨，美到斷氣，教人敬畏，只敢遠觀而不敢觸碰。

兩個多小時的車程，盡是美到斷氣的孤獨風景。

他們中午後便到達維克鎮，入住 Icelandair Hotel Vik（冰島維克酒店）。Te 真會挑酒店，這是家型格酒店，有免費 Wi-Fi，對面就是 N1 加油站，非常便利。他預訂了豪華一點的頂層房間，推門進去眼前一亮，兩張雪白的單人床，床邊是圓柱型原木燈座，全房落地大玻璃窗，遠望是大海，不遠處便是黑沙灘。

「太美了！」麻木走到窗前，被眼前的一切迷惑住。

「你回來後看來很疲憊，所以選了一家舒服一點的，不過分！這家是鎮上最好的酒店，剛開張沒多久，很乾淨。」

Te 怕她尷尬，早在訂酒店前細心問過麻木，希望要私隱獨自住單間，還是可以接受共住雙床間。麻木倒沒所謂，也識趣地說：「冰島什麼都超級貴，我們省點錢吧，我沒有和男生獨處一室過夜的恐懼症。」想起他們曾經在細小的車廂內過夜，早已視他為能一起過夜的朋友。

「謝謝你的安排，Te。」很久沒有過被照顧的感動。

「餓了吧，我們下去吃點東西。」

他們到酒店裡的冰山餐廳吃飯。她點了魚湯和奶油煎鮭魚，他點了蝦沙拉、牛肉湯、烤羊排和芝士蛋糕。麻木笑他開胃得像個慶祝生日的小孩，Te說開了兩個多小時車都「脫脂」了，需要補充體力。

麻木喝了一口魚湯，感到很放鬆。回到冰島後，什麼都變得夢幻和愉悅。她已搞不清楚，到底她是曾經「回」過去，還是現在「回」來了，哪個才是她的家？

Te一邊大口大口地吃著他的豐富午餐，一邊看著麻木回暖放鬆的面容。

「知道嗎？看到你自在地吃東西的樣子，很滿足。」

「我之前吃得不自在嗎？」麻木記得他們有過不少一起吃飯的時光。

「是的，沒有現在的自在。」

「這小鎮很夢幻。」

「你也很夢幻。」

麻木有點不懂應對，望向窗外。

「你說要去很黑的地方就是前面這個黑沙灘？」

「不是這個，在這個山的後面，那裡別有洞天。今晚天氣好的話，帶你去看就是。」

下午Te帶麻木走到酒店前不遠處的黑沙灘，已近冬天，又是平日，遊客少了很多，感覺蠻好的。海面上豎立了三座巨大的玄武海蝕岩Reynisdrangar，傳說是冰島的精靈與他們所坐的三桅船化身而成。冰島人很可愛，真心相信精靈的存在。

風很大，他們拉上風衣，走在沙灘上。黑沙粒像小碎石般大，Te說是以前火山爆發後冷卻的黑曜岩被風化後形成的。麻木很開心，沒見過黑色的沙，不時蹲在地上把玩黑沙粒，黑沙黏到面頰上了，回頭向Te傻笑，像個忘記長大的小女孩。

Te一直站在她不遠處，靜靜地看著她。他很喜歡看她笑，彷彿她一笑，連颱風都會駐足凝住，化成漫天飄飄雪，把世界慢鏡地融掉。

「我們回去吧，瞧你滿臉都是黑豆豆，像回到六歲。」Te輕輕撥去麻木黏在面上的黑沙粒，麻木還在笑。時間像跑快了，霎眼已黃昏。

風更大了，開始變得更冷，Te怕她被風吹走似的，緊緊地搭著她的肩膀一起走回酒店。

回到餐廳吃晚飯，Te不時在手機上看冰島官方氣象台的即時資訊，計劃行程。天全黑了，風還大，天難得較清沒下雪，決定出發。開車回到國道一號公路，再轉215公路向南，不一會便到達Reynisfjara黑沙灘。跟剛才的黑沙灘不一樣，這兒沒有黑沙，而是滿灘大的小的圓滑小黑石，被冰河侵蝕過的地形，形成不少大石塊，也有些枯樹幹，應是很久前被冰河從山上帶下來的，不遠是一個大山洞。附近有警告標誌叫人注意「鬼祟的波浪」。有點漲潮，不過還能走。這兒很黑，沒有人會在晚上來這裡，沒風景可「看」，而且浪非常大，有一定的危險。

「好黑啊，我看不到路。」麻木第二次走在黑暗的荒野裡，還未習慣。

「沒事，我能看見。浪是兇的，聽我話，千萬別像小貓一樣鬆開我的手跑走，好嗎？」Te緊緊地拉著麻木的手。

「我不會放開你的手，不會。」這是他們第二次掌心相印地把手。擁抱是友誼和關懷，把手卻是進一步的親密。

Te心滿意足了，感謝這個黑夜這個海。事實上，平時他找不到跟她拉手，開口叫她不要放開他的理由。

他們靠在岩壁下邊走邊撫摸岩壁上的岩柱條，麻木以為自己走進了另一個星球，步伐有點浮，因為看不見，巨大的聲浪佔滿了三維空間，她有點失去重心。

「怎麼我覺得好像在踏浪呢，腳浮浮的，我們是在外星嗎？」

「是的，在冰島星。你忘了我們剛才是坐穿梭機來的嗎？」

「4x4檔次的穿梭機？」

「嫌棄啦？好吧親愛的，這翻兇浪的岩岸邊確實是有點危險的。浪聲大，談話要揚聲，會費勁和分心的，先小心慢慢走好嗎？」

「嗯！」

Te拉著乖巧的麻木放慢地向前走，不一會熟悉地停下來，把麻木拉近，輕輕地扶她爬到一個稍高的小岩洞去。那個小洞很乾燥，雖然淺，但能擋風，呆在那裡較長時間也不會冷死。Te選了一片較平滑的地面讓她坐下來，緊緊地摟著她的肩膀，為她保暖。

無量的墨黑，只聽到高浪翻起的拍岸聲，就在腳底一樣近。在沒有光源的岩岸邊，沖擊的浪花是黑的。

像上次走進黑洞時一樣，Te叫麻木別閉上眼睛，要張開眼睛。這次，是觀浪聲。

「慢慢地，你會看見浪要給你看見的東西。」

海浪拍打到柱狀岩石上的聲音太震撼，在洞穴裡的迴響如巨大的雷聲，穿透了麻木的全身，平生第一次跟海浪融為一體，感受到海浪的巨大力量，足以把一切的罪業與傷痛一洗而空。

「怎麼我覺得，是海借浪在哭。」麻木幽幽地說。

「怎麼我覺得，是你借浪想哭。」Te柔柔地說。

在強大的海浪前眼淚太渺小，海在替蒼天悲慟時，就用不著你哭了。

極目張看，沒有界限，沒裡沒外，到處都被充滿著，他們就在所有之中，被聲音環抱，在下方，在上方，在四周，在無極。在全黑的天地裡，沒有了自己，只有在一起。

麻木漸漸認出了黑的輪廓，浪聲走到哪，哪裡便能被看見。麻木放心地把自己交給浪聲，在神聖的洗禮中接受驚天動地的療癒。

「這是『觀音』的力量。」Te說：「記得我剛來冰島時，一個人來到這裡，呆到晚上，紮了營，就在這裡聽海浪聲。風浪大到像要隨時捲走一切。那時心很傷，但很平靜，整個人像被徹頭徹尾淘洗過一次一樣。我想，是黑和海的洗禮治癒了我……」

話還沒有說完，眼前突然出現一絲絲流動的微弱綠光，在地平線上浮現。

是極光。

他們都被眼前的幻景震懾了。

Te本來是帶麻木來看黑，卻意外地遇見極光。他來冰島三年，從來沒緣遇上極光，因為麻木，他遇見了，激動地把麻木攬進懷裡。

麻木被夢幻的一切震撼了，不明白為何閃過跟貓貓提過韓麗珠的那句話：「緣分就是互相虧欠，即使偶遇也必須償還。只要仍有欠債就無法孤單。」這就是他們的緣分嗎？啊，真如貓貓所說，是自己想多了。極光是當下的，當下就是緣分。

極光很快便消失，世界又返回極致的黑，如夢幻泡影。

在黑和光的交融與收放下，麻木得到一點領悟。

「我懂了。」麻木的眼睛閃出小極光：「黑暗的存在，是為了看到光明。」

「嗯。黑和光本來就是陰陽同體。」

「Te，謝謝你讓我看見黑暗的真面目，我想，現在我沒有什麼需要害怕了。」

觀音，靜默，緊靠。大概過了二十分鐘，Te注意到麻木的身體瑟縮了一下，是太冷了。在北半球的海邊冷風中，兩個人的身心靠得再近也難以保暖。

「該回去了。」

「嗯。」

當他們正要起身時，麻木看到她那冰島胎記處浮現了一塊小紅印，不會有錯，的確是紅印。紅印處還有一個影像，她看得很清楚，有個小胎兒瑟縮在自己的肚子裡，那個胎兒正是她自己。是太大的驚喜，終於能看到自己的紅印，向了解自己的傷痛根源靠近了一大步。

Te說過：「一般人只能在入黑前借夕陽看到火紅，卻無法在入黑後看到紅。懂得看黑的話，你能看到陰柔內的火紅。」他真是個不可思議的先知。

想起高樹梵最後那句話：「回到呼喚你的地方去，尋找痛根，便能解脱和重生，你懂的。」她指的正是胎記的位置，紅印出現的地方。

第二天趁天氣還算好，Te大清早便起床到外邊跑步。麻木靠著大窗在小沙發上看海，在平板電腦上寫日記。

他們約好中午前在酒店餐廳一起吃 brunch。Te 說今天不看黑，去看殘，白天去。

從維克鎮出發往西行幾公里後，Te 在公路邊停了車，他說翻過圍欄要走一段路過去。

今天他不敢拉她的手，二人手插風衣的口袋，迎風走了大約半小時。早上下過雨，灰黑的天空畫出半彎大彩虹，好美。彩虹的一端，是片場一樣的奇幻裝置：一架不折不扣的飛機殘骸。

太夢幻的奇觀。殘骸只剩下昂起頭的機頭和半截機身，機尾不見了。泛白的金屬機身在灰黑的天地下，彩虹的盡頭，幽幽地躺在荒涼的孤土上，淒美無比。

他們走進殘骸機身裡，空洞的窗格，空洞的機頭，好像沒有乘客座位的痕跡。

「這是在 1973 年時墜落的美國海軍 DC3 型運輸機，不是客機。呆在這荒涼之地超過四十年了，比你和我都年長。」Te 說。

「好悲傷的感覺啊。」麻木摸著窗框說。

「是啊，不過很多愛侶卻看上這蒼涼，特地前來拍婚紗照。那年我第一次來，這兒還沒封路，可直接開車前來。我遇上穿著性感婚紗的新娘，在嚴寒雪地裡爬上引擎拍照，旁邊的新郎冷到木無表情，好辛苦的樣子。那時我帶著情傷的負面心情，覺得好像在預告他們的婚姻將會變成殘骸一樣悲涼。現在嘛，倒覺得他們很勇敢，一早看穿婚姻的神聖可能正是在殘破中看到美，能美到如斯神級的壯麗，戴上至死不渝的光環。

「愛這回事，你怎樣想，它便成為怎樣。像這殘骸，本來是悲劇，卻變成不朽的壯美。曾經的悲傷都有她本質上的美，能看破便能開花。」

「你在安慰我。」麻木識穿了。

「我在安慰我自己。」Te 給她一個台階，和一個溫柔的微笑。「你看，我後來不是在店裡栽了很多花嗎？那片花海是為過去的傷而蓋的，我不要讓傷痛蠶食愛，只願看到種子能開花，放下凋零花落事，這是我回應傷痛的方式，因為，我真的很愛花。」

原來花海背後是這番心思。麻木想起她為每段傷痛的回憶播種的事。他們不約而同都在做著把傷痛轉化成愛的溫柔事。

一片荒地，一彎彩虹，一望無際的灰黑，一架飛機的殘骸。多麼孤清，多麼撩人，多麼絕的美。麻木看到生與死、存在與孤獨的全景。

不知不覺在那裡呆了兩小時。Te 問麻木想不想回到昨晚的黑石灘看她白天的面貌，她搖了搖頭。

「我想保留全黑觀音的回憶。那是無法用肉眼，或在任何明信片及網站資訊上能看到的絕景。我有點固執，也有點浪漫，只留住昨夜的風景就夠了。」

「你真是我見過最特別的旅（女）人。」

聽懂Te的潛台詞，麻木笑了，說：「我突然好想喝茶。」

「沒問題。」

回到酒店房間，正好是下午茶時間。Te從背包拿了一個小黑泥茶壺，兩隻小黑泥茶杯，一個黑色的迷你鐵茶罐出來。他已習慣到哪裡也隨身帶備旅行用的簡便茶具和茶葉。這是茶人的行裝。

二人漫逸地坐在小沙發上看海，這家酒店的落地大窗設計太棒了，把天和海的奢侈收進屋內。

「海真的很療癒。我一直希望能建一間像這兒一樣，大窗前就是一片海的療癒室。」麻木定定地看著遠遠的大海。

Te溫潤茶壺和杯，說：「小時候靠近南方家鄉的海，感覺舒服和自在。來到冰島，看她擁有北極圈旁的冰冷，卻被南北兩股暖流包擁著，冷暖自知的自負海洋，感覺卻是震撼和無限。我第一次體會到，冷靜能潛藏巨大的熱流，深深地牽動我的靈魂。是她的這份靈性修養了我，也治癒了我。有天我要離開這孤島的話，相信最捨不得的，應該是這個海。」

「水跟心胸很有關係。假如你只是一條小河或小溪，可能會較小器，當然它們有它們的安靜，聲音也很好聽。假如你是湖，可能容易憂鬱，因為它不動，雖然很安靜。你看有湖的地方如瑞士風景都很美，很多人喜歡到那裡退休，可那裡自殺率也相對地高。

「海是最好的治療師，像注水沏茶一樣，能量陰陽共融。人在海前能減壓、放鬆、洗滌、清理、豁開、達觀，把過去現在，身心內外清潔乾淨。」麻木說。

「海本來就是水，一點一滴落入海裡後，水點還在嗎？在，但是在哪？已無法分辨了，水點已跟海合一，沒有哪個比哪個重要了。這是海教曉我的道理：再自私和自我的人跳進海裡，也會馬上知道你什麼都不是，你原來很渺小，但是你和海是一體的。如果我們抱有這樣的心胸，便不會那麼執著自己是什麼，別人應該怎樣對待自己了。如果能像海一樣，便沒有你、沒有我，只有我們一起，不管發生什麼事情也會在一起，不會覺得自己有什麼了不起，我們不過是海裡的一滴水，但沒有這滴水，也沒有這個海。海讓我看清自己的渺小，同時也是宇宙的一部分。

「知道嗎，明白了這個道理後，我的人生便改變了。冰島的海是我的恩師。也因為這樣，我很想帶你來，跟你分享她的療癒能量。」

麻木在靜靜細嚼 Te 的話，想起昨夜的黑浪觀音情景，一直在心頭久久縈繞。

燒水壺正咕嚕咕嚕地冒煙沸騰，Te 提壺定空，沒有馬上沖泡，靜聽滾水聲音，待水靜了，才注水入茶壺。定、慢、穩、柔，神情比注壺的水更專注。這是麻木最喜歡看 Te 泡茶的一幕，他泡茶時，周遭一切都會安定下來，時間凝住，一片空靜，別有天地。

「我喜歡看你泡茶。」麻木說。

Te 微笑不語，替她斟了第一泡茶。麻木很好奇 Te 要泡什麼茶給她喝。小黑杯端到她面前，她看到杯內的白瓷清晰地映出一潭像月蝕前的滿月紅（Blood Moon）。原以為是一般紅茶的口味，喝一口，啊，居然滿口蜜香，口感醇厚，還有甘甜的回韻，非常溫婉迷人，貼心微微暖。

沒等麻木回應，Te 在背包裡掏出一個小黑布袋，柔柔地說：「這個，送給你。」

「是什麼？」麻木接過布袋，有點驚愕。

「你打開來看看啊。」

袋有點重，有聲音。麻木拉開繩索，倒出三塊大小不一的小黑石頭。她本能地把其中最大的窩在掌心，閉眼感受它的能量。天呀，是穩重感，心馬上安下來，不時心悸的她感到滿滿安全感。

「天呀，只是一塊小石頭，居然有如斯強大的能量，給了我重心，太神奇了。」

「這是在昨晚的石灘上撿的，它們記載了昨晚的浪聲和極光，當然是美極的能量。你昨夜說黑暗的存在是為了看到光明。希望小黑石能給你光明和力量。」

麻木逐一撫摸三塊光滑的小黑石，石頭互碰發出小聲音，像在私語，是非常可愛的小精靈。沒想到Te那麼貼心，給了她這麼美好的禮物。

「在人類沒有存在前，石頭已經存在了，地球有多久它便存在多久。石頭看過的肯定比我們多，它經歷風雨的能力肯定比我們強，我們要向它學習，還要學懂看到石頭的溫柔。冰島這些小黑石都很溫柔。知道嗎？一般的石頭都很硬，形狀不規則，但是海邊的石頭卻很光滑，圓圓的，為什麼？因為它每天都被水愛撫著，再尖銳，再自傲，水也能把它揉成純滑和溫柔。

「你想想，連那麼堅硬的石頭也能被水柔化，這是水陰陽結合的力量。你能看得懂海邊的石頭，你便明白什麼才是真正的溫柔。是這裡的海，這裡的石頭，這裡的孤獨，讓我變成今天你眼前這個我。」

「Te，你是個奇蹟，謝謝你給我的一切。」麻木感動了，泛起淚光。

Te再為她斟新茶。這茶泡了多遍，還是滿月紅，味道依然動人。

「知道這茶的名字嗎？」

麻木搖搖頭。

「『夕顏』，夕陽的顏色，也是花的名字。在日本著名古典小說《源氏物語》裡，有種開在一般人家牆外的小白花，名字叫『夕顏花』，它在黃昏盛開，第二朝便凋謝，淡淡的淒美。小說裡有位像這小白花般超凡脫俗的女子，可惜薄命，最終香消玉殞，是淒美的極致。夕顏的花語是：易碎易逝的美好，暮光中永不散去的容顏，生命中永不丟失的溫暖。

「記得幾個月前我們一起看過的夕陽嗎？為了紀念那天，我為這茶取名『夕顏』，名字倒沒有淒美的意思，反而是她的色澤和後韻像夕陽的紅暈。你看，茶在杯裡外圈淡紅，內裡深紅，紅暈在杯底害羞而發亮，是人約黃昏的夕陽微暖感。」

沒想過他會為紀念一起看過的夕陽為茶取名。麻木的臉悄悄泛起夕顏紅。

「我覺得它也像滿月紅，是百年一遇的奇景。喝後感到很溫暖，很溫柔，像被愛的幸福。」麻木說。

「被愛感，正是我最初品嚐這茶時的感覺。它來自台灣杉林溪，屬烏龍紅茶，經過小綠葉蟬的叮咬自然發酵，性溫，黃昏或晚間喝也不會虛寒。」

說時，窗外開始色變，一線斜陽靜滲入屋，剛好投在茶湯上，映出炫目的柔光。

「聽說，南極的極光是紅色，我的極光是昨夜的微綠色，和現在的夕顏紅。」麻木說。

紅與黑是這次回來後 Te 給麻木的療癒色譜。

麻木的心滿載著震撼的激盪，這一切像神賜的力量，把返回冰島前五個月的療傷回憶擱下，也放下了之前六百天的痛苦煎熬。緊握手裡的能量小黑石，看著面前淡定修為的 Te，她忽然記起一件重要的事情：上次離開前來不及告訴他，想和他合作替病人療傷的想法。他，便是那個高樹梵預言會遇到的「對的人」，能令她的生命、她想做的事情得以圓滿的人。

可她沒有把握能打動他，因為冰島改變了他的一生，他的心應該已紮根在這裡了。「他會跟我一起回去嗎？畢竟，我們萍水相逢。」麻木心裡想。

看到麻木走神了，Te 為她斟上最後一泡夕顏。「把最後一杯極光飲掉，然後我們吃飯去。」

「啊，果真有點餓呢，你何時變成我肚子裡的蟲？」

「你說呢！」Te 笑著起來，把茶器拿到浴室清洗，有序地晾放好，像他一樣一絲不苟但不執著的男生，應該幾近絕種。

飯後，麻木終於鼓起勇氣跟 Te 說了她想合作的想法。

「知道嗎？再回冰島後，兩次的黑夜探索很震撼，除了打開我看黑的能力外，沒告訴你的是，我在全黑裡竟確認了身上的紅印，看到自己竟是還在肚子裡的胎兒。是你幫我走出這重要的一步。知道痛處的根源，要尋到究竟便不難了。你不知道我是多麼的感恩，感謝上天讓我遇上你，感謝你帶我到全黑裡遇上自己。

「遇上你是我一生最奇妙的事蹟。你的花愛、你的茶療、你的造型觸覺、你的纖細修為、你的海浪能量、海邊石頭的溫柔，都是非常的能量，是我前所未見的優質治療養分。我是很多人的治療師，但我也幫不了自己，是你讓我重新打開自己。你擁有非一般的療癒天賦，給了我嶄新的治療方向。我很需要像你這樣的力量，假如能結合我的專業和看痛的能力，一起創立療傷空間，我深深的感到，這將會是治療傷痛的新里程。

「可能你會覺得，治療是我的職業和抱負，跟你無關。你安於在這個島上泡泡茶，剪剪髮，到海邊看黑觀音便足矣。這個我能理解。不過，我還是希望把我的想法和願望告訴你，不管你的想法如何，我都會尊重。」

Te如常的靜悄，深深看著麻木。這個女子，他早已暗裡希望能好好照顧她，沒想到她提出和他一起回去創立療傷空間。他要不要回去，是否捨得這裡，都不是他關注的問題，他更關心的，是麻木現在的狀況。

「麻木，說真的，你的提議令我有點意外。我可不知道自己原來有你說的那麼好。能讓你開懷放鬆是我最想為你做的事，不管那是療傷，還是單純地做飯給你吃，泡茶給你喝。看到你歡笑和投入地吃飯會感動，雖然你可能並不相信。

「我不是什麼療癒師，我只是在探索生命，能幫助到你相信是意外。假如你覺得我的能力能配合你的專業的話，我是深感榮幸的，只怕我能力有限。但我相信你的專業和判斷，想必你是為你所關心的人著想，並非為一己私慾，也不是為想創一番事業，重獲你以前得到的名聲。不過，我能問一個問題嗎？」

「請問啊。」

「這次你重回冰島，我很高興你讓我去接機，陪伴你左右，告訴我你的創傷，跟我來看黑。謝謝你信任我。你不用告訴我回去發生過的事，但我很想知道，這次再回來，是否已穩定了創傷的心情？過去發生的不幸是否已告一段落，還有未完的後事嗎？你是否已準備好重新開始新生命？還有未了的心結嗎？我問這些並不是想干預你的私隱，只想知道你目前的狀態是否準備好，抑或需要更長的休息時間，先療養好自己。我擔心的是你。」

「我真的沒錯看你，你問的都是一個優秀的療癒師會關心的問題。你很善良，有特別纖細的心。我真的深信我們合拍起來能幫助很多受傷痛苦的人走出來。關於我的創傷，自從知道如山的死訊後，回去花了一百多天獨自面對和整理，痛還在，但要畫上句號了。也想坦白告訴你，未了的心結是有的，就是本來我還存有一絲寄望，如山會守諾回來補償我，我還等他回來。他的死訊奪走了我最後的寄望，我和他這段歷史便畫上句號了。這傷痛會留在生命裡很久很久，不過，我想向前走。在全黑裡認出了紅印，足以為我未來要走的自療路開了步。

「我沒有當救世主的慾望，想幫人走出傷痛，是因為我深深痛過，明白痛有多苦和孤獨，即使是傷害過我的他，我也不希望他受苦。我最深的傷口是被他利用我的善良來欺騙和傷害我。但我有一個不死的信念，就是我有多痛，他也應該跟我一樣痛，因為他還有良善的本性，我寧願相信假如有其他選擇，他也會選擇別的方式。他只是太笨，但他也一樣承受著痛。

「我明白，繼續作惡或努力贖罪的人同樣不好過。人到最後，管你是善良還是大惡，只有過得心安理得才能釋懷，走時沒有遺憾。

「德蘭修女說過：『人們經常不講道理，沒有邏輯和以自我為中心。不管怎樣，你要原諒他們。即使你再友善，別人可能還是會說你自私和動機不良。不管怎樣，你還是要友善。即使你誠實和率直，別人可能還是會欺騙你。不管怎樣，你還是要誠實和率直。即使把你最好的東西給了這個世界，也許永遠都不夠。不管怎樣，把你最好的東西給這個世界。說到底，這是你和上帝之間的事，而非你和他人之間的事。』說得真好。原諒、友善、誠實、率直、把最好的給這個世界，可能只有聖人或者傻瓜才能做到，但我想，當傻瓜是我的本性。」

「記得我第一次遇見你時替你改造的髮型嗎？跟你現在這個差不多，清湯掛面的率真，因為我早已知道，單純是你的本性。」Te說。

「是的，是你還原了我的本來面目。我能這樣說嗎……我需要你，我一生沒遇過能一下子讓我看清楚自己那麼多的人，而且能一語中的替我看到糾纏三十多年的痛點，不能否認我有私心，希望你能一直陪伴我找回我自己，未來的路上我能預計需要你的幫助和智慧，你就是那個能幫我洗心革面的人。希望這樣說沒有給你壓力。我不是轉彎抹角或造作的人，坦誠自己是對你最基本的尊重。」

「那好，我們一起回去，為療傷畫出夕顏的極光。」

「真的嗎？」麻木不敢相信。「你捨得離開細心經營的理髮店，冰島給你的一切，你都可以放下嗎？我們認識不到幾個月，不過是萍水相逢……」

「到達冰島前……」Te堅定地說：「在機場我跟一個資助我來的出走基金主管碰了面，她告訴我會在出走地找到『對的人』，能令我重新上路，發掘自己想做的事。我一直以為，這個人就是讓我買下理髮店的台灣人老闆。在遇到你前一個月，我在黑石灘觀浪音時許了一個願，感謝冰島的大自然給我的一切，待我能遇上極光後，便可以放下這裡的一切回去也沒有遺憾了。遇到你後，我才發現，原來你才是那個真正『對的人』。茶教曉我要活得謙虛，而你讓我明白善良能把最好的給這個世界。我在這裡建立的一切，冥冥中好像是為你的到來而準備的。昨夜的極光給了我答案，沒有什麼放不下，回去是為謙虛地分享善良，沒有比這更願意走上的人生旅程了。謝謝你麻木，給了我這個機會。」

Te走到麻木面前，溫柔地示意握手。麻木太喜出望外，反而激動地給他一個大大的擁抱。

這夜，他們躺在各自的床上，側著身子，蓋著被子，面對面、心交心地聊天到天亮。

窗外，一輪月亮徐然升上，原來，這晚是滿月。

年底前他們一起回去。在機場，麻木忽然記起那天Te提過資助他出走的基金主管的事。

「你說的那個基金主管，是個中年日本女人嗎？」

「是啊，可你怎麼知道？」Te瞪大眼問。

「我也覺得太湊巧了。來冰島時，在機場遇到一個女人，她告訴我是出走基金的管理人，我跟她用日語交談，她跟我說了很奇怪的故事，也預言我會在冰島找『對的人』，暗示我的痛處就在胎記那裡，而她，是那時我除了自己外看不到紅印的人。她的名字叫高樹梵。」

「的確是她。沒想到，原來我們的緣分早已有淵源。我是申請出走基金來冰島的，她約我在機場一聚，她是巫婆還是先知嗎？總覺得她不像是這世界的人。但不是因為她的資助，我可能來不了，也做不到我這三年建立的和為你準備的一切。」

麻木開始發現，她的際遇都是冥冥中被安排好的。

12

沒有無辜的人

從冰島回來已半年。

「麻木樹」療癒工作室的運作已上軌，麻木和Te的合作已日漸成熟，互相建立了默契。他們一星期見客人三至五天，替他們療傷，選配屬於他們的茶，為他們重塑造型，洗心革面。

期間，麻木偶爾到醫院探望她以前當義工時治療過的長期病患者，「順道」看看近期長躺病床的媽媽。

麻木大學時代已搬離家，偶爾回家探望媽媽，幾乎每次都以吵架收場。

媽媽的名字叫原初，據說是外婆改的，紀念初月夜有了她，外公是她的初戀。聽說外公很帥，比外婆小五歲，也因為是初戀，所以外婆一直活在害怕失去丈夫的恐懼中，長期極度精神緊張，多疑不安，給了外公很大的壓力，最後他跑掉了，外婆含鬱而終。

外婆生下她後便患上產後抑鬱症，外公害怕她會抱著女兒跳樓，把女兒送給親戚帶大。媽媽和外婆的關係很疏離，覺得自小被遺棄。

麻木六歲被媽媽從京都帶回來後，便開始叫媽媽初姐，其他人都是這樣叫她的，霸氣的稱呼，之後她再也沒有叫過她媽媽。

初姐身體一直不好，自麻木上大學後便患上高血壓，近年更有肝硬化，多年來都是由麻木的醫學院師姐以心主診。麻木自冰島回來後，初姐的情況有點變壞，不時需要住院留醫。

「Dolor，初姐的情況並不樂觀。她酗酒三十多年，長期脾氣暴躁、便秘和失眠，經常不吃藥，不覆診，不合作。她的肝功能已大減。我這邊能做的已不多，你能治療一下她的情緒嗎？這會幫助很大。」

以心和麻木十多年交情，也曾是如山的同事，比麻木更早知道如山和阿柔的關係，沒有告訴麻木令她一直心存內疚，看著麻木受苦。得悉如山的死訊後，作為好朋友，她只好加倍照顧麻木的母親。

「她若聽我的話，早在十年前我已幫到她了。和她的關係世仇一樣磨人，可畢竟是我媽，不忍看著她受苦。不明白人為何選擇活成這個樣子。我學醫、主修精神科都是因為她，希望救回像她那樣不自愛的人。可再好的醫生，也無法醫好最親的和自我放棄的人。」麻木慨歎。

「這個，我懂。」以心的爸爸跟麻木的媽媽一樣頑固，肝病到最後，救不了，六十歲仙遊。死前一天還在罵她不管用，做醫生做個屁。

好像，每個人到了人生的最後階段，面貌都會變成早夭的黃昏。麻木走到初姐的床前，她正在睡覺，眉心緊皺著，放不下的心事都寫在面上了，連她自己的影子也想離棄她。三十二年來麻木都沒看見她有改變過，固執到底。從小到大，初姐不斷跟她說這些仇恨話，隨便想想都能記起好幾串：

六歲：「你再鬧著要見爸爸我便不要你，你信不信！」

八歲：「你姓原，你沒有爸爸。同學問起，你說他死了就是。」

十三歲：「他是騙子，他有罪，應該死。」

十九歲：「因為有了你他才被迫回來，最後還是走了。你沒用留不住他。」

二十三歲：「他欠我們的一世也還不清。你別認他，認他便不要認我。」

三十歲：「不是因為有了你我早已自由，犯不著被他一騙再騙。你們兩父女欠我的還不夠嗎？」同期麻木揭發如山欺騙她，再諷刺不過。

再難聽的話她都説過。算了，麻木深深吸了一口氣，這是揮掉負面記憶的急救法。她要時刻提醒自己不要墮進初姐的負能量圈套，不要重複她不堪的人生。

關於初姐和爸爸，她所知道和親眼看見的記憶碎片是這些：

她在京都出生時爸爸和他們一起住，爸爸是日語和尺八老師，初姐是他的學生。初姐懷了麻木後才發現原來爸爸是有妻室的，爸爸知道有了麻木後跟妻子分手。爸爸對初姐很遷就，很委屈，初姐要他當奴隸，説是欠她的。初姐限制爸爸的所有活動，不容他收女學生。他和妻子沒離婚，有一個和她一樣大的女兒，已搬回北海道老家。初姐不容他們有任何聯繫，也不容他對麻木太好，怕女兒會粘他、愛他，不喜歡她。爸爸和初姐一直沒有結婚，麻木覺得他對兩個女人和女兒都不負責任，不過他一直很寵她，從他身上她感到什麼是被愛的幸福。表面上她不能和爸爸感情太好，但私下她很愛爸爸，她知道爸爸也很愛她。

六歲那年，她那同齡的「妹妹」聽説病死了，爸爸説要去北海道奔喪，初姐不許，威脅要死，和爸爸打起來，爸爸説：「做人別太過分，要還你的都還了，我受夠了！」當夜便帶行李跑了。初姐一怒下帶麻木離開京都，再也沒有回去了，死也不想再見他，也不容麻木去找他，要他們脫離父女關係。六歲後，麻木便再也沒有接觸爸爸。她埋怨過為何爸爸不主動找她，要是真的愛她，應該總找到聯絡她的方式啊。

麻木埋怨爸媽感情不好還要生下她，結果沒有人好好去愛她。也怪爸爸不負責任，不清不楚便和媽媽一起，傷害所有人。更怪媽媽放不下，一生活在埋怨和仇恨裡，生不如死，讓自己和身邊人難受。

都不重要了。上一代的恩怨，真的不是她有能力搞清楚和幫助的，她連自己的生命都需要重整。目下她能做的，是盡所能醫治初姐，要是她要去了，也望能減輕她的痛苦，起碼是作為一個醫生能為她做的事。

還是那句話：不明白人為何選擇活成這個樣子。

麻木坐在初姐床邊，細看她的面容，想起今天下午客人離開後，她和 Te 坐在大窗前，繼續泡飲給客人配的茶時的對話。

「知道嗎？這半年來，我和你一起接觸那麼多個案，你每次都讓客人看到自己要負的責任，看清楚伴侶的限制、懦弱、無能、自我和難處，叫他們先調校自己的份，自己的錯。有一點我很好奇，老是搞不通。」Te 說。

「什麼？」

「你有超凡的能力看穿客人的痛，他們的問題，好像你都經歷過類似的處境。一個治療傷痛的治療師，是否必須經歷過各種的痛，才能真正明白痛，才有慈悲心去救人免於痛苦？」

「不是這樣的。有些痛，不用經歷都明白，人都有感通之性，只要你閱歷久深，有惻隱心，就能通。不過，經歷過多少痛和是否明白痛，或者是否有慈悲心去救人免於苦痛卻是兩回事，更何況，沒有人能救人免於苦痛，因為他自己本身也無法令自己免於苦痛。療癒痛的目的不在令人免於苦痛，而是如何能安然地接受與苦痛同行的人生。」

「這個，我能理解。可我還有一事不明白。每個客人的傷痛都有他自己要負責的部分，你的痛呢？你的責任又在哪？」

麻木被問起。她其實一直無法想通的，正是同一個問題。

「我能說，其實我真的不清楚嗎？我在冰島看到自己的紅印，但還沒有看清楚痛根，就是我要負上責任的那部分在哪。這些年，我一直問自己到底我做錯了什麼，為何善良、原諒、體諒、付出等等只會換來更大的傷害。我也想知道，為何說愛我的人狠心做得出欺騙和拋棄，為何我還能一而再的體諒、援助和不離不棄，為何善良的人都會遇害，人最終都要被拋棄？初姐和眼前所有的客人，不是受害者便是加害者。他們都有自己的盲點和自私的部分，這是他們要負的責任。那我呢？能做的、不能做的我都做了，最終還是沒法改變宿命。我到底錯在哪？我很想知道，也許某天你能告訴我，我覺得，你比我更清醒和單純。」

Te無法回應，也無助。他掃了幾下麻木的背，只能這樣安慰她。

「謝謝你。」麻木說。

「謝我什麼？」

「一個人能關心另一個人為何要承受看來無辜的傷痛，希望知道原因，怎樣說，必然是或近或遠地替對方痛過才會萌生的念頭，祈求替他減輕苦困。謝謝你 Te，願意和我同甘共苦。」

被麻木一針見血看穿了且說出來，Te 有點不好意思，忘了這個銳利的治療師能讀心。

「我……哪有！」轉頭專注泡茶，把差點說出口的「你值得」嚥下。麻木看著他，若有所思。

他們的關係，沒有曖昧，只有微妙，早已達至心照不宣的纖細層次。只差把感情說出口這一步而已。

「我的痛，責任在哪？」麻木重複著下午的疑問，感到很納悶。她能看穿眼前初姐的責任，但自己的呢？

捽捽頭，想不通。

病房門打開，進來一位瘦小的女人。親切的面容，清明的眼睛。

「你是阿木吧，初姐提起過你。他們都叫我光姑娘，我是常來這家醫院探望危疾患者的義工。我和初姐已很熟了，她睡了是嗎？」

麻木一眼看到她的紅印在右肩和盤骨，肩應該是勞損痛症，盤骨是舊傷患，應該是車禍或墮地的重傷後遺症。她馬上讓座給她，知道她的盤骨傷不宜站立或走路太久，每步都是痛。

「看來，你也好像看出我傷過盤骨。」光姑娘謝過她便坐下來。

「我是醫生。」

「醫生是看不出的，你有不一樣的眼睛。我來是跟初姐道別的，我要回加拿大，子女都在那邊，回來是看我的母親，送她最後一程，順便來醫院當善終義工，我以前在這家醫院當過護士呢。」

「你的盤骨傷還未好，有繼續治療嗎？」

「是災劫，一年前被一個騎電單車衝下斜坡想自殺的人撞傷，大難不死，都是因果。」

「因果？」

「我替他擋了一劫啊！他撞到我後轉了方向，反正就是死不了，住了大半年醫院，出院後一拐一拐地來跟我道謝，說沒有我他便真的死了，撞倒我那一刻已相當後悔自己做的蠢事。我休養期間想起自己曾經因為偷懶，疏忽照顧一個病人，令他的腿傷惡化，最後差點要割掉。他後來只能一拐一拐地走路。說來像是他來向我討債一樣。這世界沒有無辜的人。」

「你……怎麼知道是這樣？」

「在醫院呆久了，看多了生老病死，各種面孔，各色人品，人生便沒有真正的秘密。人為什麼會病？不就是幾個原因：貪心、懶惰、迷亂、逃避、害怕、軟弱、惡毒，每個病房裡都是這些病，不是其他。兇惡的人一個念頭都可以殺死人，善良的人總是代罪和受苦。這世界啊，沒有單獨的人，都是互相影響，你替我擋劫，我替你代罪，誰都逃不了彼此。你看地球快毀滅了，誰敢說與自己無關？」

麻木無言以對，似懂非懂。

「初姐脾性太硬，表面像全世界都欠了她，心裡卻知道她一直虧欠了你和其他人。唉，但願她能放下仇恨，好好走完這生。她睡了我就不留啦，是時候由你來幫她善後，這都是女兒的責任。我回來也是替母親善後，每個子女都應該做的。」說罷拍拍麻木的手臂。

「她不聽我，我幫不了她。」

「你先整理好自己，就能幫到她。一個人未能穩定，怎能幫助人？」她向麻木道別。

麻木沒想到原來初姐覺得虧欠了她。從病人身上，她看得很清楚女人都是口不對心的，推斷初姐也一樣，也不足為奇。只是，不相信她會在光姑娘面前承認而已。

「這世界沒有無辜的人。」光姑娘的話一直浮現麻木的腦海。這就是給她的答案嗎？麻木更不安，她要為自己的苦難負上的責任到底是什麼？

「人生有很多事情都沒有答案，無法多問，別執著善有善報或惡有惡報。事情啊，往往看不到因便有了果。想不通時便喝老茶，老茶會告訴你。」突然閃出 Te 引述過他爸爸的話，恍然大悟，忽然輕鬆下來了。也許自己真的像陽台貓貓笑她的那樣，想多了。

初姐醒來。

的小抽屜。

「來了？幫我看看手機，好像壞了，一個星期都打不開。」初姐撐起身來，指向床頭

「吃了藥沒有？背還痛嗎？」

「先幫我看看手機好不好，怎麼一來便用醫生的口吻！」初姐沒好氣，如常，正準備發脾氣。麻木順著她，跟她爭是不智的。拉開抽屜取出手機檢查，應是電池壞了。「我去買新的電池回來吧。不過先吃藥，我要看著你吃藥才走。」

初姐和麻木爭持了一會，累了，邊罵邊把藥吃掉。麻木弄濕了毛巾替她抹身子，按摩雙腿，然後不想聽她多嘮叨便走了。

踏出醫院，麻木舒了一口氣。發了短信給 Te：

麻木：能喝「惦惦念」嗎？

Te：哈，惦念我？

麻木：我需要老茶。

Te：現在？

麻木：啊，都忘了，已很晚，方便嗎？

Te：我還在工作室，隨時上來。

平日見完客人，她有時會提早離開到醫院或老人院做義診，有時去電台當嘉賓主持，通常 Te 會留在工作室打理花，整理茶和造型工具，或在他自己的房間裡處理私事，有時會跟助理 Candy 聊聊天，教她準備和清洗茶具的技巧。Candy 是個單親胖媽媽，有兩個孩子，跟隨麻木已四年，麻木曾幫助她走出壓抑十多年被丈夫拋棄的傷痛，給她工作支持她獨力帶大孩子的生計，她視麻木為大恩人。

今天，Candy 的父親老人病病發入院，她提前離開，Te 幫忙留守到辦公時間完結，接查詢的電話和留言等等。

Te 知道麻木對他們下午的對話難以釋懷，他可以做的，大概如他爸爸說的，在想不通時，喝老茶。他很高興麻木記住了，跟茶也建立了親密和信任的聯繫。

麻木來了，告訴他關於光姑娘的故事。

「這世界真的沒有無辜的人？坦白說，我無法接受善良的人被傷害，都是他們作過業的報應。」

「這個，我也不懂。我不是大師，也沒讀過多少佛學或哲學。不過我覺得，你相信什麼，你便會變成什麼。你也認同德蘭修女，相信不管人家怎樣看待你，你寧願原諒、友善、誠實、率直、把最好的給這個世界的話，你便會成為那樣的人。無辜也好，作過惡也好，現在你的心是黑是白，是善是惡更重要。像這老茶，你先喝一口，看感覺如何。」

麻木喝了一口。口感和韻味都比上次在冰島喝的「惦惦念」細長和原始，土地和樹木的味道堅定且內斂。像跟一位老智者靠著坐，平靜地看海。

「這不是『惦惦念』，它更沉厚和內斂，像直接跟茶樹在對話，很安慰的感覺。」麻木閉上眼睛深深感受這茶的本性。

「你很敏銳。這是普洱陳茶，六十年茶齡，比你我都老，樹齡可上千年了，是罕有的茶，我爸的收藏。

「它比你大二十多年，假設你就是這老茶，出生前二十多年作過惡，譬如傷害了愛你的人，今生受的苦是償還那二十多年前的業，你為此內疚、悲傷、否定自己，或覺得自己活該，沒資格難過。把前生作過的惡背負到今天，你的味道會是怎樣？苦酸霉味肯定都盡跑出來，是壓抑、難過和喪氣的味道，不會好喝。但假如你不執著那二十多年或之前千百年的你，謙虛地活好今天的你，你會醇化，成為這杯內斂、安慰的茶，前塵往事不能動搖你的底蘊。

「現在你想做個怎樣的人，選擇怎樣對自己對人，能決定你和過去的牽扯是否能終止。你現在要善良，你這杯茶便是沉厚回甘；你要是放不下過去，這杯茶便生澀霉酸。老茶是你的鏡子。

「是不是有點裝智者？不，都不是我想出來的，這些都是茶樹告訴我的事。」

麻木好像明白了，眉心寬了。「Te，到底你是哪年出生的古樹？我看你是千年樹精了。我要好好記住這老茶，它為我解心結了。它有名字嗎？」

「這老茶叫『放下』。」

麻木再度驚歎 Te 替茶冠名的功力。可剛放下手裡的茶杯，她的手機留言訊號便響起，屏幕上是一段用日文寫的、令麻木心臟停止的信息：

小麻木：

打擾了，你可能已忘記我，
我是你的姑姑，
你小時候我偶爾來你家跟你玩過幾次。
因為這幾天無法找到你的母親，
我拜托她在這兒的好友幾番努力才找到你的電話。
昨天，
我們在家完成了你爸爸的葬禮，
他臨終前託我轉交一樣東西給你，
抱歉給你這個不好的信息。
收到留言後請回覆以便詳談。
祝安好！

麻木的姑姑

京都的姑姑？爸爸的葬禮？意味著本來只剩下回憶的爸爸將永遠只留下回憶了。一分鐘前剛寬鬆的心一下子又緊閉上。這幾年間突如其來的噩耗委實太多了。世事無常，難以置信，連眼淚已悄悄淌下來也不曉得。

13

初姐的秘密

今天醫院的氣味有點血腥，麻木進來時剛好碰上被送進急救室的幾個血淋淋的傷者。看到滿身的紅印，是刀傷，互相撕殺的場面。經驗告訴她，他們幾小時後便沒得救。生命本來便脆弱，加上暴力和慾望，生命變得更沒有尊嚴，這是人類歷史上沒有停止過的自製災難。

麻木帶了新的手機充電池來，也帶來不知對初姐而言是好還是壞的消息。

「爸爸去世了，姑姑告訴我的。」麻木單刀直入，她知道在這個硬心腸的女人面前，一切修辭都是徒然。而且她真的猜不透初姐的反應，是如願以償還是更不甘心。

初姐的反應是出奇地安靜，平時不停地埋怨和說髒話的她，百年一遇地沉默。

麻木陪她沉默，看窗。半小時後，麻木打破靜局：「要不要回京都看看？」

麻木沒有告訴她爸爸有東西要留給自己，怕她看不開。接到消息那夜，她和 Te 談過，Te 說願意陪她去一趟京都。他們已決定下星期出發。

「他怎麼連死也不親自告訴我？」沒想過初姐第一句回應是這樣。她的聲音很低沉，像變成另一個人一樣。

麻木聽得出，她在絕望地怨恨，怪爸爸沒有給她最後的面子。

「麻木，你走吧。」

麻木知道初姐想冷靜，基於謹慎，她拜託相熟可靠的護士多關顧她一下，她明天再來。

她希望能帶初姐到京都，回到他們最初的家，一起生活過的家，重新面對過去，整理現在，向爸爸說再見。

第二天晚上，麻木再到醫院。

初姐依舊安靜地躺著，三十多年來，麻木從沒見過不罵人、不埋怨、不開口的初姐，感到不習慣也不安。

「初姐，我想返回京都，看爸爸最後一面。你……想跟我一起去嗎？」

初姐靜默了足足十分鐘，麻木只好說：「不想去沒關係，我去弄濕毛巾替你潔身。」

初姐突然打破沉默：

「你外公跑掉那年，你外婆把我從親戚家帶回家，我變回有媽媽的小孩。她從此每天都跟我說外公的不是，說他不是人，沒良心。我很討厭變回她的女兒，既然一開始便離棄我，我更希望自己是個孤兒，樂得清靜。

「你外公長得帥，你外婆最害怕失去他，天就是愛整人，你愈是害怕愈會失去。沒想到我也步入你外婆的後塵。大學時的初戀，和他四年，承諾給我婚姻，我連婚紗都設計好了。畢業那年，他一聲不響便跑了，說我們性格不合，其實是有了新歡，竟然是我大學的同窗，最好的閨蜜。你還能相信誰？

「為了離開傷心地，我去了日本，那個我們約定度蜜月的地方。心碎地去學日文，老師是你爸，他對我一見鍾情。我情傷需要安慰，他打動了我。很快我便迷上他，迷上他的藝術修養，迷上他吹尺八給我聽。他變成我的全世界。他知道我剛失戀，對我特別貼心，說以後也不會再讓別人欺負我。我們避開其他同學，偷情一樣私約會，上課時偶爾的眼神流露被同學識破，他為我調班，我感到幸福。終於遇上一個真心愛我、體貼我的男人。

我相信他多於相信我自己。

「熱戀一年，我懷了你，噩夢便開始。有天一個妒忌我的女同學遞來一張照片，給我一個可惡的笑容。一看，心都停了，是他和一個女人的結婚照。傳統的日式婚禮服，像電影那樣的劇照。我不相信，懷疑是那同學的惡作劇，拿著照片給他看，說他的學生太可惡。可是他居然認了，說對不起，是他的錯。我的宿命來了，馬上回到地獄去，痛不欲生，要一屍兩命死給他看。他抱著我說愛的是我，對妻子已沒有感情，真的對我鍾情，他會處理好，馬上跟她離婚。

「人是留下來了，心卻已碎了。

「你外婆嫁了一個跑掉的男人，我和一個瞞著我的已婚漢懷了孩子。」

說到這裡初姐已很累，示意麻木給她喝一口水，再躺下去。

麻木遞過水，萬萬想不到，初姐會跟她說這些。冷血無情的初姐，心是如何粉碎過，麻木還是第一次知悉。像聆聽她的病人一樣，只是面前的，竟然是她暮靄沉沉的母親。

「這些往事，都是你大致知道的。可是，有一個真相我沒有跟任何人說過，連你爸都不知道。」初姐的表情很痛苦，落寞得像等待腐爛的死貓。

「在我還沒有和你爸在一起前，我已知道他是有妻子的。他沒說，我沒問，不想失去他，經不起再次被拋棄的傷痛，我多番設計讓他不能自拔地迷上我的機會，我要成為他最後的女人。我要證實我的愛能留住一個男人，不要重複你外婆的命運。我等他承擔，他若真的愛我定會處理好。結果，他真的愛我，但他沒有處理好。

「你爸愛我，覆水難收，為我拋棄同時懷孕的妻子，留下來陪你長大，一眼也沒有見過另一個女兒。是我不容他去見，迫他必須和妻子斷絕來往，只能有一個家，一個我，一個女兒。我其實害怕他多情，會心軟，放不下。剩下的事你都知道，也看到了。你六歲時是我不讓他回去看女兒最後一眼的。誰都覺得我是惡人，沒有人知道我有多害怕和軟弱，曾經有一刻我也不忍心過，內疚過，但我更害怕他離去後便不回來了，我不能失去他，也不能讓你失去爸爸，只好狠心令那個女兒沒有爸爸，是我令她見不到爸爸便死去的，她和你同齡啊。可他還是不守諾言離去了，懲罰他的最好方法，便是令他同時失去唯一的兩個女兒。但我沒想到，同時也令我和你都失去他。」

初姐由始至終沒有正視麻木的眼睛，一直對著床尾的小餐桌喃喃自語。

「知道我為何把你的名字改成『麻木』嗎？」

「小時候你説過，因為爸爸不配當我爸，他的姓氏只能排在你的姓氏後面。」

初姐搖搖頭：「我叫他是喊姓氏的。」

麻木知道日本人對關係疏離的人才會直呼姓氏，但初姐卻借故天天叫著她（和他），可見初姐對他的感情有多矛盾。

「那你每天喊我其實是在喊他了？」麻木瞪大眼睛。

「又怎樣，他還是聽不到。」初姐說罷閉上眼，再也不想睜開了。

麻木現在才明白，原來昨天她那句「麻木，你走吧」，是說給爸爸聽的。

終於說出收藏多年的秘密，或者該說的都說完了，初姐已太累，氣若游絲，很快便睡著了。

兩年間，麻木像治療師一樣聆聽兩個最親的人剖白自己最痛的過錯，跟她自己緊密相關的故事，句句入心，也句句穿心。

原來初姐很清楚自己並不是無辜的受害者，她有要負的責任，有犯過不能原諒的錯，她都清楚，收藏著內疚的心二十多年是怎樣的滋味，麻木現在明白了，難怪初姐終年要以暴躁來對待自己和她，為的是掩飾自己要負的責任和說謊的錯，把責任全推到爸爸身上，演好受害者的角色，自欺欺人。她和爸爸都是說謊者，沒有誰是清白的。

這世界沒有無辜的人？又是這句打擾心頭的話。

這個女人，這些年，這一生，到底是怎樣分裂地耗過去的呢？

業一場。

手機留言響起。

Te：初姐可好？別太累，早點休息。晚安。

收到 Te 晚上的問候總能令麻木窩心，可今晚她卻無法睡好。

第三天早上，寂靜的初姐行動了。趁大嬸收了早餐餐具，護士查過藥已吃，醫生巡完病房後，她偷走了。到 7-11 買了酒回家。腦很靜心很冷也很痛，欲哭卻無淚。

她找了一個白信封，封面寫上：「帶這個過去給他，媽媽對不起你。」然後，從衣櫃的上鎖抽屜裡取出一支銀色金屬殼記憶棒，把它放入信封裡，平靜地封了口。

沒有多等一刻，沒有猶豫，自負的她，把悄悄藏起來的大堆藥丸倒進口裡，用酒灌服，狠狠地一次過把整瓶 Absolut Vodka 乾了。燒喉燒心燒肝燒腦的感覺原來真的很要命，這樣完結就好。由抵家到乾瓶，花掉不足二十分鐘，整個過程，冷靜得像沒有呼吸過一樣。她還是她，徹頭徹尾的初姐本色。

倒在床上，初姐擠出最後一滴眼淚：「你還在逃我嗎？我這就來找你。」

麻木接到初姐失蹤的通知時已是下午，心覺不妙，她以前從沒試過私自離開醫院的。她有點內疚，應該陪著她。趕回初姐家已黃昏，看見初姐躺在床上，反著白眼，身旁倒臥空酒瓶，手裡提著給麻木的信封。麻木馬上召喚救護車，送抵醫院時她已去了。以心在，跟麻木說：「過量酒精，急性肝衰竭，多重器官衰竭，播散性血管內凝血，全身內外出血，抱歉。也許，既然是她的心願，讓她一路好走吧。」抱了冷靜的麻木一下後去處理死亡文件。

沒想到初姐會以這種方式結束自己，比她趕先一步去見爸爸。她還是那麼任性，一意孤行，自把自為，是個衝動、未長大的少女。大概她的世界一直停留在二十二歲。

麻木延遲赴京都，先處理好初姐的身後事。Te 一直默默在旁幫她打點一切，給她溫柔的支持。

臨出發前兩天，麻木才打開初姐留給她的信封，倒出一支記憶棒，好奇初姐要給爸爸的是什麼。

打開電腦，是數不盡的錄音檔，錄存的時間都在深宵，竟連跨二十多年。她是怎樣把舊時代的錄音轉到這個時代的記憶棒呢？可以想像她曾為保留這些紀錄花過多大的心思，反映她有多重視這些錄音。麻木抽樣打開收聽，盡是向麻木爸爸哭訴的音頻記錄。

－你明知當時我剛失戀，受盡情傷，怎能忍心雪上加霜，欺騙我的感情？

－沒想過你有妻子還跟我上床。你粉碎了我的夢，你一定要償還……

－我只想要一個婚禮，你承諾過，欠我的。我不求婚紙，為何都不能給我？

－我等了你十年，等你主動找我，你卻忍心一直不理我，難道要我放下面子，低聲下氣求你回來嗎？負我的是你啊……

－我們的小麻木十八歲了，我還是狠心假裝不記得，她今天黑著面。是你欠她的生日祝福，等你回來償還她……

－罵女兒罵了二十多年，喊她時我是在喊你呀，每天每天，一直一直，你真的聽不出來嗎……

－今天麻木罵我喝太多酒，我故意告訴她，我往死裡喝，要死給你看……

－等你二十多年了，你的良心餵狗了嗎？你在哪裡？死了嗎？死了也得回來還債啊……

—只要你回來，什麼都原諒你，真的，只要你回來……

—是我欠你的，還是你欠我的？轉眼幾十年，折磨催人老，你還在生我氣嗎？給我一個回音，我便心息……

—我這生把最好的年華和愛都給了你，換來這個結局，我死不瞑目，我死不瞑目……

都是心碎話，有很多檔只有哭聲，麻木都不忍心聽下去了。到底初姐這三十年是怎樣耗過去的呢？每天罵人、埋怨，借故喊她的名字，原來是在想念爸爸，就是放不下面子，就是固執。固執害死多少愛？她只想要一個婚禮，不求婚紙，只求他回來，可一生都沒法如願。爸爸為何不理她，也不回來呢？他們之間到底是怎樣的糾結，到死不往來？

是她太可憐，還是自作業？

檔案清單的最後，是一張她和爸爸的合照，拍攝時估計是他們剛相戀的時候，初姐一身漂亮的和服裝扮，跟穿便服的帥氣爸爸挽臂在保津川畔渡月橋背景前，二人笑得很甜蜜，臉上映著夕陽紅。

多少個孤單難耐的深宵，初姐在乍剛乍柔的心上刻下半生的苦戀？一支冰冷的記憶棒，二十載絕望的情書。

似曾相識的碎片，女人的情傷血淚史，大家都一樣。

出發京都前，麻木在她的病人記錄匣子裡為初姐開了一個新檔，精簡地總結了她的一生：

出生後媽抑鬱，由親戚帶大，六歲爸爸離家出走，被媽領回，十八歲初戀，二十二歲失戀，出走日本自欺愛上已婚日本男，次年懷孕，關係撕裂，二十四歲生女兒，強勢、壓迫、暴躁、佔有。三十歲一拍兩散帶走女兒，決裂、苦等、積怨二十多年，五十六歲結束生命，懲罰自己回不了頭的錯，帶走無法如願的遺憾。

麻木現在才明白，初姐含恨而終，不只是因為爸爸沒有找她，而是無法接受自己，深知自己也有錯，卻死不承認，沒面目見爸爸，只好用恨來掩飾，其實更恨令兩個女孩沒了爸爸的自己。

整理初姐的遺物時翻出她的手機，才記起原本要替她更換充電池一事。替換了已充好的新電池，重新上線，留言提示的嗶嗶聲便響起，沒想到，竟然是爸爸。

我的初初

抱歉等不到最後，
夢想過能再見時跟你說這句話，
可我要先走一步了：
我愛你，一直一直。

赤心

是爸爸臨終前留給初姐的簡短遺言，大概是費了最後一口氣寫成的。初姐一直埋怨他沒有找她，等了一輩子，在人生最後幾天收到了，卻錯過了。有些感情是不能逆轉的遺憾，命中註定必須錯過，你就得錯過。

14

爸爸的遺言

爸爸的名字是麻木赤心（あさぎ　あかしん Asagi Akashin）。「赤心」是古漢文，三國時代已出現，對主上解忠心，對朋友解真心。

麻木一直暗暗喜歡這名字，因為在她的印象裡，爸爸是個懂得用真心去愛的人，起碼在她出生到六歲期間，最親的人是爸爸，最疼她的人也是爸爸，是他一手帶大她。爸爸離開後，聽多了初姐長期的洗腦式負面惡評，對爸爸的觀感便改變，開始埋怨他，覺得爸爸不愛她才拋棄她和初姐，是個不負責任的男人。你靠近什麼人，你便變成什麼人。

麻木和 Te 抵達京都已是下午四時，從車站徒步不到十分鐘，在西本願寺附近，是麻木小時候的老家，傳統的日式兩層町家建築。麻木按門鈴，麻木的姑姑碎碎步走出來迎接她。

「啊，長那麼高了，認不出來啦，那時候你還是那麼小的。」姑姑笑著把手放在她屁股的高度，她看起來比初姐更年輕，完全不像七十歲的老婆婆。

對姑姑，麻木感到既熟悉又陌生。她很親切，領他們進屋，讓他們安坐在小廳中的矮桌前，熱情地遞上紅豆糕點和熱騰騰的玄米茶。

「這房子你還有印象對吧，你是在這裡長大的呢。你爸爸這些年一直在比叡山寺裡住，我不時來打掃一下，他的書房我幾乎沒碰過。抱歉今天我女兒有事情，我需要替她接孫兒放學，已經晚了很多。其他的事情我們找天再細談好嗎？」說罷遞上一條鎖匙給麻木：「這兒的門匙留給你，你什麼時候離開便通知我，我的家也在附近。真的不好意思。比叡山的法師聯絡我，說有東西要親自交給你，這是他的聯絡方式。」姑姑給她一張小字條，上面有一個電話號碼和法師的名字。

「沒有沒有，是我打擾了你才是，真的不好意思。你先去忙，我們自己呆在這就好。

過兩天再跟你聯絡。」

「廚房的冰箱裡有水果，你們隨便不要客氣。啊，真的不好意思，那我先離開啊，真的不好意思。」姑姑再三的點頭便匆匆離開。沒想到是那麼匆忙的短聚，算來她應該是麻木世上唯一的「親人」了，卻沒有什麼想跟她說，感覺麻木。也許這是最好的安排，離開日本太久，一下子不太習慣過分客套的日式溝通，但對姑姑的禮遇還是很感恩的。

「過幾天去探望她吧。整天舟車勞碌你也累了，你想再喝一點茶嗎？」Te 體貼地問。其實他也很累，這些日子不停地為麻木奔波，打點一切，當司機，當助理，當廚子，借肩膀，借耳朵。

「我想喝咖啡。」麻木呆呆地說。

「好。」Te 到廚房搜了一會後出來說：「廚房沒有咖啡。我到外邊買吧，順便買一點食物回來，還是你希望外出吃？」

「我想呆在家。」麻木無法多想，只覺得突然需要一點咖啡因。

「你什麼都不用管，呆在這兒，等我回來就是。」Te 總是明白麻木當下的需要。

Te 拿了門匙，輕輕的拉上門。麻木一個人呆在住過六年的老家，走遍每個角落，撫摸每件傢具。下層小廳主要是空洞的榻榻米席，一張矮桌、一個雜物櫃，櫃上放著古老的按鍵式電話，幾乎沒有其他東西了。往裡面是廚廁，還有木梯子往上層。麻木踏著咚咚的木梯聲，慢慢走到上層，是兩個小臥室。麻木記起，小時候她跟爸媽一起睡一室，另一個室是爸爸準備教材的書房，也是他修理尺八的工作間。打開睡房的衣櫃，還留著幾件應該是初姐和爸爸的便衣，一些應該是她小時候穿過的衣物，該是三、四歲時穿的吧，很小，摸在手裡，閉目感受小時候的自己。衣櫃旁邊還有一個雜物櫃，放著家用品和一兩件玩具。

走進爸爸的書房，兩邊牆是放滿日文書的書架，屋子外面有個可晾衣的小陽台，可通風。打開竹簾，透入微微風，微微光。窗外的樹影灑在榻榻米上，馬上為死氣沉沉的屋子帶來一點氣息。

她在桌前坐下來，細看書桌上的物件。毛筆、鋼筆、一個布娃娃，是她的玩偶嗎？幾本日語教材書。打開小抽屜，看見一個精巧的桃木盒。打開看，有一隻鑽戒，是初姐的嗎？下面是一本翻舊了的和紙筆記本。麻木把它抽出來，翻開第一頁，竟是奪目的名字：はらへ。

はら是「原」，麻木跟初姐的姓，音 Hara，是麻木爸爸喊她的方式，小時候常常 Hara Hara 的輕輕呼喚她。

這是爸爸寫給自己的遺言嗎？倒是意外的驚喜，姑姑只說過爸爸有東西託寺裡的法師交給她，可沒說過原來還有留言，也許姑姑都不知道。馬上翻開逐頁細讀。

果真是爸爸多年來寫給自己的隻字片語，句子很短，都是向女兒透露的心底話，自她出生寫到她離去後的十年左右便沒有再寫下去，大概是因為之後去了比叡山，極少回來。麻木翻到這些片語：

我的小Hara：

喜歡這樣叫你，
可愛如你的小胖胖肚子。
告訴你一個秘密，
這可是你媽的姓氏啊，
日後叫著你，就如在叫你媽一樣親切，
你猜她是否聽得懂？
要為爸爸保守這秘密啊，
我們打勾勾。

爸爸

我的小Hara：

回到你媽身邊是我的決定，不是你媽迫我的，是我欠她的。
我決定守在她身邊待產，不惜拋下懷孕的妻子，
因為我真的很愛你媽。
我帶罪，負了髮妻。
每個月，你媽會讓我到東福寺教授尺八一天，
知道尺八是修行的樂器嗎？
我很感謝她，給我借來為自己贖罪的機會。

爸爸

我的小 Hara：

今天聽到你喊第一聲爸爸，
我高興得差點哭出來。
謝謝你為我帶來的一切，
支撐我艱難地過每一天。

爸爸

我的小 Hara：

抱歉今天無法阻止你媽罵你，
我知道不是你的錯。
希望你長大後能體諒你媽，
她生下你後便抑鬱，
天天說要報復，對我兇，
我甘願承受，是我該受的。
希望你原諒她總是罵你「死麻木，死麻木」，
我知道她語帶雙關，
又是日文又是中文在罵我。
對不起，求你原諒。

爸爸

我的小 Hara：

真開心呢，你喜歡我今天為你吹的尺八本曲「三谷」，
希望你長大後，明白人生就像高高低低的山谷，
三回起伏，還是要回到本位。
你將來長大了，有悟性的話，會明白。
爸爸不跟你講太多，
我本是帶罪的人，
沒資格教你什麼。

爸爸

我的小 Hara：

你是我帶大的，
你知道我一直很疼你，
今天忍心離開，
我想你知道，
爸爸是迫不得已。
我是罪人，
但我沒有停止愛你，
期待很快再回到你身邊，
你會等爸爸嗎？

爸爸

我的小 Hara：

一年了，你和媽過得好嗎？
我好想你。
你妹妹腦炎救不了，
她未出生，我沒有盡過父親的責任，
她去了，我能做的是去看她第一眼也是最後一眼。
為了補償給你媽和你的愛，
我無法對另一個女兒付出愛，
你能明白爸爸的痛苦嗎？
我無能為力。
我能理解你媽不讓我去見她最後一面，
但我過不了自己的良心，
你能原諒爸爸嗎？
我在等待和你們重聚。

爸爸

我的小 Hara：

對不起我的女兒，
我不應該把我和你媽的事傳達給你，
你應該快快樂樂地生活，
擁抱世界的美麗。

爸爸

我的小 Hara：

我知道你媽在恨我，
我沒面目求她原諒我，
沒資格提出回來的請求，
我在等待她的原諒。
你們回去已經第七年了，
她還是不肯回我的生日祝賀短信，
只要她不再生氣，
回應我一下，
哪怕是一句咒罵，
都是一個希望。
Hara Hara，
她真的那麼恨我嗎？
真的不能原諒我嗎？
你會原諒我嗎？

爸爸

……

我的小 Hara：

我知道她禁止你接觸我，
我明白我留給你的印象很模糊，

你的成長裡沒有爸爸，
都是我的錯。
明天我會到比叡山修行，
那兒很安靜，
有你喜歡的雪，
每年你的生日，
我會在那兒吹你喜歡的「三谷」給你聽。
待我清理好自己，
希望有生之年能和你重聚，
但願你能明白我退隱的選擇，
我想活得謙虛一點。

爸爸

……

麻木抱著爸爸的筆記本痛哭，沒想過他對初姐和她一片赤心，如他的名字。

Te回來，看見麻木哭成淚人。放下手中的拿鐵和食材，趕忙上前安慰。稍為冷靜下來後，麻木給他看爸爸的筆記本。

「原來我爸一直愛著初姐，等她的原諒，一直希望能回來跟我們團聚，是初姐誤會了他。」

Te看不懂日文，問第一句小Hara是指什麼。麻木解釋那是初姐的姓氏，也是她的姓氏。

「為何爸爸會叫你的姓氏，而不是名字？」

「日文『原』的發音跟『腹』是一樣的，他說叫我Hara是指我可愛的小胖胖肚子，也是我媽的姓氏，叫著我就如在叫我媽一樣。」

「他和你媽一樣，都是藉著叫喚你來懷念對方。叫你Hara，應該也是向你媽釋出善意和尊重，感恩她腹懷十月生下你，可惜你媽不領情也聽不懂。」

「愛太容易，相處太難，表達更難，其實我們都不懂。」麻木也想起自己的愛。

第三天早上，他們從京都車站出發坐巴士到比叡山的延曆寺。一個多小時的車程，後半程都是迂回的進山路。到達比叡山前，山頂崖邊出現一所夢幻的法式白屋酒店，突然歐洲的感覺，跟千年修行地的原始山林風貌有點格格不入。麻木在想，到底什麼遊客會來京都住進這麼偏遠的法式酒店呢？進寺的人大可以住進寺內擁有琵琶湖景的美麗會館啊，真是想不通。不一會，巴士便到達延曆寺的入口。

比叡山和延曆寺幾乎是同義詞，它們早已是一體，是日本佛教的發源地，一千二百多年歷史的世界文化遺產，由橫跨大片山頭的東塔、西塔和橫川三處修行地組成。

他們的目的地是西塔。入口處是東塔，售票嬸嬸說可以從東塔走路過去，路程一公里，也可以坐寺內的穿梭車。看過地圖後，麻木提議不如徒步過去，想在山林裡走走。

離開東塔後遊客已大減，因為大多數人都會選擇坐穿梭車，所以步道特別寧靜。這樣就好。兩人靠著靜靜走，沒有說過一句話。沿途是大片參天杉木林，高聳而沉寂。走了差不多一小時，前面便是莊嚴的淨土院，是最早在比叡山修行的傳教大師的墓所。再走沒多遠來到親鸞聖人修行之地，再往前走便是西塔著名的釋迦堂，是山中最古老的佛堂，正面橫排著一列共七對古樸的大木門，淡定地壯美，門上淡淡的紅漆稍現破落，歲月原是修行的痕跡。

按照法師在電話中的指示，他們要找的地方應該就在附近了。在釋迦堂前合十過後往右走，傳來陣陣沙沙聲，正好有位年輕和尚在掃落葉。麻木上前問路，年輕和尚友善地帶路，不遠處便是居士林研修道場，法師約好他們見面的地方。年輕和尚帶他們進入旁邊的事務所，裡面另一位和尚讓他們稍等一會，給他們端上冰涼的凍梅茶。一個小時的盛夏山路程，即使山林有涼風，還是冒了一身汗，這杯凍梅茶來得正合時。

不一會，法師笑容可掬地步出，合十歡迎。他看來很年輕，笑時幾條眼尾紋加添了傻氣。

「是麻木小姐吧，辛苦了。」

麻木向他介紹了Te。

「麻木先生生前每天都在旁邊的法華堂唸佛修行，很用功。」法師說罷，從口袋裡掏出一個雅緻的小松木盒。

「這是麻木先生臨去醫院前，挺著病堅持在堂前的錄音，拜託我等你來給你的。我佛慈悲終於把你帶來了，相信麻木先生會很安慰。你想現在聽的話，可以用那邊的電腦和耳機。我在這邊屋子裡，聽完後可以來找我，你們請自便。」客氣的法師合十後便回屋子。

「好的，謝謝你法師。」

麻木打開木盒，典雅的黑色絨墊上安放著一張小小的記憶卡。Te體貼地幫她在電腦上打開，為她戴上耳機。

是爸爸吹奏的兩首尺八本曲，第一首她認得，是兒時他常吹給她聽的「三谷」。開首幾個音符剛奏出，眼淚都掉下來了，和爸爸一起時的情景馬上湧現，可惜回憶是褪色的淡黃，記得起的難以抓住，記不起的早已飄瞥難留。第二首是她沒聽過的曲子，旋律優美，帶著點點哀怨，音色嗚咽婉轉，令人心頭震動，曲中有不少觀息的空間。

然後，是爸爸的聲音：

我的小Hara，
這是你小時候喜歡的「三谷」，
另外一首曲叫「手向」。
手向是合十的意思，
是向人、向生命感恩，
向亡魂致敬的修行本曲，
是爸爸最愛的曲子。
抱歉沒送過什麼給你，
這是爸爸送給你的禮物，
祝福你擁有健康快樂的人生。
爸爸愛你。

這是爸爸最後留給她、二十多年沒再聽過的聲音，有點沙啞，卻親切無比。

他真的離開了。

這兩天第一次體會到爸爸的痛。他愚笨地以為一心調好了自己，便能補償她和媽，卻沒有機會了。在比叡山修行一直沒有正式出家，就是為等待和她們重逢的機會，償還應還的債。

他以為只要她主動找他才表示願意原諒他。只要得到她的原諒，他才能給她幸福。他一直準備回來和她們一起生活，只是覺得沒資格要求或懇求，只好聽上天的安排。他和初姐一樣笨，明明想見對方，希望在一起，彼此卻浪費了一生等待對方先開口。

把愛拖垮了，把生命浪費掉的原來不是恨，而是把自己活埋於自閉中的空等待。

還有比這更愚笨和遺憾的愛嗎？

麻木抹了眼淚，Te 掃了幾下她的背。麻木叩門找法師。

法師出來，示意助理泡茶，然後返回屋子取出一個修長的黑布袋。

「這是麻木先生留給你的。」麻木脫下黑布袋，是一支深褐色的標準尺八，竹子密度高，有點重，竹身上有猶如水墨畫的天然竹印紋，應該是支老竹子，會發聲的古董。

法師的聲線謙虛內斂：「麻木小姐手上這支尺八是麻木先生生前一直使用的，應該有幾十年歷史了。知道尺八的歷史嗎？尺八由中國的盛唐東傳日本已一千兩百多年，和延曆寺一樣久遠。江戶時代它是虛無僧修行的法器。麻木先生來這兒專心唸佛修行十多年，他選擇以尺八修行，最愛吹奏『虛鈴』，那是尺八最古老的曲目之一，吹禪的代表作。麻木先生吹尺八時意境禪空，導人冥想內觀，淡入空性，能令寺內所有同修馬上氣凝神往。知道嗎？尺八的泛音能直接在身體產生強大的震盪，喚起感動心靈深處的能量，淨化身心。曾經有尺八大師說過，要吹好尺八，必須先對自己好。我們這兒幾位法師都是麻木先生的尺八學生呢。」

「謝謝你告訴我爸爸的事。真慚愧，作為女兒我對他一無所知，真不孝呢。關於我爸爸，我知道他三十多年來一直為自己的過錯贖罪，入寺修行但不忘等待能回來和我媽復合的機會。我媽其實也一樣，可是他們都沒有行動，一直被動地等，最後大家都錯過了。我感到很難過。法師，你能告訴我吹尺八有用嗎？修行有用嗎？好像最終都無法改變什麼。」麻木努力地用早已變得生澀的日語說。

「記得幾年前一個很冷的黃昏，剛好初雪，晚課後麻木先生來找我，提出類似你剛才的疑問，說他這生再努力修行，也無法得到原諒，兩個女兒一生沒有爸爸，一切都無法改變，感到無力和氣餒。我跟他說：『你不是已經改變了嗎？過去的一切改變不了，但人能改變當下。至於希望別人也同步改變便是不智。每個人的悟性和步速都不同，可能你快一點，我慢一點，他甚至倒退。你準備好了，可對方還沒動，那便無法同步，強求不來。一切都有因緣。』」

「就是說，我爸他已走前一步，可我媽還沒動過，甚至可能在退步，所以他們的步伐有時差？可這樣便一生了，都是天意嗎？」

「是天意還是人意，得看人的造化，有些事情真的無法勉強，如你所願。正如每逢新年我們都祈求世界和平，但歷史上沒有出現過一天是世界和平的，你說這是天意嗎？遺憾和祈願本來就是一個圓，是延續生命的循環，但願能跳出這個圓，便能解脫。」

「人一生犯錯太多、混亂太多、懶惰太多、浪費太多，卻欠缺覺知，匆匆一生便錯過了。蒼天對人最大的愛，便是給你修行的機會，生生復世世，給心性較好的人翻身的機會，願再頑劣的人千世後某天能省悟，而這千千萬萬世，由宇宙的生生不息去承擔和支援。什麼是最大的愛？是蒼天的惻隱和慈悲，耗盡天命來供養眾生，直到走盡天年，宇宙終結為止。」

「法師，我不確定是否明白和相信你所說的。我爸媽可能真的時緣未到，步伐趕不上這生的期限，大概只能來世再修。我只能理解到這裡。不過，我有另一個困擾了很久的疑問，求你指點。這些年，像爸媽一樣，我一直承受著在感情關係裡的創傷之痛。我明白雙方都應該有責任。我不是聖人，可自問問心無愧，對待哪怕是傷害我的人都能體諒，以愛寬恕。可是，為所承受的痛苦，我要負的責任又在哪？我做錯過什麼嗎？有人說，受苦都是之前種了因得的果，我想知道，我的因在哪？錯在哪？」

「確實都是因果。不過，當你執著它時，便永遠走不出來。假如當下的心已修到正大光明，純淨慈悲的話，還執著前因來幹嘛，當下才是你的責任。麻木先生就是答案：即使你準備好了，別人卻不，世態卻不，你就只能繼續修下去。軟弱的人才需要傷害別人，善良的人成為受害對象，為此痛心難過，也是註定要擔當的角色，而能擔當也是勇氣。聽過地藏菩薩發過『地獄未空，誓不成佛』的大願嗎？他準備好了，眾生卻不，你會問他的責任在哪、錯在哪嗎？這又是什麼因和果？觀世音菩薩也會傷感流淚，這是自然的情，自然的事。愛、善良和普渡眾生都不是目的，也不是手段，是自然而然的事。花開花落，萬境如如，不過是眾生彼此互動的本相。

「麻木小姐，我看到你擁有發光的靈魂，和麻木先生同樣善良的眼睛與修為。你是此生來報恩的女兒。他以他的方式修補自己，雖然留下了遺憾，但可以由你來完善。你爸媽和你自己的痛苦令你磨煉出特殊的能力，能幫助很多人走出痛苦。你爸媽的一生是借鑑，放下給你傷痛的一切，那個結便能解開，每一刻都可以重新開始。」

法師的眼睛穿過麻木的心，散發異常平靜的澄藍光芒。麻木在他那寬豁如希臘藍天的目光下醍醐灌頂，心結慢慢化解，溶進杯中輕煙飄逸的抹茶泡沫裡，與牆上的書法橫匾「一切有為法，如夢幻泡影」意境合一。

「不好意思，我馬上還有法事，抱歉失陪了，歡迎隨時再來找我。」法師微微笑，把他們送到門外。「悄悄告訴你一個秘密，我可沒告訴過麻木先生的，我也曾經是爸爸，傷過女兒媽媽的心。女兒還在的話，現在應該和你差不多大了。再見，祝福你們。」法師再次合十道別。

真的沒想到。

原來，管他是親人、愛人還是陌路人，最終彼此都是一樣的。

15

解開紅印的密碼

「山路遠，時間也不早了，正好有定期運送物資的小貨車要回城裡，我跟司機說了，可順道載你們一程。」剛才泡茶的和尚助理細心地說。

「太好了，真的非常感謝。」麻木說，跟不太懂日語卻一直陪伴左右的Te交換了微笑。助理領他們到車路上，目送他們上車離去後才折回去。

「不好意思請教一下，我想到嵐山那邊走走，可否在最近的鐵路站放下我們？現在出發的話，到達時是否會天黑？」麻木向司機哥哥查問。

「哎呀，我正好往那個方向走呢，可以直接送你們過去，毫不礙事。黃昏前肯定能到達，放心。」司機不是出家人，二十多歲的樣子，有點像年青時代的木村拓哉。

「謝謝你呢。」回頭跟Te說：「帶你去一個地方。」

像木村的年輕司機居然放著五輪真弓的舊歌，他笑說是小時候他媽媽每天唱的歌，媽已去世，聽著就像她還在一樣。今天是他媽媽的忌辰，他當義工到寺裡送貨兼做了早課。一個多小時後他在嵯峨野放下他們，親自下車鞠躬道別，是個很有教養的年輕人。

夕陽將至，時間正好。這是著名的遊客區，八月盛夏的京都遊客太多，有點窒息。麻木抱著尺八，著Te忍耐一下，必須穿過遊客群，因為要去的地方沒有更安靜的路能到達。她帶Te沿著保津川的右岸走了十五分鐘，到達遠離遊客點和小賣店的水邊。那地方背著遠處的渡月橋和夕陽的位置，就是爸和媽的拍照地，他們相愛的原點。

「就是這裡了。」麻木站著靜默了一會後，然後告訴Te關於那張合照的事，遞給他看轉存到自己手機上的照片。

「原來你長得像你爸爸。」

「初姐跟你說的一樣。」

他們坐在水邊的石凳上，夕陽斜照在川上的鴿子和飛鳥身上，光影飄動。不遠處有兩個小男孩在打水漂，比賽誰扔出的扁石能在水上彈跳最多下。除了他們發出的陣陣笑聲外，周邊還是安靜的。麻木靜觀這裡的一切，感受當年熱戀的爸媽在此地留下的溫度。入夜前天已轉涼，山上飄來的冷風令麻木抖了一下冷顫，Te 脫了外衣披在她肩上。

「你總是忘記多帶一件外衣。小時候我媽要是看見我穿不夠便會打我。可能因為怕打，從此我學會了添衣。」Te 笑著說。

「初姐只愛罵我，不打我，不會關心我穿得夠不夠。現在才知道原來她一直把我當作爸爸的假象，忘了我還是個小孩。倒是爸爸很疼我，會像你這樣替我添衣，把我照顧得很好，卻沒有教我他離去後我該如何照顧好自己。」麻木說，淡淡愁如扁石漫漾過來的漣漪。

麻木取出尺八，撫摸竹上的節理，多番試吹，不響。

「好難啊！」

「正常的，尺八是世上最簡單的樂器之一，竹身五個洞，卻也是世上最難的樂器之一，光是能吹出聲音，有些人已花上一年或更多的時間。」Te 示意他來試試，麻木遞過尺八。沒想到 Te 竟能吹出一段宮崎駿的「天空之城」。

「外星人，你到底有什麼是不懂的？」麻木的眼睛瞪得不能再大了。

「忘了幾個月前我給Angel泡的『遠音』烏龍茶嗎？當時我告訴她，是取名自琴古流的尺八本曲『鹿之遠音』。那時你沒説爸爸會吹尺八，所以我也沒多説。你可不知道，我在法國唸書時跟一位日籍老師學茶道，她的丈夫是尺八老師，我向他拜師學過幾個月，後來因為功課太忙和初戀的事便放棄了。」

「我記得爸爸當年是用這支尺八吹曲子給我聽的，謝謝你替爸爸吹響了它，是很好的禮物。其實今天……是我的生日。」

「真的？認識你一年多都不知道你何時生日。對，去年這個時候你離開了冰島，難怪我不知道，要不必定替你慶祝。」

「謝謝，可我一生最期待得到的是爸爸的生日祝賀。六歲後，初姐便沒有替我慶祝過生日，她在給爸的錄音裡説，要等他回來補回這些年欠我的生日，大概只有這樣她才能接受我，肯定我的出生和存在吧。可現在已無法實現了。」麻木臉上掠過淡淡哀傷。「原來不是爸爸拋棄她不愛她，只要初姐開口原諒他，他便會回來。」

「麻木，你要感謝你爸爸，他已給了你最好的生日禮物了。你還不懂嗎？」

「我不懂。」麻木愕然。

「你爸爸剛才借法師的口，解開了你對自己為受傷要負責的困惑。另外，他其實已為你的紅印之謎解鎖了。」

「什麼？」麻木更愕然。

「你的名字便是你的根。你出生時爸媽的矛盾、怨恨和心結奠下你痛苦的基石。要解碼，首先得回到名字的源頭：『麻木』。然後是你的名字『原麻木』，可以被解讀為須要『原』諒『麻木』即你的爸爸。你媽替你取名時，表面是懷著怨恨，潛意識卻暗埋了能替你們仨解脫的伏線，就是必須原諒麻木。可惜，她錯失了也放棄了。」

「你這說法很好，是的，她原有智慧去化解心結，只是死也放不下。」

「每個人都有走出困局的悟性，只要你能找到開啟密碼的那條鑰匙。你現在已明白，她替你改名字，原來埋藏著更深層的潛意識。表面上，她是要向你爸爸示威，把自己的姓氏壓在他的姓氏上，可心底裡卻是相反的情結，因為放不下他，捨不得他，才會連女兒的名字也刻意用上愛人的姓。她每次叫喚你，哪怕是在罵你，多少次其實是在呼喚已離開的愛人？是愛還是恨，是懷念還是不甘心，大概連她自己也分不清。」

「對，女人的感情心理所潛藏的奧秘，可能遠比宇宙的起源更深邃難測。」

「麻木，他們一生彼此的錯過是沉痛的佐證，你從中覺悟到什麼嗎？」

「我的覺悟是，原諒是最大的愛。成長是充滿傷害的歷程，我們已沒有更多去錯過。我重複了初姐的際遇，愛上跟我爸爸一樣的男人。我像她一樣難以放下心結，不願意原諒她和爸爸，不能原諒如山對我的殘忍。要解脫，必須走出延綿兩代的惡性循環。」

「現在才發現原麻木這個名字很好聽，十九歲修醫科時要背大堆拉丁文學名，索性給自己改個解作痛苦的拉丁文名字 Dolor。同學們每天『痛苦、痛苦』地叫著我，再自虐不過。如山一直叫我 Dol Dol，苦已經夠了，還要『多多』，難怪我們的命運苦上加苦，都是自作業。」麻木輕吐了一口氣。「原麻木這名字，提醒我要代媽媽原諒代表罪源的爸爸，要原諒同樣代表罪源的如山。啊，好像突然一切都變得晴朗起來了！」

「法師有句話很有意思……」Te說：「他說你是來報恩的女兒。我相信，你的出生，就是為修補和終止爸媽這場變惡的關係而來的。你的經歷，所有的傷痛，都是為達成這目的而鋪排的前奏。最痛的根源正是解脱的出口，確實是有點殘忍，但大概這也是修行路上必經的陣痛。體諒和寬恕能化解緣分的詛咒，也能終止因果循環，終止錯過。」

「我想，這是爸爸最終引領我回來出生地的目的，提醒我要走出痛苦和災難的鑰匙便是原諒，難怪我的紅印在胎記，在子宮，在原生的地方。Hara Hara，爸爸給我改的小名，我的小腹，密碼的本身就是答案，太傳奇了。」

「似乎冥冥中一切自有巧妙的安排。」Te點點頭。

「Te，怎麼我覺得，你像變成麻木醫師在為我做個案呢！沒想到，能對我的名字和痛根作出深層的整合和剖析的，竟然不是作為心理專家的我或誰，而是一個什麼都懂的外星人。你的心比我細。回想這幾年的經歷，滿途疑惑、不安、沮喪和絕望，然後遇上你便有了驚喜，一切好像開始一步一步地得以化解。幕後似乎有位總設計師。」麻木深深地把Te看進骨子裡。

「先是安排了高樹梵神秘的引力成全了我出走冰島。」Te說。

「然後她暗示我到冰島後會找到對的人，鎖定紅印的秘密。」麻木說。

「然後你遇上我，替你改頭換面，帶你在全黑裡看到紅印。」Te說。

「然後我帶你回來一起創立『麻木樹』，你陪我來京都，幫我看懂錯失彼此的爸媽給我走出傷痛的啟示。沒有這一切，沒有你，相信我還沒有辦出解脱傷痛的密碼。」麻木説。

Te微笑，沒多説什麼。夜色正沉，冷了。「回去吧，快冷死了！」

麻木這時才醒覺，Te把他的外衣給了她，他都快冷彊了。

「哎呀，真的不好意思。」

「呵，來京都不到兩天便變回日本人了。」然後用日語學著昨天姑姑點頭説話的模樣：「真的不好意思，真的不好意思。」

麻木被逗樂了，Te也大笑。

「能看到你笑真好，真好，冷死都值了！你知道這些日子你有多悲傷，看到心痛。」Te的聲音如水般柔，經歷過這些陪伴的日子，他已不再避嫌地表達自己對麻木關愛的感情。

聽到他為自己心痛，麻木有點難為情。這個男人對她太好了，好到她不懂得回應，怕辜負了他。

「麻木，生日快樂！」Te給了她一個靜靜的、深深的抱，麻木靜靜地、深深地回抱他。這重生的一抱，如破冰如暖流，融合了前世今生幾許錯失的情緣。

夜深，Te在麻木爸爸的書房休息，用手機給隔壁的麻木傳送了一首歌，是創作人楊樂的原創曲「Shana」，寫給跟猶太籍媽媽居住在法國、無法跟他一起長大的女兒。Shana是他女兒的名字。

Te：怎麼我覺得，是你爸爸借這歌手唱給你聽的心聲。
晚安親愛的！

麻木收到他的留言時，正抱著尺八懷念爸爸給她的美好童年回憶。打開傳來的視頻，披著銀白髮，穿上白襯衣和牛仔褲的楊樂在舞台上以結他自彈自唱：

SHANA
ma fille mon amour je t'aime
SHANA 我對不起 把你帶到這個世界
雖然這個世界 有很多的美麗
可惜這個世界 還有很多問題

SHANA
我無能為力
解決問題靠你自己

SHANA
你會懂得 世間美麗
在你心裡 在我心裡

SHANA
ma fille mon amour je t'aime
SHANA 我對不起 把你帶到這個世界
未來這個世界 有更多的問題
幸好我們心中 仍有美麗

SHANA 只要學會
寬容善良 智慧堅強

SHANA
只要唱歌 你會美麗
你會快樂 你會懂得

SHANA
mon amour je t'aime

重複的旋律，近乎説唱的風格，喃喃如吟詩。滄桑的聲線，深刻的無奈，不能為女兒做什麼，只能送上遙遠的祝福。無能為力的爸爸對女兒的深情剖白，傾動全場觀眾的熱淚。

「寬容善良，智慧堅強，我早已學會了，爸爸，放心吧。」麻木跟爸爸説，淚已盈滿眶。

麻木：謝謝你的心意，晚安。

兩天後，姑姑開車帶麻木和Te到五條橋東的大谷本廟，是淨土真宗本願寺派的宗祖親鸞聖人的墓地，也是安放爸爸骨灰的地方。姑姑帶了祭祀物品，麻木帶了鮮花、尺八和初姐的記憶棒。三人爬上幾十級宏大的石梯階走到正門。寺廟範圍很廣，面前是佛殿本堂，1661年建，1867年火災毀了，1870年重建。旁邊是讀經所，經過時正好傳來裡面僧侶的誦經聲。右面是安放骨灰龕的多層「無量壽堂納骨所」，室內像圖書館的排放間格，每排設置大小不同的骨灰櫃，每個櫃都關上小小的雙木門。姑姑帶他們到第三層的最後排，打開中段其中一個櫃，裡面原來是一個小祭壇。壇中間是一塊「南無阿彌陀佛」木牌，沒有爸爸的照片。姑姑讓麻木把帶來的鮮花插在壇左下方的小花瓶，她打開右邊的電香爐和白色電蠟燭，輕輕敲響小銅磬，合十拜祭。祭壇下方放著爸爸的骨灰龕。拜祭後，麻木把初姐的記憶棒恭敬地放在骨灰龕旁邊。

「爸爸，我來了，把初姐也帶來了，我們一家三口團聚了。你們好好過，她一直還是愛著你的，像你一直還愛著她一樣。」

麻木跟爸爸說再見，平靜地把小木門關上。姑姑靜靜地流淚，出來後帶他們參觀了親鸞聖人墓地「明著堂」，再遊覽正門石梯前的綠蔭前庭，長長的參道通往皓月池上著名的円通橋，40米長6米高，1856年建成，兩旁都是樹木，非常優雅。遊人不多，大概都湧到大谷本廟後方著名的清水寺。清靜就好。

「難得來一趟，要不要到清水寺逛逛，就在後面。」姑姑問。

「不了，怕人太多。」麻木說。

「也是的。還想到哪裡逛逛？我開車載你們去，然後才去接孫兒。」姑姑說。

「姑姑不用麻煩你了，早點回家休息吧，為準備祭品你已忙了兩天。我們坐坐電車，有地圖，懂路。」

他們在附近吃了蕎麥麵和烏冬午間定食，閒聊了一會便和姑姑分手。

Te 說今天輪到他帶路，去一所據說是全京都最幽靜的寺院之一。他負責找路線，帶麻木坐電車，轉乘往苔寺的巴士，終站下車後走不遠，便是洛西松尾的「竹之寺地藏院」。建寺六百多年，是一休禪師年少時休養的寺院，座落在大片竹林裡，為京都的文化資產環境保護區。院內鬱鬱蔥蔥，幾乎沒有遊人，非常寂靜。靠近，已聽到竹在風中舞動的靜音。

幽幽的竹林小徑，參天的杉樹，見證歲月的遍地青苔和樹根，十六羅漢庭，枯山水庭園。脫了鞋子踏上開揚的木台，只有麻木和 Te 靜靜靠著坐，看滿地青苔的庭園內乖巧地觀息的十六尊羅漢石頭。時間凝住了，天與地只剩下風吹過竹葉的柔揚與靜謐。

一首俳句的時空。

麻木把風與竹的私密絮語錄進手機裡。

「如果把竹的聲音放進身體裡，我會化成風嗎？」麻木輕輕問。

Te 不語，從背包裡掏出尺八，向著麻木吹起幾個安靜而悠長的單音，把氣息擦過竹管發出的嘶嘶聲送進她的身體裡。原來光是單音也動聽。

「你已幻化成風。」Te 微笑笑。

喜歡Te的幽默，麻木也微笑了。風吹過竹林的聲音就是尺八聲。抬頭一片竹林海，想起比叡山裡的千年杉木林。極目張看，沒有自己，只有一起，這是活著的奧秘。此情此景，突然重現一年多前高樹梵的聲音：

「回到呼喚你的地方去，尋找痛根，便能解脱和重生，你懂的。」「先處理好自己的痛，到時，你應該有能力看到我的痛在哪裡。」

就這麼一瞬間，悟了，麻木終於看懂高樹梵的痛。沒有紅印的女子，她的紅印不在她身上，而在眾生上，她的痛就是所有人的痛。沒有自己，只有一起。她像觀世音菩薩其中一滴眼淚化身的綠度母，是個慈悲的母親，幫助身陷痛苦的人除障和圓願。她又是愛的指引神，告訴你結局是什麼由你決定，沒有宿命或前生命定這回事。她為Te，為她，為十二年前像她的過分女孩和男生開路。麻木終於明白了，她要修煉更謙卑地和痛苦在一起，直至它消失掉，像高樹梵一樣。

「愛原是一個悖論：當你愛到心痛受傷時，傷痛竟沒有了，卻有更多的愛。」這是德蘭修女的話。

每個宗教，每種修行，最後都走在同一條路上。

京都的最後一夜。

他們在一家地道的館子吃過晚飯，麻木突然說想喝一點酒，Te 問她想回家喝還是到居酒屋，她說：「回家，就像我們在冰島時那樣。」

他們在家附近的 FamilyMart 小超市買了一小瓶日本燒酎、一小瓶紅酒。

「這裡沒有黑死酒，但有日本燒酎。日本喜歡紅白，我們紅酒白酒各來一瓶吧。」Te 說。

在爸爸故居的小廳裡，他們席地在小桌上喝酒。

「記得我們一起喝過有機紅酒，也喝過黑死酒，更多是喝茶，都是美好的時光。在法國那段日子我很喜歡喝酒，和大班朋友一起喝，常常喝醉。後來只愛一個人喝，到冰島後便很少喝了，更醉心於喝茶。」Te 說。

「喝黑死酒時我好像說過酒能亂性，也能燃燒激情，或者借來迷糊，逃避自己。你說過喝茶和喝酒都是 honesty，和誠實相處。」麻木說。

「謝謝你都記得。那你今夜為何想喝酒？」Te 問。

「我也不知道，就是突然想喝，想有那種燒心的感覺。」麻木苦笑一下：「可能是想逃避，也可能是想誠實。就當我想喝悶酒吧，有你陪我就好。」

「這樣吧，我們各自選一種酒喝，你先選，紅還是白？」

「不能兩款都喝嗎？」

「混酒容易醉是常識啊小女孩！」

「今夜就想要一點點酒精的感覺，放心我喝不多，何況這兩瓶酒小得不能再小了。」

Te搖搖頭，只給她喝小杯酒精度較高的燒酎，然後斟了一杯紅酒給她。麻木笑他像醫生。

「你不是說我變成你的醫生了嗎？」

「也是的。」

「喝酒和喝茶都能暖身，假如你懂得喝的話。」

他們紅白交替地靜靜喝著酒，果然喝到心頭暖暖。麻木的臉開始微微紅。

「沒想到這幾年經歷了那麼多，很累呢。一年內，失去了最愛的男人，也失去了唯一的雙親，心裡空空的。回去後，再也沒有親人了。」麻木眼簾低垂，酒入愁腸。

Te放下酒杯，定定地看著麻木，借酒的誠實，決定向她表白。

「麻木，我不做你的醫生，你已是最好的醫生了，能容我當你的……親人，照顧你，守護你好嗎？」

麻木以為自己在酒醉，一時拿捏不準Te的意思。

「你說要做我的什麼？」

Te溫柔地握著麻木的手，堅定而深情地說：「這一年多，由結識你，到和你一起創立『麻木樹』，你讓我陪伴左右，和你經歷最痛的事。我對你的感覺一天比一天濃烈，早在冰島的時候我便很想以我最大的愛給你幸福，希望你快樂，不再被傷害。你一直照顧別人的痛，你自己的痛卻一個人承受。我願意陪著你。」

Te坦白的眼睛和心聲徹底打動了麻木。

「你為什麼一直對我那麼好？」

「因為你就是我要找的『對的人』，我已喜歡你很久了……我愛你。」

麻木流淚了，她一直壓抑著自己對Te的感覺，也一直期望他們會有戀上的一天，因為面前這個什麼都懂的溫柔外星人，正也是自己一生在尋找、高樹梵口中「對的人」。她緊緊地握著Te的手，一時不懂得回應，看著他，慢慢在流淚。

過了好幾分鐘吧，Te有點緊張，也有點失落，可能她並不願意接受自己。

「沒關係，可能是喝了酒的緣故，你當我亂說好了，我明白的。」他逃開麻木的眼睛，低頭苦笑喃喃語。

沒想到麻木突然慢慢靠近，一下子吻住了他。兩張微微發燙的嘴唇瞬間火熱了彼此。一分鐘、三分鐘，或是更長的時間？這救贖的一吻，把各自曾經的傷愛，提煉成彼此相愛的拙火。

「麻木……」Te吻去麻木臉上的淚痕，雙手抱住她發燙的臉，輕輕地叫喚這個不得了的名字，不敢相信剛剛發生的事。

「Te，我需要你，我也……愛你。」

「你真的接受我的愛嗎？」

「你真的接受我嗎？我們都有傷痛的過去，接二連三發生的一切讓我沒有時間整理自己的感情。這一年多來，我不經不覺地依賴你，需要你，掛念著留在冰島幫我打理房子的你。回冰島，也是因為那裡有你。」

「真的嗎？」Te珍惜地抱著他親手為她打理的頭髮。

麻木點點頭，害羞地微笑。

「還想喝酒嗎？」Te問。

麻木搖搖頭。

「我能……看看你的胎記嗎？」Te小心地問。

麻木靦腆地點點頭。

Te把麻木抱到上層她爸媽曾經睡在一起的房間，輕輕把她放在榻榻米床褥上。

「我很緊張啊。」麻木低聲說。

「我也是。」Te在她耳邊低聲說，然後溫柔地拉開她的上衣，輕吻她肚臍上神聖的胎記。

三十二年後，同一個地方，同一睡床上，麻木和Te赤裸地交合彼此清白的身體，療癒也圓滿了當年爸媽的愛情。

第二天離開京都，在列車上、飛機上，Te一直緊握著麻木的手。他發願要一生一世守護這個女子。

經歷過種種戀愛的磨難後，方明白陪伴和懂你才是最真實的愛。

16

回來

處理痛有兩種方式，一是哭著努力地追求強大，二是笑著釋然地願意放下。

麻木以前會教人自強不息，現在是溫柔休息，寬恕自己執著的愚笨。寬容能打開眉心，釋放由心而發的笑顏。

真正的療癒是看清自己的軟弱，真正的強大是停止重複的命運，放開怨恨，重新開花。所以，客人都是帶笑離開「麻木樹」的。

麻木和 Te 已回來一個星期了，「麻木樹」的運作也回復正常。

今天下午的客人正要離開，Candy 為她推門時，有位男士正在門外，Candy 嚇了一跳。

「是你？白先生？你……」怎麼會是他？她反應不過來，馬上走進茶吧跟正在和 Te 聊個案的麻木說。

麻木差點把茶杯打翻，不能相信。但還是冷靜地走出接待處。Te 正想問是誰時，手機響起，只好先接電話。

是如山，不會有錯，他回來了。樣子清瘦了不少，老了一點，但精神飽滿。白天不會見鬼，那就是說，他活著回來了。

「謝謝你還活著。」麻木湧著淚，上前親抱他。

Candy 看得傻傻的，沒想到曾經常出現在舊診所的老闆娘男友居然死而復生。「白先生你回來就好了。」Candy 感動地說。

如山細看麻木的臉。「你過得好嗎？」

「怎麼你……還是進來再談吧。」麻木帶他進去，Te 一眼看出應該是如山，雖然從沒看過他的照片。直覺這回事他還是很準的。

麻木有點尷尬，事情發生得太突然，不知應如何是好。正在想應是先向 Te 介紹如山，還是向如山介紹 Te。她有點主客不分，不知所措。

倒是 Te 識趣，馬上自我介紹。

「你好我是 Te。」

「你好我是白如山。」

十秒鐘的寂靜。

Te 說：「麻木，你們談吧，我有急事要外出一下，等會見。」

麻木本能地點點頭，沒有找到適合的話回應。目送 Te 離開後，如山卻是真真實實地站在她面前。她領他進療癒室，跟 Candy 說不用等她，叫她下班鎖門就是。

Candy 泡了如山以前慣喝的 Espresso，安靜地關好房門。

「我回來了。抱歉應事先通知你才上來，但想給你一個驚喜。」

「這是怎麼一回事？Rex 說你遇上意外走了。」麻木把眼睛瞪得很大，本來已想不起樣子的曾經最愛突然再現眼前，有點嚇倒了。沒有比這更大的驚訝。說不出別的感覺，就是驚訝。

「上天把我留住了。確實是有過意外，那天真的已上列車，剛傳了短信給 Rex 後不久發現護照不見了，才記起應該是留在月台的座位或咖啡亭上。那是一個緊急的抉擇，到山裡後再補領應該超級麻煩，但下車去找便肯定會錯過那班車，車正在開出。沒多想，下車吧。一個多小時後我在候車室等下一班車時，才看到突發報導列車出事了。沒想到護照成了護身符，保住我的命。不知上天為何要留住我這條命，相信列車上遠比我值得活著的好人多的是。那一刻很震撼，激動到放聲痛哭，旁邊的人以為我有親人在車上，我卻說原本在車上的是我。他們都來抱我說 Lucky Man God Bless You。原來錯過也是一種福。

「該死的也許是我，再給我一次生存的機會意義重大，再錯過的話我真不得好死。那時沒多想要不要通知誰，耳邊只響起一句話：去奉獻自己吧。我想徹底重頭再來。那時想，人生總不是你安排的那樣，假如我明天真的會死，此刻我能奉獻的是什麼？我是個醫生，我能奉獻的就是救人，這本應是我來此生的責任。本來我找到一家在瑞士山裡的禪修中心，能提供心靈治療，也可以學習永續農耕（permaculture），回饋土地。我想起曾跟你說過退休後一起耕種，不只是隨便說說，我想認真地回到土地去學習尊重生命，因為跟你在一起，值得做個更好的人，才不會辜負你。那個意外提醒了我，與其躲進靈修中心思過，不如做點踏踏實實的事。我傷害過多少人，便要以救回千倍萬倍的人來補償。兩天後搜集到資料，我便去了日內瓦的國際無國界醫生總部自薦當義工，一年多去過一些災區，也到過非洲，瞧我曬黑了。」

「沒想到有機會再見到你，還是不敢相信是真的。」麻木說，依然遺失了感覺。

「你……過得好嗎？」如山再次關懷地問。

「我爸和初姐在上兩個月相繼去了。我剛從京都回來，拜祭了爸爸。」

「啊！抱歉，原來發生了這些事。難過嗎？」問完才發現自己說錯話。「不好意思，我都不知應說什麼。見到你有點激動。」如山喝了一口咖啡，掩飾自己的失態。

「你回來多久了？」

「剛回來沒幾天，見過 Rex，才知道你曾結束一切去了冰島，回來開了這家療癒工作室。麻木樹，名字很好聽。看來你的變化蠻大的，連髮型都變了。記得以前你不喜歡改髮型。」

「是的，變化很多，人長大了。」

靜默了很久。

「Dol Dol，對不起，這些年給了你太多的傷害，真的對不起。」

「還說這些幹嘛？對，你不是要離開三年嗎？這麼快回來……可以嗎？」麻木傷感地說，想到阿柔迫他放逐三年的分手條件。

「阿柔，她結婚了，真的沒想到，是三個月前的事，Rex 留言告訴我，那時我還在敍利亞的戰火中，那邊是人間地獄。我心裡有個掙扎：我該回來……守諾，補償你，還是留在那邊救人。我想，還是先回來看看你，再看情況。於是交待好工作後便回來了。」

「嗯。」

「你見到我……不高興嗎？」

「我只覺得，世事無常。一切發生得太突然，這段日子發生過太多事，我經歷了太多太多，還沒整理好思緒來。知道你把我的人生變成地獄後，能到地獄去救人很安慰，相信你做對了事。總之，你活著就好，這就好了。」

麻木的反應令如山有點不安，面前這個相愛多年的女人變得陌生，感到她好像不再是他那個親密的Dol Dol了。

「那，待你不太累又願意的話，能把你這段日子的經歷跟我分享嗎？」

「嗯。對，你現在住在哪？」

「Rex朋友空置的房子，可暫住。不用為我操心這些。看來你今天累了，剛見完客人需要休息吧。我……改天再來看你好嗎？」

「我們再通信吧。今天，真的有點累了。」

如山離開前再度抱了她，低聲地在她耳邊說：「對不起，對不起。好好休息。」

如山離開後，天已漸黑，麻木留在「麻木樹」，沒有開燈，久久無法牽動一點感覺。

如山還活著，而且回來了，說要守諾，補償她。這不是她一年多前願意付出一切換來的畫面嗎？如今他真的回來了，為何自己會變得麻木呢？是因為她已有了Te嗎？

她搞不清楚。想起Te原本跟她約好一起吃飯，他外出了，有什麼急事呢？到現在還沒有音訊。她給他留言。

麻木：Te，在哪？辦好急事了嗎？

半小時了，他還沒有回覆。她有點不安，沒想過他和如山會有碰面的機會，如山應該不知道他和她的關係，因為連Rex也不知道。Te心裡會不好受嗎？他到底在哪了？

麻木一個人在黑暗裡看海，想著和如山之間的瓜葛，是時候處理這段關係了，可怎麼會是在這個時候呢？麻木問自己，是否真的還需要他補償她？她以為在京都已放下了這段過去，但真的放下了嗎？他現在已清理好之前的關係，準備好回來和她過日子，倒是她已不一樣了。

命運就是這樣，當你苦等時，你要的沒有出現；當你已放棄了，你要的才遲來報到。

「我還愛他嗎？」麻木勇敢地問自己，卻不敢回答。

留言提示響起，是Te。

Te：我還有點事未辦完，今晚你自己吃飯好嗎？抱抱。

留言提示接連響起，是如山。

如山：很高興能見到你，願你休息好，想念你。

麻木突然很想返回冰島的黑洞去，讓全黑告訴她答案。

Te在醫院急症室。

小蒙剛被診斷完，包紮了傷口，躺在床上，意識還清醒。她剛才衝出馬路時被車撞傷了手肘和膝蓋，傷不重，是大幸。沒見多年，她還是她，依然任性，不顧一切。

黃昏前她打電話給Te，説她剛從新加坡回來，想約他見面，説欠他一個道歉。他本想拒絕，但想到還是面對面作一個了結吧。

小蒙約他到她下塌的酒店下午茶。沒見四年多，她依舊美麗，是個滿身名牌、衣著性感的少婦。主動地抱他，給他法式雙面親吻。

「阿樹，你可好嗎？好久不見了。」

「我還好。聽説你有了孩子，結婚了是嗎？」

「對不起阿樹，多年來我一直心裡不安，覺得欠你太多。上次害你為我被車撞倒我很內疚，都是我不好。那時因為被你拒絕了太傷心才任性。我剛離婚了，孩子留給他爸爸，我自己回來。他並不適合我，那邊的生活也不適合我。這麼多年後，我已想清楚了，我的心告訴我，你才是我真正需要的人。」小蒙把聲音放得很柔，她擁有很迷人的聲線。

「小蒙，說實話吧，孩子不是他的是吧，你一直在欺騙那個男人是嗎？」

「不，不是的……可是……你怎麼知道？」小蒙混亂了，沒想到會被他識破謊言。原來他知道自己那麼多。

「上次的事我早已放下，只希望你能過得好，不再任性。我不是你真正需要的人。」Te決絕地說。經驗告訴他，不能再以過往待她溫柔的方式，讓她抓住自己心軟的弱點，他不能再被她操控自己的人生了。

「阿樹，我們多年的感情，難道你都忘了嗎？我們曾經彼此深愛過啊！我們在巴黎的日子，過去快樂的時光，我沒有一刻忘記過。你說過會守在我身邊的，不管我多累，只要我回來，你都會守護著我的，你忘了嗎？」小蒙表情可憐，眼泛淚光。

「那時我們年紀還小，都過去了。這麼多年了，眼看著你丟一個又撿一個，活在謊言裡，自欺欺人，不累嗎？」

「不是這樣的。我對你的是真愛，和其他人一起只是當時的需要。我對你是真心的，難道你感受不到嗎？」小蒙抓住了阿樹的手。

「我只是你另一個『當時的需要』。」他輕輕地甩開她的手。

「不是那樣的，你誤會了我。是不是我讓你等累了，我抱歉。我們重新來過，我發誓不會再和任何人在一起了，除了你我不會再有第二個。你是我唯一的最愛。」

「選擇放棄一段漫長的感情，不是因為累了，而是發現那不是愛。我早已放下了你，我也有了深愛的人，我會一直守護著她。對你，現在我只有祝福，沒有其他。」

小蒙把面前的紅酒一口喝乾，禁不住哭啼。

「可是我還很愛你呀。我已經第一時間回來跟你道歉了。你還想我怎樣？」

「我只是你現在『需要的人』，但必須結束了，別再活在自欺的世界裡，把玩你身邊的人。有一天當你學會了愛，你便不會再這樣了。」

「都是我不好，你就不能再給我一次機會嗎？」

阿樹示意服務員來埋單。小蒙說：「不用了，已掛了我房間的賬，你就真的那麼急著要離開嗎？要不到我房間坐坐，我們再聊聊，聚聚舊好嗎？」

看穿她的用意，他搖搖頭。

「那我送你出去。」與其說是送他，不如說是爭取最後機會帶他上房間。她上前挽住他的手，可被退回了。

「我說過我已有愛的人，請不要再這樣了。」Te 嚴肅地說。

小蒙感到太沒面子了，沒想過他這麼決絕，她今天為他刻意穿得性感，也低聲下氣了。怒火湧現，故態復萌，她又衝動了。

「你就真的這麼狠！」說罷哭著衝出酒店大門，撲向一輛正靠近的旅遊巴士。

躺在急症室內，小蒙開始冷靜下來，滿臉無望。

「你一點也沒變過。別再用幼稚的方式來得到想要的東西了。今次傷勢不重是你走運。別再透支自己的運氣，不是每個人都有死裡逃生的機會，上天不知何時會奪走這生已給你的幸運配額。我已叫了你的妹妹來接你出院，我不會再見你，也不要再找我了。」

「也許，真是我自作自受。」小蒙苦笑。「你說的，其實我都明白。對，是我任性，一直拒絕長大。這次是我自食其果，再也沒有痴心蠢男為我擋災了。阿樹，我們繼續做朋友，偶爾見見面，不能嗎？」

「何必呢，祝福你。我走了。」阿樹給她一個微笑後便離開，留下她以受害者的居心痛哭流淚。對貪戀、自私和死性不改的人，唯一能幫到他的不是惻隱之心，而是狠心離場，只有被拋落無援的真空裡，他才可望被迫自我反省。這是阿樹花了十一年才領悟到的正確仁慈。

離開醫院已差不多半夜，阿樹要做回 Te 了。他記掛著麻木，和突然出現的如山。怎麼同一天內他們各自的舊愛都回來了，是上天要給他什麼信息嗎？無論如何，他有點擔心麻木。馬上打電話給她。

「你回家了嗎？」

「還在工作室。你呢？」

「啊，剛辦完事，我過去送你回家好嗎？他……如山，離開了嗎？」

「他很早便離開了。」麻木有點刻意地強調「很早」，看了手錶。「啊原來這麼晚了，明天還要工作，你先回去吧，我叫車回家就行。」

「你可好嗎？」Te有點擔心。

「親愛的我很好，沒事，放心。明天再詳談吧。晚安。」

Te不勉強，讓麻木獨自回家，他知道，她現在需要孤獨。

Te的初戀離婚了，如山的前度結婚了，彼此的舊愛同時突然冒出，回來求愛。人生真是一場狡猾的戲。

第二天，Te帶了一盆白色的日本朝顏花回「麻木樹」，放在茶吧靠窗的小松木架上。白瓣紫心，異常脫俗。他知道麻木會喜歡。

「這是『朝顏』，也叫牽牛花。記得我們在維克喝過『夕顏』茶嗎？夕顏是黃昏花開，凌晨花謝；朝顏是清晨花開，傍晚花謝。它們就像彼岸花，花落後葉子才出生，花葉永不相見那樣。不過，我們可以把夕顏和朝顏靠在一起，朝朝暮暮，花開花落。像太陽和月亮的緣分，輪流散發他們的光芒，還他們一個圓。」

「你總能把一切看來淒慘的東西變得淒美。你可以當文學家。啊我忘了，你原本是修文學的。」

「待你把我辭掉後，我會考慮寫小說。」

「Te，謝謝你的朝顏。」麻木看著他充滿晨早陽光的臉說。

「你喜歡就好。」Te得意地說。

「我是說你的臉啊！」麻木說。

「你喜歡就好！」Te更得意地說。

他們今天如常接見個案，大家都專業地只談工作，替客人洗心革面，讓她笑著離開。

Candy下班後，他們靜靜地靠在窗前看斜照的夕陽。Te在朝顏旁邊泡了夕顏，那是紀念他們在冰島一起看夕陽的美好時光。平靜的黃昏，Te先主動告訴麻木昨天小蒙找他的事，麻木有點意外，沒想到小蒙像極她處理過的個案裡的任性女主角。然後，她也告訴Te如山昨天出現後他們的對話。她坦白告訴Te她的心有點亂，一切發生得太突然，她有想不通的感情，需要淨化，不過希望他能放心，她還是冷靜的，如山也很冷靜。他們需要一點時間整理過去。

「我明白，很不容易呢。」Te點點頭。

麻木輕撫Te的髮端，Te在她的面上吹了幾下。

「吹走你的煩惱！」

「好癢！」麻木笑了。

「會笑就好。」

如山過兩三天便向麻木留言問好，不敢多打擾，但也沒有怠慢。他感到麻木的心在遠離他。

周末，他約了麻木見面，特意約在他們以前經常去的咖啡店A Sip of Piano。麻木點了有機綠茶，他一如以往喝他喜歡的Espresso。

「你不喝咖啡了？」

「我現在喜歡喝茶。」

沉默。

店裡正播放舒曼的《幻想曲集》作品十二的第一首小曲《傍晚》，降D大調，浪漫溫婉的極致愛情代表作。接著是貝多芬的《悲愴》第二樂章。這家店只放古典鋼琴名曲，而且很會選曲，亦是麻木喜歡來的原因。

美好的愛戀回憶，悲愴的結局，麻木苦笑了，把帶微苦的綠茶喝乾。再點了一壺大吉嶺春摘紅茶。啜了一口，滿溢的果香給了她安慰的力量。

《悲愴》放完，麻木先打破寂局。

「曾經，我有一個未解的心結。我還存有一絲寄望，等待你回來守諾補償我。你的死訊奪走了我最後的希望，也送走了我的前半生。一切應該完結了，這是你留給我最後也是最好的禮物。假如你沒有死，我還可能真的放不下，等你三年、五年、七年。那個很傻的麻木也隨著你的離去長埋雪山了。如山，不瞞你，我已開展了一段新感情，我和他經歷過很多深刻的成長。」

「是Te嗎？」

麻木點了頭。

「你很愛他？」

「你想知道關於他的事情嗎？他是我的醫者，良師益友，對我體貼入微，一切以我為先，長伴我身邊，是不可以再好的男人，我很珍惜和他的緣分。一年多的相知相識是幾生約定的重逢。大概就是這樣。」

「我明白了。你是在間接告訴我，你已不再愛我了。」

「假如你要我問心，對你到底還有沒有愛，我不能否認，愛還在，所有和你一起經歷過的事情不論好壞我都記得很清楚，像昨天發生一樣清晰。在你身上受過多少傷害，同時也是我給過你多大的愛。」

「我明白的，即使我再加倍地愛你，也無法漂白給過你的那段致命的歷史。」

「那是被不斷地出賣、離棄和續命的歷史，朝上天堂晚下地獄的折磨。我好不容易才能從創傷中走出來，是他一步一步帶領我，沒有他，我可能已徹底崩潰了。在我最痛的時候，在我身邊的是他，讓我開悟的也是他。你毀滅我，他拯救我。坦白說，那天你突然出現，我想了一晚，理智告訴我應該放棄你。你知道嗎？選擇放棄一段漫長的感情，不是因為愛已不在了，而是累了。」

「是我錯過了你，是我錯過了你。」如山低首喃語，樣子痛苦。

「初姐本來是可以和我爸再續前緣的，只是礙於彼此的性格和時差，最終他們還是錯過了彼此。我承認，在要不要錯過你的抉擇上，我還在交戰中，我承認你的回來給了我此料不及的考驗。沒想過我剛回復平靜的人生又再次出現震盪。」

「你說理智上覺得應該放棄我。但感情上呢？假如是累了，可以先歇息，我明白的，我可以等，像你等我一樣。」

「等能截停時間，回到從前嗎？」

靜默是答案。

「以前無論怎樣，我都對你不離不棄，但最後總是離我而去的是你。回來了又離去，離去了又回來，到今天似乎還在延續，沒完沒了。我在想，再一次投進這個迴圈裡是不是對自己太不負責任。」

繼續靜默。

如山叫喚服務生，點了愛爾蘭咖啡。不一會，服務生在他倆面前純熟地點火燒熱盛著愛爾蘭威士忌的酒杯，酒精在暗暗的室內燈光下變身藍藍火光，是威士忌哭出來的藍色眼淚。哭罷，加入濃咖啡和鮮奶油，遞到如山跟前。如山的眼底也泛著微微的藍光。

「以前好像沒有告訴過你關於愛爾蘭咖啡的故事。有個都柏林機場的酒保愛上了一位經常光顧的漂亮空姐。他偷偷為她調製了一款雞尾酒，取名愛爾蘭咖啡，加入菜單裡，希望她能發現。苦等了一年她終於點了，他第一次為她煮愛爾蘭咖啡時激動到落淚。為怕被她看到，他偷偷用眼淚在咖啡杯口畫了一圈，令第一口咖啡帶上思念被壓抑許久後所發酵的味道。後來她決定不當空姐了，他最後一次為她煮愛爾蘭咖啡時問她：『要加點眼淚嗎？』她聽不懂，不知道被暗戀多時，愛爾蘭咖啡也是為她發明的，裡面有愛的眼淚。」

麻木無語，萬般感慨。暗地裡幻想如山像 Te 一樣，微笑地為她調自創的咖啡，替咖啡取名字送給她的美麗情景。面前哀傷的他，以往她會為之心痛，如今只有心酸，像她事故後不再喝咖啡的原因，因為只能喝到酸酸的味道。她心底裡知道自己此時此刻真正的需要，雖然情感上她還是困惑的。

蕭邦的離別曲柔柔慢慢地奏起，是郎朗 2009 年在柏林愛樂樂團中的現場演奏版。

如山繼續說：「戰場是很真實的災難地，在模糊的血肉和絕望的眼神前面，我才『看見』傷害的真面目和人自製的不幸。因為無知和懦弱，我竟然一手製造了類似的悲劇在我最愛和最愛我的人身上。我還一直覺得自己是個好人，慚愧到無地自容。過去一年多，每次能拯救一條生命，我心裡都會說：『麻木，感謝你給了我這個贖罪的機會。』帶罪贖罪是很好的修行。

「我是真心想跟你一起，補償過去對你的傷害，跟你一起終老。假如你需要時間整理，我願意等。我可以先回到戰地繼續救人，待你覺得我的贖罪能抵消一點點對你的傷害，等你準備好再接受我，而我還活著的話，我便回來，陪在你身邊。我不介意也沒資格介意你現在對另一個人產生感情，既然你對我還有愛，還未忘我們過去的一切，只希望我們不要再錯過彼此。我們……重新開始好嗎？」

麻木無力地說：「如山，我分不清一件事：我對你還確定存在的那份愛，到底是川流的感情，還是已冰封的回憶。」

桌上的小蠟燭反映在他們面上的閃動微光，是唯一見過他們各自偷哭的證人。

圍住他們周邊的孤獨空間，是鋼琴聲唯一無法進入的圍城，裡面，奏著一男一女沉寂地同在的休止符。

麻木：要一起看海嗎？我在麻木樹的海邊。

麻木給 Te 留言。和如山分手後，緊繃的心頭需要海量的洗滌。

收到信息時，Te正在「麻木樹」附近的山上，刪掉一則小蒙死心不息的留言，靠在一棵百年老樟樹下聆聽它的安詳細語，整理近日被感情牽動的思緒。即使是再堅定的石頭，也有脆弱時候。

Te：我在你六點的方位，我們正看著同一片海呢。

麻木驚訝地抬頭看山尋找他的影子，找不到。山偌大，人渺小。

Te：我下來吧。

半小時後，Te到達麻木正抱膝坐的臨海大石頭上，這是他們偶爾來聽海的地方。Te笑說這兒是他們的小冰島。因為靠近這小冰島，麻木才在這附近為「麻木樹」選址。

Te打開她的掌心，放下一塊剛在山上撿到的土紅色小石頭。

「好美啊，還暖的呢。」麻木把石頭窩在掌心裡。

「是的，它陪我曬了一整天太陽。你好嗎？」

「心裡又麻又酸。」

「整理好自己了嗎？」

麻木搖搖頭。反問：「你呢？」

Te微微笑。

「這是我和你的分別。即使都在困惑裡，你總是以微笑面對，我卻不能。」麻木說。

Te繼續微微笑。

海浪聲很大，風也大。

「好懷念冰島觀浪音的黑夜。」麻木輕歎了一口氣。

「是呢。」Te和應著。

「今天你做過了什麼？」麻木問。

「跟我很愛的老樟樹聊了一天，刪掉了小蒙一個留言，在太陽下睡了半小時，醒來時腳尖上站著準是愛上了我的一隻藍黑色大斑蝶。」Te幽默起來了。「那你今天做過了什麼？」

「我跟如山見面了，談過一些，喝了又紅又綠的茶，然後想和我準是愛上了的你一起看海。」麻木學著他的幽默，逗得他大笑。

「還能幽默，有進步呢！」

麻木靜默了一分鐘，低頭撫摸著掌心的石頭：「知道嗎？我最重要的青春和愛都給了他，回想起來還有餘溫，像這塊小石頭。Te，我感到慚愧。你能堅決地回絕小蒙，我卻還在掙扎和躊躇，是不是我愛得不夠？」

Te靜默了一分鐘，定定地看著海說：「不是的，是你太善良，太重感情。我是你的話，也會掙扎。我掙扎了十一年，也押上了青春。這不是容易的事情！」

「我想起初姐。她花了一生等候爸爸回來，可爸爸沒有回來，他們這生就錯過了。如今如山大難不死回來了，怎樣說也是因緣未了，不應錯過，理應是喜劇收場才對，可怎麼我卻覺得是悲劇呢？」

Te安撫著麻木的背。

「法師說，你爸準備好，可是你媽沒準備好，無法同步，他們這生就錯過了。當你在冰島問我是否願意和你一起回來時，我反問你是否已準備好重新開始新生命，還有沒有未了的心結。你表示已準備好重新開始了。如今他劫後餘生，成長了，準備好且回來了，時緣正合，照理你們應該再續前緣，你有想過是什麼令你卻步嗎？」

「我準備好，是因為同行者不是他，而是你。我愛你。」麻木流淚了。Te觸動地抱她，吻了她的額和臉。

「親愛的，我知道，謝謝你，我也愛你。我們一起面對問題好嗎？」

麻木點點頭。

「我有些搞不清楚。八年來，我可以為了他命也不要，他再錯再軟弱，我都堅定地愛他幫助他，不離不棄。我一直以為這生只會全心全意地愛他一個人。可現在他劫後餘生回來了，求我原諒，像初姐等了一生夢想爸回來的那樣，可我卻移情別戀了，心裡裝了另一個人，分不清對他的感覺是愛還是回憶，我是不是很壞？是不是跟他和我爸一樣貪新忘舊，然後為自己的貪戀找漂亮的藉口？」

Te安撫她的背。「嗯，我明白你的感受，這種混淆的感情是可以理解的。你這樣問自己是很負責任的行為，起碼你想誠實地對你自己和其他人。不如抽離一下，換個角色吧，假如這些問題是你的客人問你的，你會怎樣回應？」

「你是在笑我能醫不自醫嗎？我也是人，不能常常保持理性。人家有問題來找我，我有問題會找你，你比我單純和清醒。你是我的御用治療師啊！」

「試試看，我相信你能看清楚的。這樣，我嘗試問問題，你回答，如何？」

「好的。」

「如山的錯在哪？」

「他，貪戀，說謊，沒有清理好舊關係便開展新戀情，搖擺不定，傷害所有人。」

「你爸的錯呢？」

「我爸和如山差不多，說謊，貪戀。」

「他們還有共通點嗎？」

「他們都願意改過，但遇上重重困難，解決不來。大致這樣。」

「還有，別忘了他們身邊都有個頑固、負面和強勢的女人，是加深災難的致命傷，令更多人受害。」

「對的，一個是初姐，一個是阿柔。」

「那，你和他們一樣嗎？你的錯呢？」

「我的錯？」

「這是老問題。你要為此負上什麼責任嗎？」

「我已付出我能付出的愛了。」

「對，正是這樣，你的愛已付出了。愛被傷害了，變質了，只能放好它，成為或甜或苦的回憶，你需要向前走。假如你有客人像這位麻木小姐一樣，好不容易走出了傷痛的關係，遇上新戀情，你會評價為貪戀嗎？應該回到舊愛身邊才合乎道德嗎？愛上更值得你去愛的人是貪戀還是成長？」

「對的，我不會評價為貪戀，而是成熟了的愛。」

「人一生能深愛過不只一個人是福，不是證明真愛都不過是貪戀。簡單的道理啊，麻木醫師。」Te嘲笑她，然後一本正經地說：「親愛的，你知道你在糾結什麼嗎？不是責備自己對深愛過的人突然忘情，也不是不道德的移情別戀，而是在兩者同時發生時，在突然出現的兩條重疊的情感路軌上產生掙扎，需要剎掣而已，因為你並不是那種會在未清理好舊關係便開展新關係的人，這是你跟如山和你爸根本的不同。你一直尊重人、尊重愛，你並沒有錯愛過，不管是過去，還是現在。」

麻木哭了，感動地哭了。世上只有Te能照亮她的暗夜。

Te吻去她的淚。「沒事的，是不容易的啊，我都明白，都明白。」

「我懂了。」麻木說。

夕陽準備出場，天色初泛微紅，像夕顏的茶色。

「麻木，我們換一個方向再看看吧。如山有什麼令你捨不得他嗎？」

麻木深思著。

「我想，是我和他許多許多珍貴的過去，還有那曾經教我死不瞑目的未了心願，期待等到他守諾回來補償我。」

Te低低地歎息：「麻木呀，你和他在一起六年，加上兩年的災難糾纏，前後八年了。而我和你不過是一年多的相遇。即使我和你的經歷都是密集和深邃的體驗，分享過對我而言是一生中最豐盛和精彩、比初戀更動人的許許多多第一次，即使我有多麼的珍惜，可是我無法跟他相比的地方，是他和你加起來的回憶。」他的微笑首次像泡浸過時的烏龍茶。

Te繼續說：「人的記憶是很複雜的事。我以前會這樣想：能留下來的記憶，就是值得的回憶。所以，小蒙十多年來一直在我的記掛裡，我以為念念不忘代表我還很愛她。但是後來，尤其是和你一起經歷過這一年多，我才深深的體會到，留在記憶裡的東西，只是你還沒有時間去整理和清理，並不表示你還重視它，或者它有多重要。記憶可以騙人，也可以暖人。到底要忘掉什麼，莫忘什麼，需要智慧去篩選，才不會被記憶馴服。」

夕顏已換上黑衣，風漸大了，Te 怕麻木會著涼，她又忘了帶外衣。

「沒得救的姑娘，下次我要收你外衣添加費！」說罷把他帶備的風衣披在她身上。

「我們回去吧，我餓了。」

麻木的肚子咕嚕了一聲，他們都笑了。Te 搭著她的肩膊一起慢慢走回「麻木樹」。

Te 在「麻木樹」的小廚房，不消十五分鐘便做了簡單的非洲小米配牛油果烤大蘑菇。麻木開了一瓶 2010 年的波爾多 Superieur 紅酒，是 Candy 貼心地放在她桌上，等她從京都回來接收的生日禮物，還束了大大的紅絲帶蝴蝶結。

「2010 年的紅酒剛進入適飲期，總是喝得人甜甜在心頭，因為那年的氣候對葡萄的生長和釀造是罕有地匹配。像茶一樣，好的成品得來不易，要天地人和合。」Te 邊吃邊說邊品酒。

「拜託，你也是紅酒專家嗎？大概你說也曾是動物傳心師或私家偵探我也不會感到意外。」麻木笑說，喝了一口酒，滿滿的果香。

「那些年在法國，跟朋友的爸爸去不同的酒莊品酒，學釀酒，差點拿了個品酒師資格，沒考成是因為感情困擾誤了事。你看，情困這回事都是當局者迷，能走出來真的不容易。」Te 自嘲。「果香以外，你還能喝出微微的木香嗎？」

麻木細品，果然微滲出陣陣木香。

他們沒有開燈，點了幾台小蠟燭，對望大海靠著坐，靜靜地把酒喝完。

「愛像酒，發酵是深是淺，看人遇上的天時地緣。愛也像茶，能不能泡好，取決於泡茶者的準備。你虛懷一點，茶給你多一點；你自我一點，茶給你少一點；你放下了，茶便敞開層層底蘊，給你絲絲入扣的滋味。你成熟了，準備好，茶會和你一同轉化。是緣未了還是緣已盡都不只是天意，也要看人的成長和造化。以前愛了那麼多年，都不懂這些。現在開始懂，又不太懂。」麻木說。

「還記得我在冰島第一次泡給你喝的茶嗎？」Te 問。

「怎會忘記？是令我震撼的、跟自己重逢的『初心』啊，她重燃了我的激情和夢想，在我獨自回來自療時給過我溫暖和力量。她可是我的蛻變茶。」

「知道嗎？一直沒有告訴你，我每天早上給你泡的熟普名字叫『莫忘』。那是經過悠長歲月後發酵的茶。它其實是來提醒你一個很重要的信息：莫忘初心。要莫忘的不是過去，而是你的初心。現在什麼值得珍惜才是不應錯過的人和事，其他的，可以回味，或者放下。」

「我必須承認，和如山在一起時我們也有討論很多問題，多半是哲學的、醫學的，雖然也會談人生道理，但都沒有走進各自的生命裡。但人真正的問題都不在外邊，而在裡面。觸碰到裡面最脆弱的東西時便會爆破，卻無力於修補，經不起考驗。我和他的錯過不是宿命，而是沒有成長。而你，給了我生命的寬度和明燈。從來沒有人能像你一樣，總能給我看到雲端以外的天空。你帶給我的人生改變不只是破解了我的傷痛密碼，更是一場又一場的探險旅程，原來世界很大，以前的我，世界再大也只是書本上的學海，現在的世界卻是放眼四方的澄空。」

「我什麼都不懂，是茶告訴我的。」Te 從茶吧取出一罐茶，回來倒了一杯清水給麻木，為喝茶做準備，然後開始泡茶。

麻木看著他泡茶的細節，心靜下來了，時間凝住了，什麼都不重要了，先和水交心，先和茶交感。

Te 特意選用了白瓷茶杯，遞給麻木第一泡茶，叫她先看茶色，聞茶香，然後才喝。

茶在白瓷杯裡顯現了本色：淡淡的白，淡淡的氣味，似有還無。啜一口，怡心的樹香，輕描淡寫的境界。

「是白茶嗎？」

Te 搖搖頭，繼續泡。「多喝幾泡才告訴你。」

第二泡，第三泡，茶居然起了微妙的變化。最初明明是淡淡白，第二泡開始變微微黃，第三泡竟已幻變成剔透的金黃。味道也由淡然到中泡的花香，再到後來的甘甜。三泡茶像三種茶，情感變化婉約細膩，杯杯皆是驚喜，麻木以為 Te 在表演魔術。

「太神奇了！」

「喜歡嗎？」

「喜歡，每泡都是期待，每口都有多一點的感情和滋味，我相信，這茶喝完了會叫人念念不忘，縈繞幾天。到底是什麼茶能如斯溫柔和溫暖，令人動容？」

「你不會想到，她是普洱，無量山的普洱銀針。」

「普洱？後段倒是像普洱，前段卻像白茶。是混合體嗎？」

「不，是純粹的古樹普洱，因為全採茶芽尖，沖泡的時間決定了是甘甜還是苦澀，必須拿捏到位，當然還需要練習。她的名字叫『朝月』，早上的月亮。」

「很優美的名字。我覺得，她的變化不只是在表層，而在內心，有一種沉澱和轉化的力量。也許像早上的月亮，淡妝出場，只為準備更明亮的夜晚。」

「你喝什麼茶便會變成什麼。知道嗎？你剛才即使是喝了酒還是臉露蒼白，心裡哭著痛著，沒喝多少口茶便回復生氣，跟『朝月』的轉化一樣。」Te的微笑帶著能耐：「從初白、淡黃轉化成剔透金黃，好美麗的月色蛻變，這是愛的煉金術。」

「榮格確實用過煉金術來比喻心理成長的完整循環。Te，你真是個出色的讀心茶療師。」麻木的眼睛發出小茶杯裡「朝月」映出的金光。

「每個人一生總會遇上和自己當下匹配的茶，這是你新的蛻變茶。」

麻木悄然地把小紅石放在從維克黑海灘撿的三塊能量小黑石旁邊，讓它們靠在一起。

紅與黑的絕配。

17

似了，未了

「知道那個從阿勒頗來的傢伙嗎？」連續三十小時沒睡過的醫生搭檔 Smith 指著剛從醫院開救護車離開的司機。

如山瞄了一眼，搖搖頭，繼續替一個剛進醫院的傷者量血壓。

「那傢伙上了國際新聞啦，大家叫他 Cat Man of Aleppo（阿勒頗眷貓者）。他收養了百多隻流浪貓，他就是個避難所。朋友都拋棄了家鄉逃亡了，只有他冒死也要留下，接收棄城的人留下來的寵物，說動物也需要人照顧，不能遺棄牠們。這傢伙是吃錯藥啦。」

如山笑他：「你不也是吃錯藥才留下嗎？」

Smith 拍了一下他的肩膊，會心微笑。「留下來的都是吃錯藥卻去開藥給病人吃的傢伙呢！真是的。我去睡一會，這兒交給你了兄弟。」

如山回到敍利亞的醫院已一個月。再次面對殘酷的戰地，佈滿鮮血的病房和手術室，不知何時會被炸彈炸中的地方，難以理解辛苦醫好了傷者，出去後不久便被炸死，到底醫來幹嘛！傷害，醫好，再傷害，這是人類特有的遊戲。動物簡單一點，只有殺和逃，沒有留下來醫好再殺的道理。荒謬得可以的戰爭，把兒子送上黃泉的遊戲，歷史上每個世代都一樣。

但醫者的工作是醫人，不管醫好後是不是再次送他們去受傷或受死。荒謬是避無可避的現實，就像生病一樣，醫與不醫人還是會死的，但你還是會求醫。做應該做的事就好了，想太多不好。

如山的心是平靜的。能有機會醫人已是萬幸，他沒有忘記此生要好好贖罪，為他傷害過的人。

麻木沒有馬上接受他的回來，有點出乎意料之外，但是可以理解。她應該有更愛她的人在身邊，他已決定一直等她，雖然很難過，也很痛。當他已準備好去照顧她，守護她時，輪到她未準備好，或者是他錯過了。他開始明白等待戀人的痛苦，明白麻木爸爸的痛苦，體會到麻木這幾年是怎麼過的。讓他去經歷一次麻木經歷過的苦吧，是他的果報，他承受。他只想活得謙虛一點。

離開前，他給麻木留言：

親愛的，回敘利亞，希望下次回來時，能看見你的笑臉。對不起，我愛你。

有老茶人説，茶到了第十年便會進入沉睡期，茶質會變呆滯，不在狀態，不好喝，所以要是錯過了第九年，便要再等十年，待醇化、歷練後，茶便會進入另一個層次。

愛可能也一樣。

這世上，以為愛過的人太多，沒有錯過的人卻太少。

如山和麻木錯過了他們的第九年，似了非了緣未了，是否要等待下一個十年，緣分才能醇化，走進另一個階段？人生能等待多少個十年？是錯過了還是抓住了，都只能走到最後才可回頭看清楚。愛是一場漫長的修行。

另一個時空的這個夜晚，Te曾在冰島説過的一番話，浪來浪往地浮潛在麻木的心頭：「如果能像海一樣，便沒有你、沒有我，只有我們一起，不管發生什麼事情也會在一起，不會覺得自己有什麼了不起，我們不過是海裡的一滴水，但沒有這滴水，也沒有這個海。」

不管怎樣，她已撲通投進去了。

「忽然想起，你一開始便那麼喜歡 Te Te 地喊我的名字，會不會是因為 Te 的發音是爹，你其實像你媽一樣，借喊我的名字來喊你爹呢？你們心理學不是有戀父情意結這回事嗎？」Te 問。

「你少裝專家，哪有現代人還喊爹的呢！Te 是茶，不是爹。我會說不喜歡喝咖啡了，現在喜歡茶，就是說我喜歡你呀。我才不戀父，我戀的……是你。」麻木深情地說。Te 深深吻了她。

夜深的靜是跟自己在一起的孤靜，晨曦的靜是跟存在在一起的寂靜。

麻木和 Te 挽著手靠在一起看海，寧靜地迎接每個深夜與清晨。

假如你與這裡出現過的人同路，好不容易走過來，撲通投進人間世大海，所有人的故事可以在這一幕告終。

這樣就好了。

全書完：一

每段緣分都有一個暫時的結局，你永遠不知終點在哪裡。

似了未了原是命運的本質。

這裡還有另一個場景。

那夜，Te把「朝月」化成愛的煉金術，麻木把小紅石放在從維克黑海灘撿的三塊能量小黑石旁邊，讓它們靠在一起，拼成紅與黑的絕配，像他和她的緣分。

Te輕撫麻木的髮邊，虔誠地說：「我希望從今以後，把和你在一起的許許多多美好時光，一點一滴加起來，多到光是回味也要花上好幾個世紀，好不好？」

麻木點點頭，再好不過的約定。

「麻木，你值得擁有更好的人生，不要再受苦了，你已受夠了。讓我的愛能給你苦盡甘來的人生。」Te深深地吻著麻木，給了她此生最安心和如釋重負的心跳。

麻木最後一次和如山見面。

「曾經，你叫我等你三年，你知道等待有多痛苦嗎？我不會叫你等我，希望你明白我的用心。」麻木說。

「我懂。我知道你現在最需要的是什麼。無論如何，我還是會用我的方式等待你。你不用感到壓力，無論發生什麼事，無論你在哪、我在哪，只要我還活著，你還需要我，我都願意回到你身邊。」如山說。

「假如這句話能早兩年說，我們的命運便不再一樣了。」麻木忍不住淌淚。

相愛無緣，相對無言，剩下二人最後的擁抱。

兩星期後，麻木收到如山要回敍利亞的留言，心裡有點忐忑不安，擔心他到戰地會不會遇險，每每看到那邊的新聞都分外留神，每天都給他平安的祝禱。和這個曾經愛得轟烈的戀人的緣分，她已誠心交給天。目前，她只希望能抓緊不願意錯過的愛。

Te希望開一家茶吧，讓他精挑的好茶能帶給更多人療癒和平安。他計劃茶吧開在「麻木樹」旁邊，這樣他便可以同時兼顧個案和茶吧。麻木贊成。他需要離開一個月，到雲南茶山購茶，談供應商，也回老家一趟探望爸爸。

麻木談好把隔壁租下來，改建成開放的茶吧，而她也可以看完個案後，做個名正言順的「吧女」，實現她年輕時代的夢想。開展新生活，為生命注入新元素，感覺是多麼的興奮和美好。以前從來只有痛苦的人生，現在變得充滿了期望和愛。

原來，愛真有強大的蛻變力量。

這天，麻木收到Te的留言：

一切順利，星期五回來，茶山上網絡不好，有事情可以留言我爸的手機號，我過兩天回家便收到。回來約在小碼頭見，我有驚喜要帶給你。天涼了記得穿衣。抱抱。

有種等待是痛苦的，那是經歷一而再的失望和變卦，你永遠等不到，卻不忍心放棄，這種等待叫虐待。

有種等待是甜蜜的，那是在逐步實現幸福的夢迴中，一覺醒來還是能給你預期兑現的承諾和希望，這種等待叫奢侈。

奢侈原是愛的本質。

麻木懷著愛活過了一段短暫的奢侈時光，生命裡有個等待的人、希望想見的人、想抱的人、想和他一起做很多事的人。她開始相信，上天給她的磨難已告終。原來活得安心，不再憂心會有災難或人心會變，是這麼踏實和輕盈的。

過兩天 Te 便回來。

今早醒來，收到如山不時會發來的問候短信：

昨天救回一名心臟停了近五分鐘的兩歲小女孩，奇蹟再現，把喜悦分給你。願你今天平安。

很溫暖的信息，他沒事就好，救到人更好。麻木正要準備做早餐然後回工作室，突然收到 Te 爸爸的信息：

原小姐，臨滄冰島一帶地震，和兒子失去聯絡，有進一步消息再跟你說。勿太擔心，那邊地震是常事，應該沒什麼。

麻木的心臟停頓了。不要這樣，Te請你快回來，不要這樣。

不知是對誰説的，只能説「不要這樣」，已經有太多「本來好好的然後突然消失」的經驗了。馬上看新聞，沒有報導，是因為山區經常都有小地震微不足道嗎？大的小的？嚴重嗎？山路封了嗎？哪段路？什麼都不清楚。卻知道，Te在的地方也叫冰島，出產曾經呼喚他出走的冰島普洱茶。急死了，沒有用，只能等待。

生死未卜。沒過幾天的奢侈日子又回到從前。憂心、不安、無助、痛苦、沒完沒了的等待。

今天是約定在碼頭相見的日子。他説過，要給她一個驚喜。

他，沒有回來。

三個月了，他始終沒有回來。

最初，她在一個冰島認識他，最後，他在另一個冰島消失掉。這個男人，彷彿為幫她找回自己後便功成身退，已被上帝詔回。真的是這樣嗎？

「所有人都離開了，我留下來是為了什麼？」麻木跟自己説，跟老天説。

除了等待。

碼頭的風很大，她依舊忘記帶外衣。

爸爸吹奏給她聽的「三谷」調子在腦海盤旋，迎風吹來爸爸的聲音：「希望你長大後，明白人生就像高高低低的山谷，三回起伏，還是要回到本位。你將來長大了，有悟性的話，會明白。」

全書完：二

多媒體創作團隊

音樂

主題曲：最深的孤獨 Profound Solitude

作曲／演奏：馮偉恩

章曲1：沒有自己只有一起 Together In The Dark

作曲／編曲／鋼琴／大提琴：伊妮 Ah Lee

混音：Oakey Lo

章曲2：但願不再錯過 Lunar Fate

作曲／編曲／鋼琴／大提琴：伊妮 Ah Lee

混音：Oakey Lo

尺八樂曲1：三谷 Sanya

演奏：Ocean Chan

錄音：Oakey Lo

尺八樂曲2：手向 Tamuke

演奏：Ocean Chan

錄音：Oakey Lo

音樂人

馮偉恩 Wai Yan Fung

香港獨立樂隊「儉德大廈」及「茶泡飯姊妹」成員，與前者曾出版音樂專輯《在森林和原野》，現職鋼琴教師及鋼琴伴奏。曾為香港電台電視劇《夜不眠》之《足療師》創作配樂，亦為 YMCArts 的「書發聲」迷你音樂劇場作現場音樂伴奏，並多次為素黑之出版、錄像作品及茶修課程創作原創鋼琴音樂。

電郵：jaojao@gmail.com

伊妮 Ah Lee

新晉作曲人，無伴奏合唱（A Cappella）歌手，樂隊 Republic-A 成員。曾與金像獎音樂監製戴偉合作為電影《哪一天我們會飛》主題曲《差一點我們會飛》特別版編曲，並隨 Republic-A 赴台北舉行專場音樂會。從小受正統音樂訓練，曾赴奧地利作音樂演奏及音樂教育交流學習。目前致力彈奏、作曲及製作原創流行音樂。

Facebook 專頁：ahleemusic　微信：lee_maruko　電郵：lee.acappella@gmail.com

Ocean Chan

尺八修行者，跨界藝術家，美國麻省州立藝術學院學士，中文大學人類學碩士，香港大學佛學研究碩士。擁有二十年海外及本地藝術治療及教育、劇場和音樂表演經驗。近年專注研習並開發佛學與聲音之整合療法。2007 年起與素黑聯合主持情緒管理及聲療工作坊，教授「新體道」、聲音及音樂自療法。

Oakey Lo

音樂創作人，1997年與兩DJ組成Brown Sugar製作音樂，2004年於奧地利發表第一張單曲專輯《On the Moon》，曾為本地樂隊LMF製作「大懶堂 Brown Sugar Mix」，2016年成立媒體製作單位Crescendo Media Services。

網址：www.crescendo-hk.net

彩頁攝影師

Paul Yip

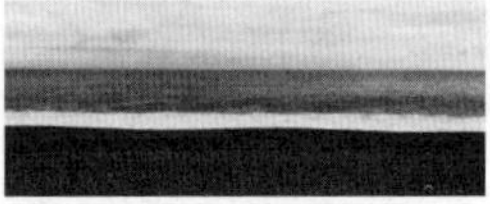

Vivian Wong

Paul Yip

Paul Yip

Nicole Tsang

Black

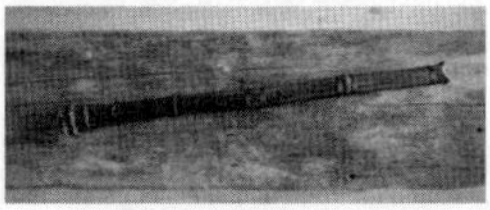

Black

鳴謝

感謝你們與《麻木樹·療傷茶館》
或明或暗、或深或淺、或悲或喜地同在過

韓麗珠 Coco Hon
榮譽小說顧問、貓事啟蒙者

陸以心 Jody Luk
小說顧問

陳偉光 Ocean Chan
尺八演奏、小說顧問

李家麟 EC Lee
中醫茶療顧問、榮譽自發校對師

李天安 Crimson Li（大紅）
日語及日本文化特約顧問、茶啟蒙者及顧問、茶單內容啟蒙者、特約泡茶師、榮譽自發校對師

草　祭 Connie Choi
茶顧問

薛嘉弢 Julian Sit
茶顧問

呂沐真 Raymond Ray
茶啟蒙者及顧問

佘文心 Katherine Yu
茶老師及啟蒙者

劉可盈 Zoe Lau
茶啟蒙者

蘇雯惠 Elaine Su
茶老師及啟蒙者

馬紹禮 Alky Ma
特約「初心」茶泡茶師

項明生 James Hong
冰島黑沙灘小黑石贈主

馮偉恩 Wai Yan Fung
鋼琴音樂原創者

伊　妮 Ah Lee
鋼琴音樂原創者

羅偉興 Oakey Lo
尺八本曲錄製、鋼琴混音

曾敏之 Nicole Tsang
茶席拍攝

葉　破 Paul Yip
冰島行程顧問、攝影師

王賢詠 Vivian Wong
冰島攝影自願者

貓　貓 Maomao
貓就是貓

茶品指導鳴謝：

奇境
草祭@六感生活館

冬傷
薛嘉弢@人間世茶會館

初心、莫忘
呂沐真@雲茶境

遠音、夕顏、朝月
大紅@人在草木

素黑作品13　小說系列

麻木樹·療傷茶館

Asagi & Tree Healing Teahouse

內地版書名為《如山、古樹和我》

作者　素黑

責任編輯　陳盈慧、寒靜街

封面繪本　素黑

美術設計　大紅

出版者　知出版社
香港鰂魚涌英皇道1065號東達中心1305室
電話：(852) 2564 7511
傳真：(852) 2565 5539
電郵：info@wanlibk.com
網址：http://www.wanlibk.com
http://www.facebook.com/wanlibk

發行者　香港聯合書刊物流有限公司
香港新界大埔汀麗路36號
中華商務印刷大廈3字樓
電話：(852) 2150 2100
傳真：(852) 2407 3062
電郵：info@suplogistics.com.hk

承印者　中華商務彩色印刷有限公司
香港新界大埔汀麗路36號

出版日期　二零一七年七月
第一次印刷

ISBN 978-962-1463-67-8

上架建議：
(1) 愛情小說 (2) 流行讀物 (3) 心靈讀物

知出版社
COGNIZANCE PUBLISHING